ユーモアの文学

ユダヤ笑いと文学

広瀬佳司
佐川和茂
大場昌子
〈編著〉

南雲堂

はじめに

ユダヤの笑い

ユダヤ系アメリカ文学と映像

広瀬　佳司

笑い・ユーモアといえば、ユダヤ人が容易に想起される。欧米で出版されているジョーク集には必ずといっていいくらいユダヤ系のものが入っている。それほどにユダヤ系の笑いはよく知られているのだ。アメリカ・ユダヤ系文学や映像においても笑いやユーモアは欠かせない。レオ・ロステンの『新イディッシュ語の喜び』などはその代表的な作品である。

ベルクソンの『笑い』にもあるように、笑いは「泣き」よりも複雑で論じるのが難解だ。その難解なテーマに、文学作品や映像作品を通して迫るのが今回のテーマである。織田正吉氏が述べているように、笑いに関する本を悩みながら書いている著者の姿が一番滑稽かもしれない。笑いの定義は様々だが、意表を突く「落差」が笑いの源泉であることはおそらく間違いないだろう。これはどの国の笑いにも共通する点であり、ユダヤ人のユーモアも例外ではない。それでは、ユダヤ系の〈笑い〉の特徴は一体何なのだろうか。私見ではあるが、それはユダヤ民族に共通する悲劇的歴史、宗教、文化に深く根ざしている。言い換えれば、ユダヤ民族に共通する歴史観、宗教観、文化観を持たなければ、そのユーモア精神は理解しにくい。例えば、ユダヤ系の文学によく描かれる、笑いの対象となるシュレミールやシュリマゼルといった人物像は、ユダヤ人の長い歴史に関わるものであって、複雑な構造を持っている。

アメリカのユダヤ系監督の映画などでも、ウディ・アレンからスピルバーグに至るまで、喜劇を演出するための小道具が非常に巧みに用意されている。その結果、ただ笑うことだけでは終わらずに、様々な事を暗示することが可能となっているのだ。スピルバーグのホロコースト映画『シンドラーのリスト』ですら笑いが巧妙に絡められている。人間の哀しみを笑うことでこの作品は、必要以上にショッキングな映像だけに終始することなく、人間味のある作品へと昇華しているのだ。これは笑いの大切な効用のひとつである。

本書では、従来の哲学的な笑いの定義を墨守するのではなく、想像的で豊かな作品世界を、笑いという視点から自由に論じた。切り口は、落語からポストモダン論議と様々である。いずれにしても、笑いがいかに有機的に作品に活かされているのかを論じることで、今までになかった文学論を試みた。

第Ⅰ部　ユダヤ人移民作家の笑い

十九世紀末から、二〇世紀初頭に活躍するのが、日本でも『屋根の上のヴァイオリン弾き』でおなじみのショレム・アレイヘムというイディッシュ語文学の古典作家である。二千年にわたる流浪の中からユーモア精神は生まれた。佐川和茂が述べているように「理想と現実との乖離を埋め合わせるために、いわばクッションの役割を果たすユーモアが必要であった」のであろう。ロシアのユダヤ人迫害を逃れアメリカにユダヤ移民としてわたり、厳しいアメリカでの現実生活を味わうのがアンジア・イージアスカ世代である。移民生活を活写したイージアスカの文学的な想像力が「夢と笑い」をキーワードに明かされるのが江原雅江の論である。大崎ふみ子が引用しているように、「私たちの知識は、知らないことだらけの無限の大海に浮かぶ小さな島なのです。そしてこの小さな島さえ謎のままなのです」というアイザック・シンガーの哲学が彼の文学の中で究極的な笑いとユーモアとして描かれているのだ。広瀬佳司が指摘しているように、ハイム・グラーデはユダヤ教内部の人間模様を内部から描くことで普遍的な笑いを喚起している。アメリカに暮らしながらもイディッシュ語での創作を続けたシンガー、グラーデらの文学における迫害、宗教をテーマとした笑いやユーモア精神は高度な批判精神にまで高められている。

第Ⅱ部　マラマッド、ベロー、ロスの笑い

第二次世界大戦のあとにアメリカ文学界を席巻するマラマッド、ベロー、ロスを見ていく。鈴木久博によれば、マラマッドの文学の特徴の一つが、対照的な人物をコントラストさせることで笑いを喚起している点である。「魔法の樽」がそのよい例である。またユダヤ民話に出てくる滑稽な人物像であるシュレミールを通して「体制に対する批判精神」をも表現しているという。文字通りユダヤ系アメリカ文学を代表する作家であるソール・ベローの描く〈自虐の笑い〉をベローの特徴として捉える伊達雅彦の論を通して、ベローの描く登場人物の過ちを笑いながらも「読者は実は自分たち自身をも笑っている」ことに気づかされる。杉澤伶維子は『ポートノイの不満』と『サバスの劇場』における笑いをユダヤ文学伝統だけでなく、アメリカやシェイクスピアまで遡るヨーロッパの文学伝統と歴史的な視座を持たなくては理解できない重層的な笑いで

あると分析している。

第Ⅲ部　ユダヤ系女性作家とポストモダン作家の笑い

この部ではまず、グレイス・ペイリーやシンシア・オジックという女性作家が描き出すユーモアを見ていく。ペイリーは「ユダヤ人であり、かつ女性」という二重の重圧を「ユダヤ人のユーモア」で切り抜けている。大場昌子はミハイル・バフチンのカーニバル論を援用することでペイリー独自の「おかしさ」を抉り出している。大森夕夏が引用するオジックの語る笑いの本質は「本心から思っていることを語る」ところにあるという。ユダヤ精神伝統の継承とアメリカ文化への同化との狭間で苦しむユダヤ人の姿を赤裸々に描くところにオジック独自のユーモア精神が窺える。ホロコーストを生き延びたポストモダン作家レイモンド・フェダマンのユニークなホロコースト論を「笑い」という視点から捉えたのが新田玲子の論である。フェダマンは「その逆境を作家活動のエネルギー」に変えた稀有なユーモア作家でもある。ホロコースト生存者を両親に持つ作家がセイン・ローゼンバウムである。ユダヤの民話に出てくるゴーレム伝承を現代に再生するローゼンバウムのドライな笑いを扱う坂野明子の論も興味深い。坂野は、ローゼンバウムがゴーレムというユダヤ民話にでてくる人造人間を用いてホロコーストを表象した意図とゴーレムと笑いを結びつける意味を探っている。

第Ⅳ部　映像作品に見るユダヤの笑い

ユダヤ人映画監督だけでなく非ユダヤ人監督によるパロディ的映像作品にみられるユダヤの笑いのありよ

うを、ウディ・アレンやメル・ブルックス、ロベルト・ベニーニ監督作品を通して見る。言うまでもなく、ユダヤ系の笑いとキリスト教的な世界観が混じる様々な種類のユーモアがある。

勝井伸子はウディ・アレンの描く「ユダヤ的不安とフロイトをコメディ」に取り入れたポストモダン的な意識を代表作『アニー・ホール』を通して探る。メル・ブルックス監督のパロディ作品『スペースボール』の「笑いのありよう」を論じたのが片渕悦久である。メル・ブルックスの「したたかな言語遊戯を展開させる知的なユダヤ・ジョーク」が明らかにされている。また、ホロコーストを扱った映画を取り上げ、「自己解放」のためのユーモアを「魂の武器」と捉えるのが中村善雄の論である。この魂の武器を使い権力に抵抗するところに『ライフ・イズ・ビューティフル』と『聖なる嘘つき――その名はジェイコブ』の笑いの強さがあるようだ。

アメリカのキリスト教的世界観とも影響しあって豊かになってきたユダヤのユーモアのどこがユダヤ的かといえば意外に答えにくい。しかしながら第Ⅰ部から第Ⅳ部までの文学作品や映像作品に表れる笑い・ユーモア精神は確実にそれぞれの時代をよく反映し変化していることは明らかである。時代背景とユダヤ人の置かれた社会状況を押さえつつ、各作品の構造と絡めて豊かに広がる笑いの深層を味わっていただきたい。

笑いとユーモアのユダヤ文学　目次

I

旧世界とユダヤ人移民作家

コラム1

ユダヤ移民のユーモア（佐川和茂）

ユダヤ移民にまつわるユーモアは多いが、それには無理もない。『シュレミール、アメリカにいたる』(Ezra Greenspan. *The Schlemiel Comes to America*) に詳述されているように、アンジア・イージアスカの両親やその家族、ショレム・アレイヘムのテヴィエ、モッテル、メナヘム・メンデルを含めた大勢のシュレミール（ついていない人々）が渡米する状況が生まれたからである。大量のユダヤ移民に至った歴史、それを彩る人間模様、そしてそれに織り交ぜられたユーモア。これらを関連文献を通じてたどることは、大変楽しく知的刺激にあふれた読書体験となるのではないか。

その一例を挙げよう。場所はニューヨークのユダヤ人ゲットー。手押し車で細々と行商を営む親子のところへ、信用ならぬ目つきをした客が近づき、はさみを買う。息子がイディッシュ語で「おとうちゃん！」と父親の注意を引くが、父親は「黙っていな」と返答する間に買い物は終わってしまう。「おとうちゃん、どうして止めたんだい。僕、見たんだよ。あの客、はさみを一丁ちょろまかしたんだよ」「心配などいらんよ、わしはちゃんと請求してやったよ」「おとうちゃん、じゃ、二丁分払わせたの?」「うんにゃ、三丁分じゃよ！」（『ユダヤのユーモア百科事典』*Encyclopedia of Jewish Humor* 三九三）

ここには、ユダヤ人の父親と息子の関係に加えて、ユダヤ商法がユーモアを含めて垣間見られるのではないか。すなわち、手提げの行商、手押し車の行商、荷馬車の行商へと進み、コツコツと小金をためてやがて雑貨店を購入し、さらには大百貨店の経営者へとのし上がってゆく過程である。大百貨店とは、たとえば、メイシーであり、ブルーミングデイルであり、ギンベルである。ところで、ギンベルといえば、アイザック・シンガーの短編「馬鹿者ギンペル」が容易に想起されよう。この短編が評判を勝ち得た理由をインタヴューで尋ねられたシンガーは、「有名百貨店のギンベルと誤解されたおかげでしょう」とユーモアで返している。

また、本書第一部においてハイム・グラーデがユダヤ共同体の精神的指導者ラビやその家族をユーモアの対象としていることも興味深い。ラビでさえ移民を含めた有為転変の世界でユーモアの対象とならざるを得ないのである。ハイム・グラーデを、やはりラビを多く作品に登場させるハイム・ポトクや、ラビを「ユダヤ人のシャーロック・ホームズ」として描くハリー・ケメルマンのラビ・スモール探偵シリーズと比較して味わうことは、読書の楽しみを増すかもしれない。

第一章

存続とユーモア　ショレム・アレイヘムの世界

佐川　和茂

1　象徴的な人物像

ミュージカル『屋根の上のヴァイオリン弾き』(*Fiddler on the Roof*)の原作者ショレム・アレイヘム(Sholom Aleichem　一八五九―一九一六)と聞けば、すぐさま思い起こされるのが牛乳屋テヴィエであろうか。日本でも『屋根の上のヴァイオリン弾き』は、森繁久弥の主演でロングランとなった。イディッシュ語の挨拶を筆名としたショレム・アレイヘムは、牛乳屋テヴィエを激動期のユダヤ人として設定し、家族の変容と存続の主題を追及した。当時、苗字の使用が乏しい時代であったので、せむしのバール、靴屋のヤンケル、馬鹿者ギンペルなど、人をあだ名で呼ぶことは円滑な会話に必要であり、また、ユダヤ人独特のユーモアが会話で好まれたのである。

作者に向かって主人公が身の上話を語る形式において、テヴィエは神と一対一で対話をし、人生の不条理を訴えているが、辛いときにさえユーモアを忘れない。彼は十九世紀の帝政ロシアに生きた素朴な人間であり、小さなユダヤ人町（シュテトル）の貧しい生活においても暇さえあれば聖典学習に親しみ、会話で聖句を引用することを無上の喜びとするが、悲しいかな、独学ゆえにしばしば誤って引用してしまう。それを読み、聖典に通じたユダヤ人読者は、腹を抱えて笑ったという。これは、「非ユダヤ人村落に読み書きのできるものが一人でも見つかれば幸いであった時代に、シュテトルでは文盲を探すほうが難しかった」（『同胞との生活』*Life with People* 七二）という、ユダヤ人の優れた教育制度を裏書するものであろう。

牛乳屋テヴィエは、作者の人生に実在したようであるが、創作におけるテヴィエは、妻ゴールディとの間に娘ばかりを儲け、それ自体が、弔いの祈り（カディッシュ）を唱えてくれる息子に恵まれず、死者となった自分の霊が浮かばれないという皮肉である。その上、娘たちが次々とユダヤの戒律や慣習という伝統を破って結婚に至ることは、変容の時代を生きる彼の悲哀を増してゆく。しかしそれでも彼は、わが身に次々と降りかかる不幸を神のご意思であるとみなし、〔皮肉を込めたユーモア〕でそれを受け止めてゆく。たとえば、次女ホーデルが革命家の男性と恋に落ち、シベリア送りとなった恋人の後を追ってゆく場面では、彼の悲痛さが皮肉なユーモアとなってにじみ出る。「さて、もっと陽気な話でもしましょうか。ねえ、オデッサのコレラはどうなりましたかね」（『テヴィエの娘たち』*Tevye's Daughters* 六八）。実際、オデッサでコレラが流行し、作者の母も犠牲になったようであるが、こうした対比によって、愛しき娘を失うテヴィエの悲しみがいかに大きいか、そしてそれをユーモアで少しでも和らげようとする彼の試みがいかに切ないか、を想像できよう。

テヴィエは、屋根の上のごとく不安定な危険地帯で、辛くもユダヤの伝統にすがって足場を保ち、人間的な調べを奏でて生きようと努めるのである。外部からはユダヤ人虐殺（ポグロム）が、内部からは世代間の相克が襲い来る激動期を生きたテヴィエとその家族の物語は、シュテトルの多くの家庭で繰り返されたものであり、それは移民によってアメリカへと持ち越されてゆく。まさに、ショレム・アレイヘムの作品題目にもある『泣き笑い』（*Some Laughter, Some Tears*）の物語である。

歴史を振り返れば、十九世紀末のヨーロッパでは民族主義が高まり、その結果、流浪の少数民族ユダヤ人に対する迫害が激化し、ロシア・東欧に散在したユダヤ人社会は存亡の危機に瀕した。そこで、その存続を重要なテーマとするイディッシュ文学が興ったが、これを担った〔古典的な三作家〕の一人として、ショレム・アレイヘムは記憶されている。他の二人はといえば、乞食でありながら陽気であり、ほとんど無謀とも思える信仰を維持し、無一文でありながらユーモアを忘れない人々を登場させたメンデレ・モイヘル・スフォリム（Mendele Moykher Sforim）。そして、不平一つ漏らさず苦難の人生を全うした「沈黙の人ボンチェ」（"Bontsha the Silent"）などを描いたイツホク・レイブ・ペレッツ（Isaac Leib Peretz）である。スフォリムを〔イディッシュ文学の祖父〕と称したショレム・アレイヘムは、ペレッツらとともに、変容の時代を生きる象徴的な人物像を創造した。すなわち、牛乳屋テヴィエに加えて、幻想的な夢を抱いて失敗を繰り返すメナヘム・メンデル、そして先唱者の息子モッテルである。彼らは、十九世紀ロシア・東欧ユダヤ人社会を象徴するような人物であるが、その存在感は、激動の増す今日においても、決して失われていない。実際、苦難をユーモアによって和らげようとする彼らの生き方には、現代読者が教えられるところが少なくないであろう。

2 自らをあざけるユーモア

さて、独特のユーモアにあふれたショレム・アレイヘムの物語は、作家の子供時代より力を得ていると思われる。自らが生まれた貧しいシュテトルを、カスリレ（貧しくとも威厳を失わず、自らの不運を笑うことができ、自尊心を失わない人）をもじってカスリレフケと名づけ、中流階級や富裕層の住むキエフやオデッサのような都市をイェフペッツと命名し、少数ではあるが、ユダヤ人によって管理されていた荘園も作品に収めている。ショレム・アレイヘムはこうした三つの世界に住んだほか、ヨーロッパ諸国やアメリカでも暮らした。家族は、ショレム・アレイヘムが幼少の頃、カスリレフケのような貧困地帯に引っ越し、そこでは拘束された状況で生きるために、いろいろな仕事に手を出さざるを得なかったようである。それは、あたかも「仕立て屋の中で最も腕の良い靴直しは、パン屋のポトクさ」という混交振りであった。安宿の経営にも手を出したが、その折、幼いショレム・アレイヘムも寒中に外へ出て客を呼び込む仕事をさせられた。こうした子供時代の逆境が作家の価値観や人間観を形成しているようであるが、その中で特に人の滑稽な面に注目することは、彼に顕著な特質である。その背景にある考えとして、人は生まれつきの善悪というよりは、環境によって良くも悪くもなる。そこで、晩年のマーク・トウェイン（Mark Twain）とは異なり、人類に失望することなく、環境改善を目指すことが〔ユダヤのマーク・トウェイン〕、ショレム・アレイヘムの真情であった。

当時の激変するユダヤ人町シュテトルは、テヴィエ物語のみでなく、ユーモアにあふれ奇想天外な『カスリレフケの内幕』（*Inside Kasrilevke*）にも描かれている。そこでユダヤ人は富者も貧者も大差なく、常に苦難を抱えながらも、夢を見て生きる。彼らの物語を導く「詩神」（一四〇）は、同様に貧しいけれども、ユーモアがあり、涙を嫌うのである。いっぽう、メンデレ・モイヘル・スフォリムも、富者が貧者を食い物にする例、霞を食べて生きるほど貧しい人々、コレラ、乞食、汚濁など、シュテトルの内幕を現実的に描き、それを批判したが、ショレム・アレイヘムは、スフォリムとは一味違う形でシュテトルの状況を書き残したのである。

ショレム・アレイヘムを含めた〔古典的な三作家〕の作品より窺えることであるが、ユダヤ人のユーモアには、過酷な歴史を生きてきた彼らの不遇や失敗を笑うものが多い。自らをあざけることで自己を客観視し、そこにささやかでも精神的な余裕を得て、厳しい状況においても正気や存続を求めようとしたのである。長期の流浪の中で、彼らは武器を取って戦う状況にはなかったのであり、その代わりにユーモアが精神的な武器となったわけである。これはまた、ロシアや東欧で多数派を占めるキリスト教徒の狭間で、少数民族として不安定な生活を余儀なくされたユダヤ人より生じた独特のユーモアであった。

すなわち、彼らは神によって選ばれた民でありながら、現実には、たとえば十九世紀のロシアやポーランドなどで見られたように、政治的・経済的に虐げられ、社会の底辺で呻吟する境遇にあった。イディッシュ語のことわざにもあるように、「もしも神がこの世に住んでおられるとしたら、人々は（腹いせに）その窓を壊したことであろう」という状況であった。この物質と精神の極端な落差を、皮肉を込めた自己をあざけるユーモアによって、ユダヤ人は和らげようとしたのである。さらに、「弱いから転ぶのではない。強いと錯覚しているから倒れるのだ」とイディッシュ語のことわざにもあるが、ユダヤ人は、自らをあざけるユーモアによって自己の錯覚を戒め、歩む道を注意深く求めたのであろう。流浪の中で少数民族であり異邦人である彼らは、自らに降りかかる不条理に関して外部に怒りを表明して対抗できる状況になかったのであり、代わりに自らをあざけるユーモアを潤滑油として、たとえしばしば転ばざるを得ない状況においても、倒れる衝撃をできるだけ小さく抑えようとしたのである。

3 シュレミールのユーモア

また、イディッシュ語で「不運な人」を意味するシュレミールは、ナチスによるホロコーストを最悪の例として常に迫害を受けてきたユダヤ人を象徴する人物である。牛乳屋テヴィエや沈黙の人ボンチェのように常についていない人間が、絶えざる迫害に悩まされ不運な生涯を送ったロシア・東欧ユダヤ人の象徴となり、ユダヤ人のユーモアを表わす中心人物の一人になるのである。シュレミールのユーモアは、自らでは統制不可能な社会状況の中で、一つの自己防衛として機能することになる。

シュレミールの運命は、シュテトルに押し込められて暮らした多くのユダヤ人が共有したものである。周囲の多数派民族によって政治的・経済的に多くの不利を押し付けられたシュテトルでは、いかに努力しても歴史的・社会的な環境のゆえに、その努力が実を結ぶことはまれであった。そのことは、ショレム・アレイヘムの諸作品にもよく表わされている。厳しい現実より脱却しようと夢を抱き、さまざまな企画を立てようとしても、牛乳屋テヴィエやメナヘム・メンデルや先唱者の息子モッテルのように、それが繰り返し失敗に終わるのである。しかしそうではあっても、不運な失敗を繰り返しつつもそれをユーモアで受け止めようとする彼らシュレミールの姿は、時空を超え、より良い人生の夢を求めて奮闘する万人の共感を呼ぶことであろう。

さて、ショレム・アレイヘムは、荘園を管理していた義理の祖父が急死した折、複雑な手続きを経て荘園を相続するのであるが、とてつもない創作にいそしんでいた作家にとって、それと事業経営の兼務はやはり無理であった。結局、商売や株取引なども試みた後で、荘園を全て失ってしまう。

こうした時期の作家の人生を反映している人物が、『メナヘム・メンデルの冒険』（*The Adventures of Menahem-Mendl*）に登場する主人公である。株ブローカーの末端にいた彼は、牛乳屋テヴィエの親戚であり、霞を食べて生きるように貧しいが、神への信頼を失うことがなく楽観的である。一攫千金の夢を追い求め、通りで商いをする末端の株ブローカーとなるが、その取引に失敗。それから恐れ多くも作家を志すが、執筆業に失敗。さらに、結婚仲介人など職を転々とするが、それらすべてにも失敗。なんと女性同士を組み合わせてしまう羽目に陥るのである。カスリレフケに取り残された彼の妻は、夫との間で交わされる、お決まりの長い挨拶と儀礼の文句を含む手紙の中で、日常生活の悲惨さを述べ、家庭を顧みない夫に不満を繰り返しても、苦労を耐え忍び、誠実な態度を貫く。運に任せたメナヘム・メンデルの生活は、ショレム・アレイヘムの三〇年にわたる作家生活の前半十八年の状況であったらしい。多くの危機や失敗をくぐり、生活の糧を求め続けたメナヘム・メンデルの生活は、ショレム・アレイヘムの実人生でもあったのである。

そうした非現実的な夢想家（ルフトメンチ）であるメナヘム・メンデルも、ロシアの帝政時代に生きた象徴的な人物である。人権を奪われ、産業機構より外され、教育を制限されている。また、ルーツを喪失し、都市の巷を漂い、変容する環境に適応できていない。それでも、ドン・キホーテ的なメナヘム・メンデルは、生活を求める奮闘において、いくたび蔑まれ、敗戦の塵にまみれようともくじけず、届かぬ星を追ってゆく。

そして、作者が死の間際まで書き続けた『先唱者の息子モッテルの冒険』(*Adventures of Mottel the Cantor's Son*)においては、ロシアの貧しいシュテトルで生まれ、幼い頃に父を亡くしたソプラノの美声を持つ少年が、残された家族や隣人たちとともにヨーロッパ諸都市を放浪。やがて、三等船室の長旅で渡米し、数々の逆境をユーモアで乗り切ってゆく。シュレミールは逆境において奮闘し、多くの失敗にもかかわらず、自らを笑いながら、絶望に踏み砕かれることを回避するのである。

4 『先唱者の息子モッテルの冒険』

メンデレ・モイヘル・スフォリムにも「子牛」("The Calf")を描いた佳作があるが、九歳になるモッテルも、子牛を相手に牧歌的な生活を享受している。が、そのいっぽうで、彼の家庭は、大変な貧乏に苦しむ。ユダヤ教会堂(シナゴーグ)に会衆を引き寄せる役割を持つ先唱者であった父が長患いのために、家財を次々と手放し、ユダヤ人は〈書物の民〉であるのに、聖典の注釈タルムードさえも売らざるを得ない。ところが、モッテルにとっては、家財を売るとき母や兄が商人たちと掛け合う様子が面白く、さらに「母ちゃんが奇妙に顔をゆがめて泣くので、それが自分の母ちゃんでなかったなら、噴き出していたことだろう」とさえいう。簡易ベッドも売り払い、兄と床で一枚のせんべい布団にくるまって眠るが、モッテルはそれが愉快になって転げまわる。やがて父はこの世を去ってしまうが、父の命日がユダヤ人の祭日に当たるために、悲しくても泣くことはご法度であるという。幼くして孤児になってしまうが、迫害の歴史を経てユダヤ人社会では相互援助が発達しており、不遇でもいろいろと配慮してもらえ、「孤児ってすばらしい!」とモッテルは叫ぶのである。ここではカスリレフケの貧困家庭の悲惨さが窺えるが、それが子供の視点より描かれ、涙と笑いの奇妙なバランスが維持されている。

残された泣き上戸の母にとって、モッテルの兄が裕福なパン屋を義父に持ったことが慰めであるが、すぐさまパンに異物が混入したという苦情が出て、義父は倒産。花嫁の持参金や義父の世話になるという約束もすべてご破算となり、兄夫婦は実家に避難を求めて転がり込んでくる。

悲惨な状況下で、メナヘム・メンデルに似た兄は「手軽に儲かる方法」を説く本をなけなしの金で購入し、その本に基づいて、たとえば、水をたっぷり入れたサイダー、水で薄めたインク、ねずみ駆除用粉末などをこしらえ、販売を試みるが、次々と失敗に終わるのである。サイダーは、モッテルが父ゆずりの美声で売りまくり、かなりの収益をあげて家族を狂喜させるものの、ある日、誤って水の代わりに洗濯水を入れ、あわや警察に逮捕されそうになる始末。また、インク販売が振るわず川に廃棄すると、水を汚染したかどで人々に訴えられてしまう。さらに、ねずみ駆除用粉末の袋が破裂し、それをかいだ人々のくしゃみが止まらない。

打ち続く失敗の後、兄は友人ピニーに事情を訴えるが、ピニーは災いをもたらす兄の本を燃やしてしまう。このピニーという友人は、やせて背が高く、近視であるが、文才があり、韻を踏んだ詩を作ることが得意である。彼は結婚して、粉引きになるが、それは自分の天職ではないという。頭の切れる彼は、他の土地に引っ越せば可能性が開けるのにとのたまい、米国への移民話を兄に持ちかけるのである。

この両者を比べれば、心配性の兄に対してピニーは楽観的である。「ユダヤ人が二人集まれば、三つの政党ができる」といわれるが、対照的なこの二人はことあるごとに長時間の議論を展開し、掛け合い漫才のようなユーモアを、渡米の長道中にちりばめてゆくのである。

さて、同様の時期に、作家ショレム・アレイヘム自身も、ロシアで絶えることのないユダヤ人虐殺、二五年にも及ぶ徴兵制度、そして希望の喪失によって、慣れ親しんだ場所を離れ、〈約束の地〉アメリカへと移住するよう駆り立てられてゆく。ニューヨークのユダヤ人社会に暮らす要人の助力を得て、家族そろっての渡米を望むが、実際にはそれからの九年間は、家族も分散し、スイス、イタリア、ドイツなどで定住できない生活に甘んじることになる。こうした放浪が、モッテルの体験とも重なり合ってくるのである。

そこで作家同様、モッテルの家族や隣人たちは、資金も知識も不十分な状態でカスリレフケよりアメリカへと向かい、その過程で諸国を転々として、ロンドンやアントワープなどの移民援助協会の門をたたく。長旅に不慣れなシュテトル住民にとって、渡米は苦難の連続であった。国境を越える際に盗賊に襲われ、泣き上戸の母がアメリカ入国の折に眼病検査で強制送還されるのではないかと恐れ、アメリカで果たしてユダヤ性を維持できるのだろうかと不安におののく。

途中の安宿では南京虫に襲われたり、レンベルクの移民局で官僚機構に翻弄され、カフカ的な状況を体験したりする。が、いっぽう、ユダヤ人は長期の流浪生活で同朋意識や相互援助の精神を育み、国際的なネットワークを発展させていることは、不幸中の幸いである。モッテルたちはどこへたどり着こうとも、そこにユダヤ人社会さえ見出せれば、故郷に戻ったようである。そこではいかに遠縁であろうとも、その家庭の世話になることが期待できよう。ひとりのユダヤ人の運命が全体に影響を及ぼし、ユダヤ人はどこへ行っても大きな共同体の一員であるという概念によって、ユダヤ人社会では相互援助と社会正義とが連動している。そこで複数言語を話すモッテルたちは、諸外国の異なる習慣や貨幣にも比較的容易に慣れてゆくのである。

しかし、アメリカへと向かう三等船室の長旅において、モッテルたちは、換気の不十分な船室での汚濁と悪臭、不十分な睡眠、粗末な食事、浴室やトイレの不足、プライバシーの欠如、船酔い、言語の混乱など、次々と新たな試練に対応しなければならない。やがて神が下された〔第二の洪水〕のような大嵐の後で、出エジプト記のユダヤ人にも似た気持ちを抱きながら、疲労困憊の状態でエリス島に到着するのである。振り返れば、長い航海を生き延びたことや、目の悪い母が渡米できたことは、まさに奇跡である。

一等、二等船客は長いはしごを伝って下船して行くが、三等船客は、エリス島につれて行かれ、親戚や知人が迎えにくるまで、そこへ留め置かれるという。待ち焦がれていると、先に渡米していたカスリレフケの隣人たちが、太り、帽子を変え、ユダヤ人の象徴であったひげをそり落とした状態で到着する。また、彼らの名前もアメリカ風に変わっている。

モッテルの生まれ故郷と比べて、ニューヨークは摩天楼が立ち並び、騒音がけたたましい。帽子を飛ばされそうな混雑の中で、母を始め新着移民はうろたえるが、ピニーは興奮して叫ぶ。「俺たちを迫害した連中のおかげでここアメリカに到着できたんだ。いつの日か連中は悟るだろう、ユダヤ民族という貴重な宝を手放してしまったことを。ユダヤ人を失った連中はスペインのように凋落の運命をたどるんだ！」（二四五）と。

モッテルたちは、ニューヨークのユダヤ人街を歩いてゆき、いくつもの階段を上って高層アパートに到着する。部屋には、旧世界のレンガ・オーブンの代わりに鉄製の調理台が備えられ、水道からは湯水がほとばしる。コロンブスの発見した驚異の国である。旧世界で貧しい生活を送っていた隣人一家は、いまや子供たち全員を働きに出し、部屋の多い住居を獲得し、旧世界では夢にも見なかった硬貨を手にしている。

この時点で新来移民は、同郷人のネットワークにいろいろと助けられてゆく。同郷人の家で寝場所や食事を提供され、同郷人の家を転々としてから新世界でのスタートを切ることもあった。いっぽう、すでにアメリカで足がかりを築いた人は、同郷人の職探しまで手伝ったものであった。実際、兄やピニーもカスリレフケの同郷人のおかげで仕事を見出し、彼らの店で働く機会を得たりしている。

兄は仕立てをし、ピニーはアイロンをかけている状況で、先唱者やラビの家系からミシンを踏む職人が生まれるわけである。いっぽう、旧世界で仕立て屋をしていた男がアメリカでラビになる場合もあり、新世界ではさまざまな逆転現象が生じている。その中で、兄は努力して仕立て仕事に慣れるが、ピニーはひどい近視に加え、何事にも熱意が過ぎるあまり、自らの袖を縫ったり、失敗や生傷が絶えないのである。

やがて兄やピニーは、本の行商（もっともピニーは本の行商よりも読書に没頭し、さらにアメリカの万年筆で執筆に夢中であるが）、清浄食品（コシェル）のソーセージ販売、家具店や保険会社の集金係などを転々とした挙句、他人のために働くのではなく、自らの商売をしようと思う。

そこで、何でも発見できるアメリカの新聞で仕事を探し、学校の近所で屋台が売りに出ているのを買い取り、ソーダ水、アイスクリーム、雑誌などを家族全員で商うのである。そのうちに母さえもが、英語を話し始め、「チキン（鶏）へ行って、キチン（台所）に塩を振るわ」など、韻を踏んだ話し方さえする。先着のドイツ系移民の援助で設立された施設である〔教育同盟〕なども活用し、英語を必死に学ぶ新来移民の悲喜劇が、この母の姿にも読み取れよう。それまで抑えられてきた教育への願望、未来世代への期待、イディッシュ文化や道徳などが絡まって、移民は必死に教育を求めたのである。

このようにモッテルの家族が新しい生活を求める奮闘を展開している間に、故郷ではひどいポグロムが勃発し、カスリレフケは崩壊してしまう。同郷人が多く渡米し、シナゴーグも建つが、旧世界で裕福であった人は、ポグロムですべてを失い、アメリカで困窮に苦しむ。

ショレム・アレイヘムは、執筆に次いで音楽を愛し、家庭ではピアノを弾いてメロディを創造したという。そうした作家の特質を反映し、『ナイチンゲール』(*The Nightingale*)などの小説には音楽にたずさわる若者が登場してくる。彼の創造した牛乳屋テヴィエは妻ゴールディに先立たれ、過去と未来の間で宙ぶらりんの状態であるが、ロシアを追われた後のアメリカでいかに足場を固めてゆくことであろうか。また、モッテルは才能ある音楽家として成長してゆくのであろうか。

5 存続とユーモア

ユダヤ人たちは紀元七〇年、ローマ軍によって彼らの信仰の象徴である神殿を破壊されて以来、一九四八年のイスラエル建国に至るまで、長期に及ぶ流浪を強いられた。流浪の期間中、彼らは常に少数民族として諸国に分散して暮らし、そこで一時的に迎え入れられ商売に重宝がられることがあっても、いったん寄留先の政治経済が悪化すれば、その責任を転嫁され、迫害され、追放されることが常であった。しかし、彼らは数々の艱難辛苦を乗り越えながら、彼らを迫害した国家や民族が滅んだ後でも、存続して今日に至り、なお優秀な人材を輩出し続けている。彼らが存続してきた事実、そして民族のアイデンティティを維持してきたことは、驚異であり神秘的ですらある。

ユダヤ人の存続を支えたものとして、流浪の中で民族精神を形成した聖書やその注解タルムードが挙げられよう。聖書に盛られた六一三といわれる戒律を守ろうとする一例として、どこに住もうとも土曜の安息日を遵守したことは、世界に散らばった民族の結束を強め、たとえ週一回でも労働を離れ安息の日を持ったことは、彼らに悲惨を乗り越えて生きる力を与えた。さらに、迫害に対抗するために相互援助や慈善精神を高めたことも、彼らの存続に寄与したことであろう。

このようにユダヤ人が存続を求めて奮闘してきた過程で、もう一つ忘れてならないものが、流浪の苦難より培ったユーモア精神である。激変する流浪社会を生きるにあたって、心の支えとして聖典を学び続けることが重要であったのと同時に、理想と現実との乖離を埋め合わせるために、いわばクッションの役割を果たすユーモアが必要であった。すなわち、神によって選ばれた民でありながら、しばしば社会の末端で呻吟する矛盾の中で、彼らはユーモアによってこうした理想と現実との狭間にやんわりと均衡を求め、危険な活火山のふもとで暮らすような状態にあっても、プラス思考を持って生き延びてきたのである。まさに、流浪の苦難がユダヤ人のユーモアを生んだといえる。

第二章

ドレスを着たドン・キホーテ

ユダヤ移民社会の夢と笑い

江原　雅江

アンジア・イージアスカ（Anzia Yezierska　一八八〇−一九七〇）の『長屋のサロメ』（*Salome of the Tenements* 一九二三）には、もともと出版社に拒絶され、更なる推敲を経て出版されたといういきさつがある。批評家からはあまり高い評価は得られていないが、当時の一般読者には絶大な人気を誇り、多額の売り上げを獲得した（Henriksen　一八四）。激しい気性のイージアスカが、全速力で書き上げたとされるこの『長屋のサロメ』は、読者にもその緊張感を強い、ソニア（Sonya Vrunsky）のマニング（John Manning）獲得への奮闘の連続に集中させるかのようである。その緊張の狭間で生み出される〈笑い〉が、テキストにちりばめられている。それは、移民作家イージアスカのテキストの社会学的価値以外に、現在まで読み継がれている根拠となりうるものである。

タイトルの〈サロメ〉はもちろんヒロインを象徴している。その呼称は、呼ばれる者を蔑みこそすれ、尊敬の念で使用されるものではなさそうだ。ソニアの呼称や当時の移民の成功者である同胞たちを中心に据え、本小説における〈笑い〉を探ってゆくことにする。

1 やっかみ屋と貧乏神

一見ソニアとマニングの恋が物語の中心に据えられているが、マニング以外の人物とソニアとのやりとりが、実は『長屋のサロメ』の魅力でもある。たとえば、イージアスカの代表作『パンをくれる人』(*Bread Givers* 一九二五)においても同様に、語り手サラ (Sara Smolinsky) が抜け出したい移民街の生活描写こそが、そのヒロインの恋物語以上の強い印象を与えている。スモリンスキー一家の末娘サラの語りには、両親や姉たち、姉への求婚者たちなどヒロインを取り巻く移民街の生活が活写され、貧しいながらも素朴で無垢な人々の営みがいきいきと描かれるのである。

『長屋のサロメ』においてユダヤ移民たちを眺めるうえで、まず挙げられるのが、ソニアの同僚たちである。自分には両親も金もなく、友人もいない(四七)とソニアは言うが、マニングとの出逢いや結婚後の披露宴、結婚の破綻といった節目には顔を出し、幸せを妬み、不幸を喜ぶシンプルな人物造形がなされるギテル (Gittel Stein) は、〈笑い〉を語る際に筆頭に挙げるにふさわしい人物であろう。ソニアよりも年長のギテルは、ビン底メガネ越しにソニアにいつも羨望と嫉妬のまなざしを向ける。

「失敗が私の宗教なの。恋でも人生でも失敗を受け入れている。深みがあり、繊細であればあるほど、

成功が低俗で浅ましいものだと悟るものよ」とギテルは十二使徒のような熱意で宣言した。（九四）

負け惜しみを、イエス・キリストの弟子という不調和な比喩でおかしさを醸す。より厳しい言及の中で語り手は「挫折のチャンピオン（champion of defeat）」（九四）とまで称し、読者の〈笑い〉を誘う。

また、ギテルが恋する編集者リプキン（Lipkin）は、ソニアに好意を抱くぼろをまとった貧乏アマチュア詩人として登場する。

「苦く甘く、月を愛することは」と、彼［リプキン］は皮肉っぽく引用した。ソニアは言った、「あなたは感じたことをなんでも詩にするから、いつも疲れてしまうのよ」リプキンはまるでソニアの足元で、彼女に踏みつけにされているように感じた。しかし、そんな苦悩の時にでも、自分の創作したものを新しく貢ぐことで、彼女の心を動かせるのではないかと無駄な希望をつかもうとしていた。（六八）

マニングの足元にひれ伏すかのような崇拝ぶりのソニアに、逆に足蹴にするような扱いを受けながらも、リプキンは詩を吟じながら飄々とさまよう。冒頭でのソニアにとっての神のようなマニングとは対照的に、不運なシュリマゼル（shlimazel）を彷彿させる貧乏神である。

このように、ソニアを見つめるギテルやリプキンは、カリカチュア化された傍観者としての役割を担う。こういった同僚ゆえに、ソニアが移民の貧困社会を抜け出す願望を持つのは自然であり、くすぶる同胞に対する作家・語り手の風刺が効果的に表わされていることが明確となる。ウィレンツ（Gay Wilentz）も『長屋のサロメ』の前書きで、「多くのコミック小説同様、この小説においてもステレオタイプを使用して社会問題を浮き彫りにする」（xxi）としている。

2　ぼろをまとった〈サロメ〉

表題の〈サロメ〉は、テキスト第一章のタイトル「サロメ、聖人に逢う」（Salome Meets Her Saint）にはじまり、美しく情熱的なヒロインのソニアを表す呼び名として現れる。聖書におけるサロメは、ヘロデ王の祝宴に招かれ妖艶に舞う。その舞いによって見る者を魅了し、ついには王になんでも好きなものを褒美にやると言われることになる。サロメは母親のヘロディアに問い、母親が自らの愚行を咎められ疎んじていた洗礼者ヨハネの首を褒美として要求する。約束を守らざるを得ない王は、家来に命じ、洗礼者ヨハネの首を盆に載せてサロメに差し出させるのである。オスカー・ワイルドでも有名なサロメをタイトルに用いることで、読者は登場人物に関する比喩を明確に理解することができる。ソニアを〈サロメ〉とする一方で、マニングの冷淡さを血のない男〈洗礼者ヨハネ〉に象徴させる箇所も存在する（九六）。

ソニアは、貧しいユダヤ系移民として『ゲットー・ニューズ紙』（*Ghetto News*）の記事を書くことを生業とし、長屋《テネメント》に暮らしている。取材を申し出てもなかなか受け入れられない多忙なマニングを、彼が創設した隣保会館の前で待ち伏せし、インタヴューをとりつける。昼食をともにする初めての約束をしたマニングを前にして、大仰にも神の足にすがるかのような心持のソニアは、次のように感じている。

魔法にかかったように意志の力が自分の望むものを肉と血に変えてくれた。このごみごみとしたゲットーで、手押し車の呼び売りに囲まれ、行商人たちの埃や叫び声の中で、百万長者で慈善家のジョン・マニングが立っている。夢の人物が自分に話しかけ、昼食を一緒にどうですかと言ってくれているのだ。(三二)

ソニアの背景であるユダヤ移民街の喧騒と、ピューリタンを代表する慈善家のマニングが対照的に描かれる。マニングの約束を取りつけたものの、ソニアの出で立ちは、サージのスーツは擦り切れ(八)、靴のかかとはすり減って、手袋は穴だらけ(一六)、コートもぼろぼろ(二二)と、そのみすぼらしさが幾ページにも渡り強調される。それはもちろん貧困を克明に描く一方で、そんなみじめな姿であっても百万長者マニングに恋心を抱いてしまう無謀なソニアへの、語り手のコミカルな視線とも指摘できる。ヘロデ王の姪であるサロメは美しいドレスを身にまとい、豪華な宴においてその魅惑的な舞いを披露した。一方、ソニアはぼろをまとった貧しい記者に過ぎず、その筋違いの比喩に、ソニアや彼女を取り巻く人々の無邪気さが表れている。

〈サロメ〉という呼称は、ソニアが表面的、物質的な富にあこがれ、また慈善を夢として描いていた時期に多用される。その高邁な慈善家の計画に共感・賛同し、自らもその計画に参加するだけでなく、彼の妻として務めを果たしたいという壮大な夢を持つ頃である。ソニアを〈サロメ〉呼ばわりするギテルの言葉は、『長屋のサロメ』前半を要約するものとなり、傍観者によるプロットの総括でもある。また、語り手に次いで、ソニアの衝動的な行動や誇張表現を指摘する役割を担っている。

「街の真ん中で男を呼び止め、『人類の恩人』だとか『魂の救済者』だとか呼び始めるものだから、その人はあんたを昼食に招いたんだ。それから、五番街の店に突撃して、別の見知らぬ男に、デリラのように頭のてっぺんから足の先までドレスアップしてもらい、それから家主をたらしこんで、救いようのないオネスト・エイブ（Honest Abe（Abraham Levy））に催眠術をかけた。あんたの大事な男のために、道具立てを手に入れようと世界中をめちゃくちゃにしたんだ。もしあんたが受け入れられるとしたら、理由は、あんたが薄情なサロメで、狙った男を手に入れられるなら相手が生きていようと死んでいようと、お構いなしだということだけさ」（九五）

ギテルの言うソニアの「道具立て」について、順を追って詳述することにする。

3 〈サロメ〉を剥ぎ、〈ドン・キホーテ〉に武器を

タイトルにおいては〈サロメ〉と称されているソニアに対して、〈ドン・キホーテ〉という名称が、冒頭で使用される。同僚のギテルは「ソニア、あんたを見ているとドン・キホーテを思い出すわ。ドン・キホーテは風車を攻撃するだけだけれど、あんたにはまともなものを手に入れる感覚があるのね（八）」と、金もないのにマニングとの食事に備えて新しい服や帽子を手に入れられる、と信じている無邪気なソニアを称して皮肉を言うのである。〈ドン・キホーテ〉も〈サロメ〉同様、読者に明確なイメージを与える呼称である。その頃のソニアの発言等には感嘆符が多用され、語りには誇大表現（exuberance）（八）と評されるな

ど、ソニアが浮足立ち、現実を見据えぬさまが、明瞭に表現・風刺されている。

ソニアは早速、近所の帽子店で聞きつけたデザイナーのホリンズ（Jacques Hollins）のもとへとニューヨーク五番街へ急ぐことになる。マニングとの初対面、そして続くふたりでの昼食という緊張の間に挿入された三章では、ソニアに据えられた視点を離れて、ジャキー・ソロモン（Jaky Solomon）というユダヤ人の過去について語られる。ジャキーは自分の才能を認めてくれる雇い主を探してスウェットショップを渡り歩き、パリ行きを企てている。そんな中、裕福な顧客から引き抜きの話を持ちかけられるという、時をさかのぼったエピソードである。

彼［ジャキー］の中のユダヤ人が、彼女［顧客］を値踏みした。彼の民族のがつがつした金や権力への欲が、黒い瞳の中で踊った！　パリよ。ああ、パリよ。（二〇）

主人公ソニアの干渉を受けない三人称で描かれるジャキーは、恐らくユダヤ人として設定されている語り手により、ユダヤ人読者の〈苦笑〉を誘うかのごとく、自嘲的に語られている。その後、パリ行きを実現させ、ホリンズという名を携えてニューヨークに戻ってくるのである。「現代の読者にとっては、ソロモンからホリンズに改名せねばならなかったことが、その成功を弱めている」と前出のウィレンツは指摘する（xxii）が、「人種的な偏見を受けずに芸術性を理解してもらうため」という弁明（二八）も、顧客の中心は上流とされるワスプである当時のニューヨークのファッション界においてはやむを得ない現実なのかも知れない。

四章でソニア周辺の視点に戻り、ホリンズ（元ジャキー・ソロモン）のアトリエに乗り込んだソニアは、次のように自分のドレスの必要性を語り、ホリンズを説き伏せる。

「イーストサイド［移民街］出身ならば、偉いお医者さんたちがただで貧しい人を治療に来ているのを知っていますね。私［ソニア］も血に醜いものという毒が入り込んでしまって死にそうな病人なのです」……「あなた［ホリンズ］は美しさを求める患者のための医者ですね。美しくすることで力を与えられるというあなたの力で、貧しい娘の命を救うべきではないのですか。お金が必要ならば、お金持ちのお勘定に足せばいいじゃないですか。私が自分自身になるための服をくれるためのお金なんて、アメリカには十分ありますよ」（二三）

このソニアの自分本位で大げさな空論は、彼女の切実な美の飢えとともに、ジャキーと同胞である「がつがつした欲」を曝け出している。だが、傲慢で自己中心的に見えるソニアの振る舞いも、ソニアと同様に美を理解するホリンズには身に染みる叫びであり、ホリンズはソニアにドレスを与える。しかも、粗悪な綿の下着しか身に着けていないことを予め想定し、明らかにソニアのためと思われる下着、シルクのストッキング、靴が用意されていたのである（二七）。貧しさを露わにしている〈サロメ〉は粗悪な綿の下着を、美の医者に想像させてしまうのである。

マニングに対面するソニアの緊張は弛緩され、美の医者であるジャキー・ソロモン＝ホリンズとの内面の共通性を曝け出し、ぼろをまとった〈サロメ〉として下着までも見透かされてしまう。しかし、この同胞によりドレスという〈武器〉を手に入れることで、ソニアの〈ドン・キホーテ〉としての〈戦い〉の準備が整うのである。

4　好色の暴君

マニングとの昼食で話が弾み、隣保事業の話をするのに邪魔の入らない場所として、ソニアの部屋はどうかと提案される。すぐに彼を招きたい気持ちを抑えるのが精いっぱいのソニアの心情を語り手は、

　女の本能が、マニングの訪問を先延ばしにするよう促した。今のありのままの部屋の状態では、彼を部屋に招き入れるのは不可能じゃないかしら。ソニアは彼の訪問を延期する必要性を感じていらいらしたが、おどけてためらうようにしてそれを隠した。（三九）

と描き、衝動的な〈ドン・キホーテ〉でありながら、〈サロメ〉として最善の策を探り、両者を揺れ動く様子を表している。二週間の猶予をもらうことを提案し、陰惨な内装をなんとかしようと、ソニアは街の暴君として名高い家主のローゼンブラット氏（Mr. Rosenblat）のもとを訪れる。ソニアはその大家に長屋の改善を求めるが、無下に断られたのち、依存心を起こしマニングの邸宅を訪れる。しかし、自分から彼のもとに飛び込むのは施しを求める物乞いの行為に過ぎないと気づき、マニングの方が自分を訪れることの意義を見出す。そこで、再びローゼンブラット氏を説き伏せる作戦を練ることになる。

そうだ、彼［ローゼンブラット］に侮辱されたが、負けを認めるわけにはいかない。違う角度からアプローチの仕方を考えださねば。要求があまりにも直接的だったのだと合点がいった。……彼女［ソニア］は武器を手にしていることを悟った。寝床から飛び出し、神聖なホリンズがデザインした勝利の美しさをもったドレスに身を滑り込ませた。彼女は、どんな角度だって見逃さないようにと壁にある鏡を上へ下へと動かした。シルクのストッキングから羽のついた帽子まで、鏡に映った姿は納得できるものであった。シルクの下着のなめらかでぜいたくな手触りは、ワインのように身に流れ込んだ。戦いの時なのだ。そして、勝ちを確信した。（四八）

ソニアの画策通り、ローゼンブラットは、ドレスを着用している彼女をつい前日に修繕を断った店子のソニアとは気づかず、鼻の下を長くして応対する。ソニア自身は擦り切れたサージのスーツを常に着用していたが、当時の五番街の顧客たちは柔軟な姿態にまといつく服地のドレスで有閑階級を誇示していた。アン・ホランダーによると、それまでコルセットで締め付けられ、人工的に演出されていた上流の「女性服は、女性の身体構造を見えるようにしたばかりでなく、女性が自分の肉体に抱く感覚、他人が触れたときに感じるであろう感覚をさりげなく伝え始めるようになった」という（ホランダー　一八六）。したがって、現代の読者が考える以上に、ローゼンブラットはソニアにセクシュアルな魅力を見出すことになる。

五番街の高級ドレスを着ているはずのない、移民らしからぬソニアに「ああいった移民のウエイターたちは、階級に敬意を払いませんな。私は違いますぞ。一目でどなたが淑女か分かります」（五〇）とへつらい、「何でも約束してくださるのですね？」と尋ねるソニアに、「何でも約束しますとも、かわいいお方」と答えるローゼンブラットは、欲しいものは何でも褒美に与えるという〈サロメ〉のヘロデ王を想起させる。そして、まんまとソニアの住む（ローゼンブラットが家主である）長屋におびき寄せられてしまう。そして、

「こんな場所は、あなたのように高貴なかわいらしい女王様には不似合いです。ユダ公（kikes）や移民にお似合いの汚い長屋に住むべきではありませんよ。もっと立派なところに」（五三）

と自家撞着に陥るような発言をする。暴君と呼ばれるローゼンブラットは、シナゴーグの会長や慈善団体の議長など名誉な職を担っていたが、最後に正体を現したソニアがその役職を脅かし、マニングに告げ口することを恐れて、ついに壁の塗装へと説き伏せられてしまう。「もっと要求しないでいてくれて、ありがとよ」（五五）と負けを認めてユーモアを添える好色のローゼンブラットもまた、同胞のカリカチュアに彩りを添える一員としてふさわしい。

七章の「ソニア、屈辱をしのんで勝負する（Sonya Stoops to Conquer）」というタイトルは、もちろんゴールドスミス（Oliver Goldsmith）の喜劇『負けるが勝ち（*She Stoops to Conquer*　一七七三）』のパロディーで、下劣な大家に色仕掛けをするソニアの作戦を表している。マニングの邸宅の重厚で寒々とした描写とマニングの長屋訪問というふたつの緊張の狭間のひとときとして、ローゼンブラットは見事なまでに〈笑い〉を提供するのである。また、後述する〈ドン・キホーテ〉の風車を彷彿させる〈戦い〉のシンボルが効果的である。

5　吝嗇の質屋

古くはシェイクスピアのシャイロック（Shylock）から、ユダヤ人の典型としてあらわれる質屋の、オネスト・エイブも『長屋のサロメ』において見逃せない重要な人物である。ローゼンブラットのおかげで壁の塗装を済ませ、美しくなった部屋の仕上げに必要な金を、ソニアはエイブから借りようとする。相変わらず無謀なソニアをあざ笑うギテルは、

「あの守銭奴？　あんたの眼から白眼だって盗んでしまうだろうね。赤ん坊の指から血を吸うことだって厭わないだろうよ」……「血管には血が流れていないんだから。金だけが身体に流れているんだよ」……「あんたが石から血を絞り出せるかどうか見ものだね」（五八）

と次々と絶妙な比喩で呆れ返り語る。そんな風に人を寄せ付けず、恐れられてさえいるエイブは、将来の希望のみを質草に百ドルを借り出そうとやってきた自信満々のソニアにひるむ。

「実体のない希望に、がっちり何ドルも現金を借りようと言うのかね？」

「私の希望は、現金よりもずっと中身があります」その言葉は、打楽器のようにガーンと彼［エイブ］を打ち抜いた。

エイブの固い表面を、記憶という暗い水たまりのさざ波が突破し始めた。「現金よりも中身のある希望だと？」エイブはその言葉を咀嚼し続ける。長い間忘れていたかすかな声、あいまいな形やこだまが彼の

内側を揺さぶり始めた。ああ、何年も何年も前に、希望や夢の方が大金よりも勝る若さに埋もれていた時代があったなぁ……この娘は誰なのだ？　この娘は何者だ？　大きく恐れを知らず揺らぐことのないこの娘の眼は、単なる眼ではない。わしの過去全体を移す魔法の鏡ではないか。（六〇）

と思いをはせ、シナゴーグの朗詠者として、自らの声で人の心を揺さぶっていたころのことを振り返る。朗々とした吟唱を扁桃腺の腫れによって失いそうになり、その手術代も捻出できずに無料の病院で手術を受けたエイブは、結局扁桃腺とともに芸術的な声を失うことになる。そのため金に取り憑かれた彼は、アメリカで手押し車の商人になるよりも手っ取り早い質屋への道を選ぶ。見習い後、横柄さとその明確な目的によって、すぐに自身の店で金を貸すようになる。ジャキー・ソロモンに続き、回想を伴う語りは、『長屋のサロメ』の三人称での語りの利点を十分に活かしている。

ローゼンブラットに勝ち、マニングに近づきつつあるソニアを見込んで、エイブは無担保で百ドル貸す代わりにマニングとの結婚後、五百ドル返済するよう契約を交わすことになる。エイブは独り言を言う。

「やれやれ（Gottuniu!）、オネスト・エイブが、はかない希望とやらを質草に、まるまる百ドル貸してしまったよ」と人知れず、首を振りながらつぶやいた。自らが夢見がちなアーティストであった、あの永遠に失われた日々に思いをはせながら。（六四）

エイブを単なる吝嗇・悪人としてでなく、時折のぞかせる素顔とともにユーモラスに語るところに巧みさが表れている。ステレオタイプの質屋がひるむ姿は、その多面性を〈笑い〉とともに露呈するのである。

手に入れた金で部屋も美しくなり、計り知れないアングロ・サクソンのマニングとの恋の心理戦において、マニングの夢の中でもソニア＝サロメが登場する（一〇一）が、結局ソニアとマニングは互いの愛を確認することとなる。しかし、結婚後新居となるマニングの邸宅は、古くからの格式、伝統に縛り付けられた牢獄のような場所である。同胞の成功者には自ら築き上げたものがすべてであるが、ソニアによる成功においては唐突にマニングのピューリタンとしての財産が手に入ったに過ぎない。返済期日延長のためとっさにサインしてしまった契約のせいで、千ドル返済せねばならなくなり、エイブの陰と借用書にソニアはずっと苦しめられることになる。

そんな中、千ドル返済を迫るオネスト・エイブの脅しに屈し、ダイヤの婚約指輪をこの質屋に渡してしまう。狡猾なエイブは、今度はその指輪を取り戻すためには一千五百ドルを要求する。結婚後に気づいた見せかけの慈善や隣保事業の虚偽、そしてエイブの脅しの両方に苦悩するソニアは生気を失い、ついにマニングと衝突することになる。半狂乱で、金の工面も、隣保事業への協力の申し出もすべてはマニングを手に入れるためであったと叫ぶソニアは、王にも容赦なくひたすら洗礼者ヨハネの首を求めたサロメを彷彿させるが、差し出された洗礼者ヨハネの首のように、獲得した褒美は過去からの産物で、未来とは断絶しており、発展的なものではない。質屋の話を告白した際に、マニングがこぼした「あのユダヤ人めに、私の名が握られている」（一五一）という内に秘めたユダヤ人への憎悪（一五六）の言葉に、夫婦関係はいよいよ決裂する。ソニアは家を飛び出し、かつての新聞社の同僚であるギテルとリプキンにも拒絶され、裸一貫やりなおすことになる。

6　ドン・キホーテの〈笑い〉

小説終盤、ソニアに最初にドレスを与えたときから彼女を見守り続けていたホリンズと、最後に結びついたソニアへの愛情を込めた呼び名として「僕のクレイジーなドン・キホーテ」（一七八）というものがある。〈ドン・キホーテ〉としてのソニアは、〈サロメ〉のように女性の魅力を駆使するだけでなく、マニングのもとを去り、貧しい生活に戻り、今度は自らの力で創出したドレスにより、ホリンズに再会する。この〈ドン・キホーテ〉はソニアにとっての真実が明らかになってからの言及であり、開眼したソニアの反省を込めた、しかし過去と決別した明るさが見いだせる。

『ドン・キホーテ』は、セルバンテスが当時流行の超人的な英雄を扱う騎士道物語に対抗し、非英雄を用いて風刺するパロディーであることは、周知の事実である。翻訳者の牛島信明は、次のように述べる。

「中世の秩序と美徳の化身である遍歴の騎士の中に、自身の祖国と熱にうかされた英雄時代を仮託したセルバンテスは、ドン・キホーテという遍歴の騎士のパロディーを想像することにより表向きは自分とスペインの過去（＝ドン・キホーテ）を否定するかのごとき体裁をとりながら、一方では、その純粋な熱情の美しさを微笑みながら認めている」（牛島　七三八）

牛島のセルバンテス観同様、イージアスカ・語り手にも〈ドン・キホーテ〉として貪欲に猛進するソニアの無鉄砲を風刺しつつ、彼女の無邪気な熱情の美しさを微笑みながら見守る姿勢が見いだせる。また、ソニアの背後には同類項として、ジャキー、ローゼンブラット、エイブも控えている。〈サロメ〉という蔑みに似た称号を得たヒロインのソニアは〈ドン・キホーテ〉となることで、親しみやすくひたむきな夢想家のイメージを与えられ、ユダヤ移民の貪欲さや無邪気さを付与されることで、読者にとっても愉快で魅力的な人物となることに成功している。別の牛島の言葉を借りれば、イージアスカはソニア、そして同胞たちを「否定しながら肯定している」（『ドン・キホーテ』五九八）のである。

ホリンズのドレスを身に着け、ローゼンブラットを手玉に取り、老エイブを若き日の回想に駆り立て翻弄するソニアの若き姿態と、情熱や自信に満ちた野心は、ユダヤの同胞に大きな影響力を持つ。それぞれの世界でそれぞれのやり方で成功した同胞たちは、ソニアの理解できぬアングロ・サクソンとは異なり、ソニアにも共通する貪欲さや情熱を持ち合わせ、なおかつ滑稽である。

『長屋のサロメ』においてマニングに関わるエピソードは持続することなく、美の医者ホリンズの過去と〈サロメ〉の本質露呈、暴君とされる好色な家主との〈戦い〉、吝嗇の質屋の若き日の苦闘、そしてギテル・リプキンといった戯画的人物を配し、随所に〈笑い〉を提示している。重々しい伝統や因習にとらわれたピューリタンとの緊張のさなかにあって、時折ユダヤ性という弛緩と交代し〈戦い〉が繰り広げられ〈笑い〉が引き起こされる。そして、五番街のドレス、生まれ変わった長屋の自室、金といった〈武器〉をも手に入れ、ソニアはまたアメリカ生まれのマニングとの心理戦〈戦い〉に向かってゆく。

施す側のマニングは気づくことがないが、隣保事業は実は不自然な笑顔や見せかけの慈善であふれている。その砂上の楼閣のような計画は、勇ましい〈ドン・キホーテ〉の立ち向かう風車であり、結局ソニアも幻と気づき揺れ動くが、ついには美を創造する者として足を踏みしめて自立する。かつて同様の〈戦い〉を経験したであろう同胞と分かち合う〈笑い〉なしでは、たくましいソニアもその緊張の持続に耐えられたかどうかは疑わしい。

最後に、ソニアは「勝ち誇って立ち上がる」(Triumphant, she rose.)(一八四)。イージアスカの向ける風刺と愛情の両方を担い、同胞の〈笑い〉の力を借りて戦いに挑むソニア。強靭なヒロインにふさわしい大団円ではなかろうか。

第三章

滑稽さの背後に広がる世界

アイザック・B・シンガーの短編小説を中心に

大﨑　ふみ子

1　「消えた一行《ぎょう》」

アイザック・バシェヴィス・シンガー（Isaac Bashevis Singer　一九〇四―一九九一）の作品に、「消えた一行」（"The Missing Line"）という、思わず笑い出したくなる短編小説がある。第二次世界大戦前のワルシャワでの話だ。当時ワルシャワにあった〈イディッシュ語作家クラブ〉で、イディッシュ語新聞『ハイント』の文芸欄を担当していたヨシュア・ゴットリーブが駆け出し作家の「私」に話しかけてくる。ゴットリーブは因果律を絶対的なものと考えているのだが、二年前に、彼の価値観、世界観がひっくり返るような経験をしたというのだ。

イディッシュ語の植字工の間違いのひどさは世界一だ、そのせいで夜も眠れない、と前置きしてから、ゴットリーブは二年前にカントについての文章を書いたときのことを話し出す。二年前のそのとき、彼は誤植の格好の標的となりそうな、けれども内容上欠くことのできない「統覚の超越的統一」(the transcendental unity of the apperception)という語句を引用した。奇跡的に正しく印刷されている校正刷りを三回確認し、「先のことを考えて、まさかのときのために、短いお祈りも唱えた。」("The Missing Line," *The Death of Methuselah* 一七九)ところが刷り上った新聞を見ると、「統覚の超越的統一」がまるごと消えている。例によって植字工が他の記事に組み込んでしまったのだと激怒しながらほかの記事に目を通すが、彼の文章の要ともいうべき重要なその語句は『ハイント』の紙面のどこにも見当たらなかった。ところがしばらくしてライバル紙『モーメント』の「鬼畜」というニュース記事を読んだとき、「最もありえない、信じがたい、途方もないことが起きた――私の消えた一行がまさに私の目の前にあるではないか!」(一八〇)その記事は、酔っ払った門番が自分の娘を犯したという内容で、「彼は居酒屋から帰宅し、ベッドで寝ている娘を見て、統覚の超越的統一……」と印刷されているのだ。見間違いかもしれないと思い、目を閉じてから再び見ても、その語句はそこにある。息子に同じ新聞をもう一部買いに行かせて確かめるが、やはりそこにある。自分の幻覚ではないことを確認するために「完璧に大事をとって」(一八二)その記事を丸ごと息子に音読させることまでした。さらに『ハイント』の編集室で自分の書いた原稿を取り戻して見てみると、その語句はしっかりともとの原稿に書いてある。結局ゴットリーブは印刷部の部長にこの件を持ち込む。その部長は非論理的な事柄やインチキには決して惑わされない男だからだ。彼にゴットリーブは次のように言う。

私の消えた一行が『ハイント』から『モーメント』まで、十二も通りを越え、あらゆる建物、あらゆる屋根の上を飛んでゆき、まさに彼らの印刷室に飛び込んで、この記事の中に腰を据えた。ひょっとして悪霊

どもがこんなことをやってのけたんだろうか？（一八二）

ゴットリーブは実在の人物で、大戦間のポーランドにおける大物ジャーナリストであり、シオニズムの指導者だった。シオニズムはユダヤ人が自らの手でこの世に国家を作ろうという現実的で政治的な運動であったから、シオニズムを擁護する者は、前近代的で迷信的な意識にとらわれたユダヤ民衆を啓蒙する立場にあり、悪霊などという超自然的な存在は民話の中にとどめておかねばならない。ところがシオニズムの中心的な人物であるゴットリーブが、否定したはずの迷信的な世界へ逆戻りせざるをえないような体験をしたのである。ゴットリーブのあわてぶりは、いわば彼の存在意義がかかっているだけに深刻とも言えるが、きわめて滑稽で笑わずにはいられない。

印刷部長も仰天するが、さすがにとうとう合理的な説明を思いつく。つまり、『ハイント』と『モーメント』両方の新聞に記事を出している〈ユダヤ全国基金〉が、まず『ハイント』に植字した原版を持ち込み、そのときにゴットリーブの問題の語句が誤って彼らの原版に紛れ込んだにちがいない。〈ユダヤ全国基金〉から来た者はその原版を持って『モーメント』へ行き、『モーメント』の読者層向けに記事の微調整をおこない、その際に誰かが問題の語句が紛れ込んでいることに気づいてそれを『モーメント』の植字室で原版から取り除いた。ところが今度はそれが『モーメント』のニュース記事にくっついてしまった、というのである。ゴットリーブは「私」に次のように言ってこの話を締めくくる。

お若いの、こんな話をきみにするのは、ただきみに証明したいからなんだ、母なる自然がその永遠の法則を放棄したなんて軽々しく決めつけてはいかんってことをね。私に関するかぎり、小鬼やら妖精やらが力をふるってはいないし、私の好き嫌いにかかわりなく、自然の法則がまだ力を持っている。それに私は何か伝えたいときには、相手が古女房でも、もうあまり若くもない女友達でも、相変わらず電話を使っているよ、テレパシーじゃなくて。（一八四）

これがこの短編の締めくくりとなっている。まったく他愛ないただの笑い話のようだが、シンガーの読者ならいささか違和感をおぼえるかもしれない。周知のとおり、シンガーの作品には悪魔、悪霊、死霊などが頻出するし、そうした超自然的なものが存在することを信じているとシンガーはつねづね公言していたからである。しかしながらこの作品も実は、シンガー独特の世界観にきちんと納まる物語となっている。以下に「馬鹿者ギンペル」（"Gimpel the Fool"）と「冗談」（"The Joke"）という二つの短編を手がかりに、ユダヤの精神風土に育まれたシンガーならではの、笑いの中に見え隠れする世界観を探ってみる。

2　「馬鹿者ギンペル」

パン屋で働くギンペルは、なんでも信じてしまうというのでフランポルというユダヤ人村でからかいの的だった。人々の言うことを彼がすべて鵜呑みにするのは、まず第一に「どんなことでもありうる」（"Gimpel the Fool," *Gimpel the Fool and Other Stories*　四）と考えるからであり、二つ目には、人々の言うことを彼が信じなければ皆が怒り出すとよく承知していたからである。後者をポール・N・シーゲルは、「賢明な黙従」

(Siegel　一六二）と呼ぶが、より正確に言うならば、これはギンペルが賢明にも採用したというよりは、むしろむりやり押しつけられたものだ。「町中が無理強いするから信じないわけにいかなかった。」（四）

町の者たちはときにひどく残酷で、孤児であるギンペルに、救い主が来てギンペルの両親がよみがえり、息子を探しているなどと言ってだますことすらあった。思いあまったギンペルがラビのところへ相談に行くと、ラビは次のように言う。「一時間邪悪であるよりも、生涯愚か者であるほうが良い、と聖典に書いてある。おまえが愚かなのではない。彼らこそが愚か者だ。隣人に恥をかかせる者はその当人が天国を失うのだから。」（五）ところがギンペルがラビの家を立ち去る前に、当のラビの娘がギンペルをだまして笑いものにする。このラビは自分の娘が天国を失う危機にあることにも気づかないほど無能なのかもしれないが、ここはむしろ、来世を見据えたラビの説くユダヤ教の世界と、現世を生きるユダヤ民衆の生活ぶりの落差がもたらす笑いが効果的に用いられている箇所と言えよう。

町の人々はギンペルにエルカとの結婚話を持ち込む。エルカはふしだらな女で私生児までいるが、その子をエルカや町の者たちは彼女の弟だと主張する。ギンペルはこの結婚を、「あの売女と結婚などしないぞ」（五―六）と決意したにもかかわらず、「みんなの手をそうやすやすと逃れることはできないだろう」（六）と思い、受け入れる。さらに、「結婚すれば夫が主人だ」（六）と考えることで自らを納得させる。もちろん、実情を無視して根拠もなく信じただけのこの期待は見事に裏切られる。したがって実のところギンペルがエルカと結婚するのは、目に見える現実を受け入れようとしない彼の姿勢と、災いばかりをもたらす周囲に抵抗できない彼の弱さのためであり、事の重大さを考えれば、ギンペルの結婚を「賢明な黙従」とは言いがたい。結局ギンペルは町の皆が処女だと言い張るエルカと結婚する。

結婚の契約書が書き上げられているあいだに、きわめて敬虔で偉いラビがこう問うのが聞こえた。「花嫁は未亡人か、それとも離別された女なのか？」すると堂守の妻が花嫁に代わって答えた。「未亡人でもあり、離別もされました。」目の前が真っ暗になった。けれども何ができただろう、結婚式の天蓋の下から逃げ出せばよかったとでも？（七）

ギンペルの結婚は彼が望んだことではなく、諦めからであったことは明らかである。さらにエルカは結婚式から十七週間で男児を出産し、自分は同じくらい短い期間で子供を出産した祖母に似ているのだと言ってのける。ギンペルもさすがにそんな見え透いたへりくつを信じはしないのだが、学校の先生までもがアダムとイブを持ち出してエルカの詭弁に手を貸し、彼を言いくるめようとする。ギンペルは「そういう具合だった。みんなはいろいろ言って私を黙らせてしまうのだ」（十）と不満を口にするが、やがてその悲しみを忘れ始める。サンフォード・ピンスカーの定義によれば、シュレミールとは「おのれの破滅に手を貸す」(Pinsker 六) 人物であり、そこが、不運の星のもとに生まれついた人物とされているシュリマゼルとは異なる。この意味でギンペルはたしかに典型的なシュレミールだと言えよう。

やがてギンペルは生まれたその子に愛着を感じるようになり、「エルカのことも嫌いではなかった。」（十）だがエルカの「弟」はギンペルに乱暴を働き、エルカはギンペルが反撃するなら離婚すると言ってギンペルを脅す。こうしたことにギンペルは「肩は神からの授かりもの、そして重荷もしかり」（十一）と自らに言い聞かせて耐える。この言葉をシェルドン・グレブスタインはギンペルが神に従順であることの例証としているが(Grebstein 六〇)、他方ギンペルの罪については奇妙にもまったく言及しない。実際のところは、ギンペルは敬虔なようであるけれども、神の掟に反する行為をたびたびおこなっている。彼は窃盗の常習者である。

私は彼女のために盗みをはたらき、手当たりしだいに何でも掠めた。マカロンも、レーズンも、アーモンドも、ケーキもだ。許してもらいたいものだが、冷めないようにと女たちがパン屋のかまどに置いておく安息日用のなべからも盗んだ。肉切れやプディングのかけら、鶏の足や頭、臓もつ、さっとつまめるものなら何でも取ったものだ。彼女は食べて、太り、きれいになった。(十)

ユダヤ教の掟を持ち出すまでもなく、社会的見地から言ってもギンペルのふるまいは当然非難されるべきものだ。さらにまた、エルカが愛人と一緒にベッドにいるのを見つけたときのギンペルはどうか。この一件を彼がラビのもとに持ち込むと、当然のことながらラビは、神の掟を犯したエルカを離縁するようギンペルに命じた。だがギンペルはラビに従うことができなかった。「昼のあいだはあまり気にならなかった。……だが夜になって粗布の大袋の上に身体を伸ばすと、とてもつらかった。恋しい思いにとらわれた。彼女が恋しく、子供が恋しかった。」(十二)ついにエルカと子供への思いに圧倒されて、ギンペルは「女はしばしば髪は長いが分別が寸足らずのことがあるものだ」(十三)と考え、エルカを正当化し始める。また、幻を見たとか、何かを男の姿と取り違えたこともありうるとも思えてくる。翌朝、彼はラビを訪ねて、「見間違えました」(十三)と言うが、正直に言うならばせいぜい、「見間違えたかもしれません」と言わねばならないところである。ギンペルがほんとうに敬虔なユダヤ教徒ならば、罪にまみれたエルカを躊躇せずに離縁しなければならないはずだ。ギンペルが神の掟よりも妻子に寄せる、より現世的な思いを優先していることがわかる。

妻のベッドに男の姿はなかったというギンペルの主張をラビが再度確認したときも、ギンペルは「確かです」（十四）と断言する。彼は次のように考えてそう言ったのだった。

……言われたことはいつでも信じようと私は決めた。信じないことにどんなよいことがあるか？　きょう信じないのは妻のこと。明日になれば神を信用しなくなる。（十三―十四）

バーバラ・フレイ・ワクスマンは次のように述べる。「信じやすさに存在する霊的に救済をもたらす特質と〈聖なる愚者〉がもつ救済する力は、ギンペルが信仰に満ちたこれらの言葉を口にするとき立ち現われる。」（Waxman　八）しかしこれはほんとうに「信仰に満ちた」言葉と言えるのだろうか。ギンペルは、たとえ妻のベッドに男がいるのを自分自身の目で見たとしても、違うと妻が言えばそれは男ではない、また、妻の言うことを疑うことは神を疑うことに通じる、と言っているのである。シンガーの父は熱心なユダヤ教敬虔主義者だった。彼はギンペルのように浮世離れした人物であって、合理的な考え方をする妻、すなわちシンガーの母から、「神を信じることと人を信じることはまったく違う」（Blocker and Elman　十）としばしば咎められながらも、「きょうツァディク（ユダヤ教敬虔主義の霊的指導者）を信じなければ、明日には神を信じなくなるだろう」（同書同頁）と言っていた。シンガーの父は信仰を何よりも優先しており、彼が宗教上の指導者を信じることと神を信じることを等しいとみなすことはそれなりに納得がゆく。ところがギンペルにとってもっとも重要なのは、妻と子に対する愛情である。信じるというギンペルの決意は信仰や敬虔さに基づくのではなく、肉親に寄せる愛情からきている。「タールと硫黄」（十）でいっぱいの弁舌でまくしたてる不実な妻を信じることと神に寄せる信仰を同等のものとしてもちだすことは、その一途な思いを人間的感情としては評価できても、滑稽であり、宗教的見地からすれば冒瀆的と言ってもよい。シーゲルも次のように言う。「身持ちの悪いエルカを信じることと神のはかりごとに寄せる信仰とをギンペルが同等だと考えることは間違いなくお笑いぐさである。」（Siegel　一六七）

このあと、「ありとあらゆることが起こったが、私は何も見なければ何も聞かなかった。」（十七）このようにしてギンペルとエルカは二〇年ともに暮らすが、突然エルカが病気になる。やがてエルカはずっとギンペルを欺いていたこと、子供たちはすべて彼の子ではなく愛人たちの子であることを打ち明けて亡くなる。

その後のある夜、ギンペルが夢を見ていると、悪霊が姿を現わす。シンガーはかつてインタヴューで、「たとえば、サタンや悪霊を象徴として用いると、とても多くのことがらを凝縮できます。精神的な速記のようなものです」（Blocker and Elman　十九）と語ったことがあるが、「馬鹿者ギンペル」における悪霊は、この「精神的な速記」の典型的な例であろう。エルカの告白によってギンペルは、彼の信じてきたことがすべて偽りであったと知る。ギンペルの見た悪霊はこのときのギンペルの苦しみ、怒り、悲しみ、不信、絶望が形をとって現われたものと言ってよい。悪霊はギンペルに、小便を混ぜたパンを焼いて売り、皆に復讐せよと教える。これは衛生上の問題というよりは、ラビをも含めて村人全員を穢《けが》れに陥れることになる宗教上の問題であり、これを実行すればギンペルはユダヤ共同体と、そして神を前提としたユダヤ的世界観と決別することになっただろう。そのことはギンペルが来世について問いかけたとき、この悪霊が来世も神も存在しないと答えていることからも明らかである。ギンペルはまさにユダヤ人であることを捨てる瀬戸際まで来ていた。たまたま小便をしたくなったギンペルは、悪霊の誘惑に簡単にのってしまう。

そしてその直後にギンペルの心に大きな変化が起きる。夜明けにかまどのそばで眠り込んだギンペルの前にエルカが死に装束で現われ、ギンペルを叱責し、この行為を思いとどまらせる。ここでのエルカもギンペルを誘惑した悪霊と同様、ギンペルの内なる声がエルカの姿となって現われたと考えるほうがよい。逆にもしエルカをギンペルとは別個の自律した存在ととらえるならば、私たちはエルカの言葉の真偽を判断せざるをえなくなり、まさにシーゲルが陥った解決不可能な問題に直面することになる。すなわち、「我々は変容したエルカを信じてよいのだろうか?」(Siegel　一七二)とシーゲルは自問する。

ギンペルの愚かさは、それでは、ほんとうに限度がないのだろうか、そして死後にほんとうの世界に到達できるという彼の最終的な確信も、さらなる自己欺瞞か、あるいは悪意に満ちた高き力が彼に仕掛けた果てしない欺瞞の連続ということなのだろうか?(Siegel　一七三)

しかし当然のことながら、「高き力」の隠された意図についてあれこれ思い巡らすことも、グレブスタインのようにエルカを「ギンペルの救済の代理人」(Grebstein　六二)と断定することも、推測や仮定の域を出ないのだから、それよりもまずギンペルの言葉に耳を傾けてみよう。エルカが亡くなった直後にギンペルは次のように言う。

彼女の白くなった唇には笑みがまだ残っていた。
私には、彼女は死んでいるけれども、「私はギンペルをだました。それが私の短い生涯の意味だった」と言っているように思えた。（十八）

だが、悪霊の誘惑に屈したあとでギンペルが夢に見たエルカは、生きていたときの彼女からは想像もつかないことを言う。

「このばか！」と彼女は言った。「このばか！　私が偽りだったからといって、すべてが偽りだとでもいうの？　私がだましたのは私だけだったのよ。」（十九）

生きていたあいだ彼女がギンペルを欺き続けていたことは否定しようのない事実だが、この世を超えた世界には別の現実があること、そしてその世界から見れば、彼女が欺いていたのは彼女自身にすぎなかったことをこのときにギンペルは悟る。悪霊や死後のエルカという超自然的な形でギンペルがこの視点を得たことは、彼がたった今手にした智恵がこの世を超えた世界にかかわるものであるからだ。ギンペルが〈聖なる愚者〉となるのはまさにこのとき以降のことである。偽りに満ちたフランポルや、その延長としての現世だけが存在するすべてではない。穢れたパンを土に埋めて町を出ていったギンペルは、のちに、「疑いもなくこの世界は完全に想像上の世界である」（二一）と確信するにいたる。この、現世を超えた世界があるという強い信念は、シンガーのあらゆる作品を支える支柱となっており、明らかに彼が育ったユダヤ教の世界観によって育まれたものである。

3　「冗談」

「馬鹿者ギンペル」では、生涯ギンペルを欺きとおしたエルカが先に死んでしまうが、「冗談」では、騙される側のアレクサンダー・ウォルデンが、自分はかつがれたのではないかと疑いながら亡くなってゆく。

この短編では、語り手の「私」が、ニューヨーク在住の大金持ちリーブキンド・ベンデルの悪ふざけについて語る。ベンデルは、幾度手紙を出しても返事をよこさないベルリンの高名な哲学者ウォルデンから絶対に返事をもらってやろうと考え、計画をめぐらす。ウォルデンは相当な俗物で、パトロンの金で贅沢な暮らしをし、イディッシュ語を使わずドイツ語で書き、すでにかなりの年齢であるにもかかわらず金持ちの女性との新たな結婚を望んでいた。そこでベンデルはニューヨークの資産家エレナー・セリグマン＝ブラウディという娘をでっち上げ、彼女がウォルデンに愛と賛辞のこもった手紙を書く、という計画を考えた。ベンデルはドイツ語ができないので、ドイツ語は自分のドイツ人の妻にまかせ、ウォルデンの著作に関する知識は、本の読みすぎで眼がなかば見えないがウォルデンの書いたものをほとんど暗記している男を雇い、ベンデル自身はごますりの文面を担当した。するとたちまちウォルデンから、八ページにも及ぶ愛に満ちた手書きの返事が海を渡って届く。ベンデルの妻はこれ以上こんな卑劣なたくらみに加担するのはいやだと言って手を引くが、ベンデルはドイツ語のできる別の協力者を探し、この文通はなんと一九三三年から三八年まで続く。このようなペテンを続行できたのは、船酔いがあまりにひどくてウォルデンが船に乗れなかったおかげだったが、三八年についに彼は飛行機でニューヨークに到着する。

あわてふためいたベンデルは「私」を巻き込み、セリグマン - ブラウディは飛行機事故で亡くなったことにして、「私」を説明役に仕立てて自分はメキシコに逃げてしまう。やがて事態のあまりの不自然さにウォルデンは「この運の悪い旅は悲劇ですらない。ただの冗談だ――そう――そうだよ、私の人生が一つのとんでもない冗談だ、最初から最後まで」(“The Joke,” *A Friend of Kafka and Other Stories* 一七三)と「私」に言い、「このセリグマン - ブラウディなど始めから存在していなかったのではないかと思い始めているんだ」(一七四)ともらす。それからほどなくウォルデンは、看取ってくれる友人もないままニューヨークで客死する。

資産家の娘との結婚にすべてをかけてやって来たウォルデンのアメリカでの困窮や孤独感には無関心だった新聞も、彼が亡くなるといっせいに報道し、盛大な葬儀にはアインシュタインまでもが出席する。そのこと自体もこの世の空虚さを暴露するシンガー流の強烈な皮肉だが、それほどの人物でありながらシンガーがウォルデンを、明らかにギンペル同様のシュレミールとして描いていることも見逃せない。彼の主要な業績はヘブライ語による百科事典の編纂だったが、始めの数巻が出版されたのは第一次世界大戦前であり、その後、あまりに年数がかかっているので、冗談の種になっていた。「最後の巻が出版されるのはメシアが到来して死者がよみがえったあとのことになるだろうし、そのときには百科事典に載る人の名前には、日付が三つ書き込まれることになる。つまり、生まれた日、亡くなった日、墓からよみがえった日、というわけさ。」(一六一)この世でのウォルデンの業績は決して小さなものではないのだが、それにもかかわらず彼の仕事は笑いの対象となり、ウォルデン自身も最後には自分の人生を「ただの冗談」だったと振り返る。シンガーはユダヤ民話で愚か者の村とされるヘルムを舞台に多くの童話を書いたが、その一つ「シュレミールがワルシャワへ行ったとき」の最後の一文は「世界全体が一つのでっかいヘルムだよ」(“When Shlemiel Went to Warsaw,” *Stories for Children* 二〇五)というものだ。人がこの世で何を成し遂げようとも、あるいはいかに虚勢を張ってみても、所詮私たちはヘルムに暮らすシュレミールにすぎないということだ。〈聖なる愚者〉となったギンペルとは異なってウォルデンは、ヘルムすなわち現世に生きるシュレミールのまま亡くなる。

葬儀に参列した「私」の隣には見ず知らずの若い女性がいて、彼女は大きなダイヤの指輪をはめ、我を忘れた様子でウォルデンの死を嘆いていた。ウォルデンにはアメリカに親戚はいないと聞かされていた「私」は次のような思いにふける。

私はリーブキンド・ベンデルの言葉を思い出したが、ベンデルは、ひょっとするとニューヨークのどこかでウォルデン博士をほめたたえる本物の崇拝者が見つかって、その人物が心から彼を愛するかもしれない、と言ったのだった。私はずっと以前に、人が思いつくことはすでにどこかで存在している、とわかっていた。(二八〇)

シンガー自身と思われる「冗談」の語り手のこの言葉はまさに、フランポルを出て長く世界を放浪したあげくにギンペルが悟ったことを思い出させる。ギンペルは物語の最後で次のように言う。

私は多くのことを聞き、多くの嘘や偽りを耳にしたが、長く生きれば生きるほど、ますますわかってきたことは、実際には嘘などというものはない、ということだった。実際に起きないことは、夜、夢に現われる。ある人に起きなくてもほかの人に起き、きょう起きなければ明日起きるし、来年に起こらなければ一世紀のちに起こる。どのような違いがあろうか。(二〇)

「冗談」も「馬鹿者ギンペル」も、真と偽がない交ぜになった世界で翻弄されるシュレミールの物語だが、先にも述べたように「冗談」のウォルデンとギンペルの違いは明瞭である。ウォルデンはいっぱいくわされたのかもしれないと疑いながら亡くなり、彼の思いはこの世の事柄に限られていて、彼が直接かかわる世界から外に出ることはない。一方ギンペルは、始めのうちはウォルデンと同じように現世的な思いにとらわれていたけれども、長年にわたって自分をだましてきた村人たちへの復讐心を乗り越えたのちに、真と偽が複雑に絡み合う滑稽な世界、それがすなわち現世だが、この現世を超えた視点を得るにいたる。どちらの物語でもこの視点は、語り手となっている人物によっていささか唐突に提示される。この視点の背景をなす考えを知るには、かつてインタヴューに答えて言ったシンガー自身の言葉が有効だ。

実のところ、私たちの知識は、知らないことだらけの無限の大海に浮かぶ小さな島なのです。そしてこの小さな島さえ謎のままなのです。(Burgin　一〇五)

人がいかに多くのことを知ろうとも、また、人がいかに偉大なことを成し遂げた気になろうとも、私たちが生き、理解している世界は大海の小島にすぎないということである。そうであるならば私たちは、フランポルの村人たちの作り話を鵜呑みにしたギンペルを笑ってばかりもいられない。ギンペルをはじめとするシンガーのシュレミールを私たち読者が笑えるのは、自分たちはすべてを心得ているという思い込みが支えとなっているからだ。ところがシンガーの描く滑稽さの背後には、思いも及ばぬ広大な未知の領域が広がっている。シンガーの場合、それは、常に神や来世を意識し、人の世を超えた真実の世界が存在するという、ユダヤ民族が連綿と受け継いできた思想に由来する。真実の世界を知らないのはシュレミールと呼ばれる者たちだけではない。ある場合にはむしろ、真実の世界があることさえ知らずに彼らを笑っている私たちのほうこそ、シュレミール以上のシュレミールであると私たちは気づかされる。

そしてその無限に広がる未知の世界を認めるならば、幽霊や悪霊の存在も否定するわけにはいかなくなる。なぜならシンガーの言うところによれば、「超自然的なものというのは、存在していることを私たちがまだ証明できないでいるものを表す言葉にすぎない」(Burgin 一〇五)からである。「消えた一行」では、自然の法則に基づく因果律の信奉者ゴットリーブが、シンガー自身と思われる語り手を自分のテーブルに呼び寄せて、前代未聞の誤植について語る。超自然的としか思えなかった誤植が、実際は合理的に説明がつくことだったと判明し、ゴットリーブは謎を解明した印刷部の部長といっしょに大笑いしたと言う。この作品の結末は最初に述べたように、ゴットリーブが語り手に対して超自然的な現象などめったにありはしないという教訓を述べて終わる。語り手は沈黙したままだが、この誤植の一件は、まさしく「私たちがまだ証明できないでいる」謎を、印刷部の部長がたまたま明らかにすることができたので、結果的に自然の法則の枠内に納まったのだった。そうであるならば、今は空想上のものにすぎないと思われている存在も、この誤植とまったく同じようにやがてその存在が証明される日が来てもおかしくない。シンガーは、駆け出し作家として過ごしたワルシャワ時代から悪霊や悪魔の物語を書いていた。文壇の有力者ゴットリーブの教訓に若き日のシンガーは反論こそしていないが、密かに皮肉な笑みを浮かべている姿が目に見えるようである。シンガーの世界では、現世の大物ゴットリーブがむしろシュレミールに見えてくる。

第四章

イディッシュ文学の笑いと批判精神

ハイム・グラーデ「ラビの妻たち」

広瀬　佳司

1　ユダヤの笑いとイディッシュ文学

『笑いとユーモア』を著した織田正吉氏によれば、チャップリンとヒトラーは、同じ一八八九年の四月の生まれで、しかも、ちょび髭を付けた容貌もとてもよく似ていた。そのためにイギリスの映画プロデューサー、アレクサンダー・コルダが、〈間違えられる〉というテーマを思いつき、ヒトラーを映画にしてみないかとチャップリンに提案してできたのが映画『独裁者』（一九四〇）である。ユダヤ人俳優とナチスの総統に関する皮肉で愉快なエピソードである。権力の頂点にあった当時のヒトラーを〈笑い〉で痛烈に攻撃するのだから、ずいぶん勇気のいる決断であったろう。

この『独裁者』で明らかなように、〈笑い〉は時に他者に対する鋭い風刺や批判となる。しかし、長く迫害されてきたユダヤ人は、他者だけではなく自分たち自身を〈笑い〉の対象とすることで、悲劇的な現実を笑い飛ばす〈笑い〉を創りだし、実践してきた。そのユーモア精神は非常にたくましく、ユダヤ教に強く固執しながらも、ユダヤ教のラビ（律法学者）や、神さえも笑いの対象にしてしまう。この種の歪曲したユーモア精神は、アメリカ文学者のアレン・グットマンが指摘するように、ユダヤ人が迫害に常に晒されていた十九世紀、二〇世紀の東欧・ロシアの不安定な社会状況から生まれたものである。このように期待と現実との乖離という絶望から自らを救うために必然的に生まれたユダヤ人特有のユーモア精神は、十九世紀のイディッシュ文学に結実した。ホロコースト後のユダヤ系アメリカ文学にも、その傾向が色濃く表れている。

このような言い方をすると妙に思われるかもしれないが、本来〈ユダヤのユーモア〉などというものはない。モーセの時代からモシェ・ダヤンの時代に至るまで〈ユダヤのユーモア〉などという言葉は存在しない。しかしながら、十九世紀の偉大なイディッシュ文学や、二〇世紀のユダヤ系アメリカ文学には共通して〈ユダヤのユーモア〉が表現されている。このユーモアは、宗教としてのユダヤ教の結果でもなければ、聖書時代のユダヤ人に帰するものでもない。この種の〈ユダヤのユーモア〉は、東欧のキリスト教世界で、少数民族としてユダヤ人が直面した危うい社会状況に起因するのである。（Guttman 三二九）

〈ユダヤのユーモア〉は、このように時代の背景や文化としての宗教的な要素が、複雑に絡み合い、微妙な陰影を生み出している。もし、目の前に笑いが転がっていても、ユダヤ人社会の文化コードについて正確かつ十分な理解がなければ気づけない場合も多い。しかし、だからこそ逆に、正確に理解できた時には笑いと、それに伴う知的な喜びをも味わうことができる。本論では、極めて閉鎖的だった戦前のリトアニアのユダヤ人社会（イディッシュ語世界）を活写したイディッシュ語作家ハイム・グラーデ（Chaim Grade　一九一〇―一九八二）の「ラビの妻たち」（"Di Rebbetzin" 英訳 "The Rebbetzin"）を中心に知的な〈ユダヤの笑い〉の深淵な世界を探りたい。

2　リトアニアのイディッシュ語作家ハイム・グラーデ

ハイム・グラーデは現リトアニアの首都ビリニュスで生まれた。当時ポーランド領であったビリニュスは、ヨーロッパにおけるイディッシュ文化の中心地であった。第二次世界大戦前のリトアニアの人口の七パーセントにあたる十六万人がユダヤ人であった。そのうち十万人が首都ビリニュスに住んでおり、市全体の人口の四五パーセントをも占めていた。イェシヴァ（ユダヤ教専門学院）も十ほど存在し、一九二五年には、ユダヤ文化研究所（YIVO）もこの地に建てられた。イディッシュ語の季刊誌が十八種類、イディッシュ語の日刊新聞が六種類も出版されていたことからも、この地にイディッシュ文化が深く根付いていたことがわかる。

グラーデはヘデルで基礎ヘブライ語を学び、イェシヴァでは、ムサール主義の影響を受けた。ムサール主義とは、十九世紀にイスラエル・サランターによって唱道された、ユダヤ教の道徳的側面を重んじる一派を指す。彼らは、宗教道徳のみならず、内省や自尊心といった積極的な自己形成の修練も重んじた。グラーデの代表的な短編「ヘルシ・ラセイネルとの口論」（英訳 "My Quarrel with Hersh Rasseyner" 一九五三）において、主人公ヘルシは、宗教に基づいた堅固な価値観こそ衝動的な風潮が強い現代に必要なのだ、と説いている。おそらく、この新しい宗教哲学の影響だろう。

グラーデは、一九三四年にイディッシュ文学の新たな文芸運動「若きビリニュス」のメンバーに出会い仲間となり、後にこの運動を盛り上げる一人となる。

一九四一年、ビリニュスにドイツ軍が侵攻した。グラーデは、母と妻の助言もあり二人をビリニュスに残して単身ロシアへ逃れたが、その後、母と妻はドイツ軍の犠牲となってしまった。このことは終生彼の心から離れることはなかったようだ。戦後は、短期間ポーランドやフランスへ移り住むが、結局一九四八年にアメリカへ移住し、一九八二年にロサンゼルスで死去する。

「ラビの妻たち」は、イディッシュ語作品『シナゴーグとユダヤ街』(*Di Klyoz un di Gas*　一九七四)の一部としてアメリカで出版されたグラーデの中編小説である。グラーデは、非常に繊細な心理描写を特徴とする作家の一人で、この作品でもラビとその妻を中心とした家族、シナゴーグのメンバーという小さな空間に焦点を絞って緻密な心理分析をしている。イディッシュ語の原題であるDi Klyoz un di Gasとは、『シナゴーグとユダヤ街』という意味であるが、英訳では『ラビたちとその妻たち』(*Rabbis and Wives*)という具体的な人物像に的を絞ったタイトルになっている。作中では、戦前のビリニュス・ユダヤ人社会で暮らすラビやラビの妻たちの生活が活写されている。

「ラビの妻たち」の世界を理解するには、まず、ユダヤ社会という特殊な世界について知らなくてはならない。以下ではこのような文化コードを解読しながら、「ラビの妻たち」の世界に満ち溢れたユダヤ的なユーモア、笑いの謎を紐解いていきたいと思う。

3 「ラビの妻たち」——二人の女性の対照世界

この作品では、ペレレとサラ-リフカという二人の女性が対照的に描かれている。二人はいずれもラビの妻であるが、ペレレは、夫のラビ・ウリ-ツヴィと結婚する前、高名なラビ・アイゼンシュタットに婚約を一方的に破棄され、恥をかかされていた。アイゼンシュタットは後年、口うるさい女性は好まない、と語る。たしかに、ペレレは口うるさく、夫が小さな町グレイプウォーのラビであることに不満を抱き、彼を容赦なく叱責する。一方、アイゼンシュタットの現在の妻であるサラ-リフカは病弱で口数の少ない女性である。

ペレレには、彼女によく似た口うるさい娘セレルのほか、既に独立している息子が二人いる。しかし彼女は、自分に性格が似ている娘とは不仲である。加えて、ペレレは自らが高名なラビの娘であったことから、息子たちがラビにならずに靴屋をしていることが不満だった。戦前の東欧ユダヤ教正統派社会にあっては、律法学を修めた優秀な者のみがラビ（律法学者）になることができたため、グラーデの自伝『母の安息日』(*My Mother's Sabbath Days*) にも見られるように、息子がラビになることがユダヤ人の母親にとっては一番の自慢だったのだ。

ラビとは、現代の日本社会で考えれば僧侶というよりも法律家・裁判官にも相当する職種で、ユダヤ律法に則り信者間のもめ事を裁定する職務も果たす。このため、正統派社会においては、ラビの妻であることが、その女性にとって、かなりの名誉になる。大きな町のラビになればなるほどその妻の権威も増すのである。

サラ-リフカの夫であるアイゼンシュタットは大都市ホラドナーのラビとして君臨している。彼は律法学の天才として、ヨーロッパのみならずアメリカにまでもその名が知れ渡っていた。ラビ・ウリーツヴィとラビ・アイゼンシュタットとでは、律法学者としての能力においても知名度においても比較にならない。これは、自尊心の強いペレレには我慢がならないことであった。三〇年以上も前とはいえ婚約を破棄して彼女に恥をかかせた男が、これほど立派なラビになっているという事実が、無欲な夫を必要以上に叱責する理由になっていることは言うまでもない。

一方の、サラ−リフカは、病弱で出産も諦めるべきであると医師から忠告されていたが、諦めきれずに娘をもうけた。しかし、その娘は年若くして病死してしまう。彼女はそれ以後、「名誉を求めてはいけない」という先祖の言葉に従わなかったために不幸になってしまったと嘆き暮らすようになった。サラ−リフカは結婚する前に夫がペレレとの婚約を破棄したことも知っており、今でもペレレに負い目を感じていた。また、ペレレとアイゼンシュタットが結ばれていた方が幸せであったろうと、夫に愚痴る時もある。その病弱な妻をいたわる夫アイゼンシュタットは、他の学者や町の人々には絶対的な立場であったが、妻サラ−リフカには勝てないのだ。ペレレのように声を荒げることは決してないが、サラ−リフカもまた対照的な方法でたしかに夫を従わせていた。

このように、二人の妻は、それぞれ異なる仕方で夫たちの意思を思いのままにしている。ペレレは夫を叱責することで従わせ、サラ−リフカは涙で夫を操作しているのだ。二人の夫は立場も能力も雲泥の差があるが、妻の尻に敷かれるというこの点においては酷似している。ここに、この作品の笑いが生まれる。

ウリーツヴィは無欲で、気取らず、誰に対しても謙虚で、なによりも敬虔なラビであった。グレイプウォーの町のユダヤ人たちは彼を尊敬し、慕っていた。宗教的な教えを破る若者に対しても人前で注意するようなことはせず、彼らのところへ出向き素朴な言葉で彼らの非をたしなめる。こうした彼の行為から、誰一人としてラビ・ウリ－ツヴィを非難するものはいない。典型的な「タム」（"tam" *Die Kloys un di Gas* 二四三 ヘブライ語で純粋で無垢な人、お人好しの意）である。ペレレから見ればよい意味ではなく「世間知らずなお人好し」だが、それでも夫を「ナール」（"nar" *Die Kloys un di Gas* 二四二、無学な者、頭の悪い人）とは考えていない。

ペレレは夫と対照的に、高慢で冷たく、計算高く、気丈な女性である。常に夫を責め、大きな町であるホラドナー市へ引っ越そうと主張し続ける。このことは町でも知られており、多くの家庭でペレレは非難の対象となっていた。ペレレの「口やかましい女」（shrew）ぶりはうまい比喩で表されている。

妻の愚痴に常に苛まれ、焼かれるような苦しみを受けているウリ－ツヴィは、火の上に置いたままにされたために中の水が沸騰してなくなってしまったやかんの様に、自分の脳みそが真っ赤に燃えているような気がした。（一二）

ウリ－ツヴィの苦労がユーモラスに表現されている部分だ。

結局、ウリ－ツヴィは妻の思惑どおり、アイゼンシュタットが治めるホラドナー市へ引っ越すことになる。ここでも、ラビ・ウリ－ツヴィの説教は大いに評価される。彼はラビ・アイゼンシュタットのように研究に没頭する天才型ではないが、大衆の心に訴え掛ける説教が出来る能力に秀でていた。しかし、アイゼンシュタットとは異なり、彼には野心も無ければ、名誉心もない。それどころか、アイゼンシュタットが彼の説教に批判を加えるのではないかと内心おどおどしている。そんな夫をペレレが冷笑する場面がある。「情けない人だわ、ホラドナーのラビに批判を受けやしないかとまだびくびくしている、と彼女は考えた。」（三二）イディッシュ語原文での "batlen"（impractical person 二六八）という言葉が英訳 "simpleton" にあたる。つまり、「実務能力がない、お人好し」というほどの意味で、いわゆる知的な能力が無いというわけではない。ナール（"nar"）ではなくタム（"tam"）に近い語義である。いずれにせよ、ペレレのいらついている様子が窺える一言であり、おかしくて思わず吹き出しそうな彼女の心の独白である。

ペレレは子供との確執も手伝い、彼女にとって夫が子供以上に大切だとは認識していた。ペレレは口には出さなかったが、『麦わら夫』（a husband of straw）でも優秀な子供に勝る」（二七）と密かに考えていた。思わず読者も苦笑いする場面である。ここに、ペレレの夫への評価も見て取れよう。「麦わら夫」とは価値のない夫の意味である。イディッシュ語の悪口は直接そのものを表現せず間接的な比喩を用いる場合が多いが、この種の比喩には、迫害された民の叡智が感じ取れる。つまり、直截な罵詈雑言は許されない状況にユダヤ人が置かれていたことを反映しているのだろう。

4　滑稽なラビ〈麦わら夫〉が誘う笑い

ラビ・ウリ＝ツヴィの説教にすっかり魅了されたシナゴーグの評議員たちは、ぜひ同市の〈説教師〉になって欲しいと申し出る。天才的なラビ・アイゼンシュタットが身近にいながらも、ホラドナー市シナゴーグの評議員たちは、無学な平信徒にわかりやすい話ができる〈説教師〉を別に雇いたいという。その理由を彼らはユーモラスに語る。主任ラビであるアイゼンシュタットの話はあまりにもレベルが高く、一般の信者がついていけない。ラビ・アイゼンシュタットの難解な説教を聞いている自分たちの表情を評議員たちは、「ヨム・キプル」（贖罪日）前夜に人間の身代わりになって罪を背負い、殺される鶏の顔に喩えている。「説教を聞いている我々ときたら目を見開き、口をぽっかりと空けたままですよ。まるで、ヨム・キプルに殺される贖罪の鶏と同じ表情です」（三三）これは非常に滑稽な比喩で、視覚に訴えかける笑いになっている。高名なラビのアイゼンシュタットと教区の一般ユダヤ人たちの知的な乖離がうまく表現されているユーモラスな表現である。難解なユダヤ律法学を研究し、高度な律法解釈を施すことがラビの学者としての職能であった。

そんな一般信者とは、まったく異なる反応を示すのがホラドナー市のラビの妻（レベッツィン）たちである。引っ越して間もないホラドナー市で、ラビの妻たちに説教師としての夫の評価を上げようとペレレは新居に彼女らを招待する。家庭での夫たちの話もかなり反映しているのだろうか、ラビの妻たちはホラドナー市の主席ラビであるアイゼンシュタットをたいそう自慢する。

「あの方（サラ-リフカ）の御主人のラビ・アイゼンシュタットは、私たちの町のラビですけど、喩えてみればユダヤ人社会におけるローマ教皇的な存在なのよ」

「何ですって、ユダヤ人社会のローマ教皇ですって？」

「つまり、譬えは悪いかもしれませんけど、キリスト教におけるローマ教皇が偉大であるように、あの方もユダヤ人にとってみれば同じような存在なのよ。世界中からラビ・アイゼンシュタットに会いに人々

がやって来るのですからね」（三七）

正統派のユダヤ人がラビを賞賛するのに、ローマ教皇に譬える点が可笑しい。歴史的なユダヤ人迫害を考えれば、ローマ教皇は批判の対象にこそなれ称賛されることはないからだ。もちろんそれは承知で話すのでイディッシュ語原典でも「譬えは悪いかもしれませんけど」（“nit zu farglaykhun” 二七四）という遠慮を表す挿入句が入れられている。こうした、一見不自然な比喩からも少々世俗的なラビの妻たちの傾向や、アイゼンシュタットへの深い敬意の念が感じられる。それとは対照的に、〈説教師〉（maggid）になったウリ－ツヴィへの評価は低い。〈説教師〉はあくまでも一般聴衆にわかりやすく話すことさえできれば誰でもよい、とラビたちは考えていたからだ。説教師など、一流学者の仕事ではないというのがラビの妻たちの意見でもあった。ペレレは初めてこの低い評価を知り、非常に深く自尊心を傷つけられる。

一方、妻に言われるがまま、ウリ－ツヴィはアイゼンシュタットの屋敷を表敬訪問する。ところが、アイゼンシュタットの弟子たちに「ミズラヒーのラビは異教徒同然だ」（四三）とひどい言葉で中傷され、さすがの彼も憤る。これは、ウリ－ツヴィが説教の中で、政治運動としてのシオニズムの重要性を説いたために、超正統派である「アグダー」派に属するアイゼンシュタットの弟子たちは激しく反発していたのだ。作品の時代背景は第二次世界大戦前のリトアニアである。「ミズラヒー」派はシオニズムを推進する正統派であった。戦前まで、この二派の戦いは激しかった。「アグダー」派と「ミズラヒー」派の対立はシオニズムをめぐる大きな問題でもあり、救世主が到来するのを待つべきだと主張する正統派「アグダー」のグループと、人間の力でイスラエルを建国しようとするグループ「ミズラヒー」の対立であった。

ラビ・ウリ－ツヴィは挙句の果てに、若者たちに「玉ねぎ」（四五）と罵倒される。「玉ねぎ」（イディッシュ語では tsibele）とはイディッシュ語ではよく悪態を吐くときに用いられる言葉だ。よく知られる表現に「玉ねぎのように成長してください。頭は土の中に」（Vaksn vi a tsibele, der kop in der erd.）というものがある。意味的には「アホ、バカ、お前のかあさんデベソ」に近い。さすがのラビ・ウリ－ツヴィも憤慨し家に戻り、この町の説教師にした張本人である妻ペレレを責める。ペレレも他のラビの妻たちに、〈説教師〉として人前で話すことなど学者のすべきことではない、とけなされて激昂した後であるので、理由はともかく、もう説教をする必要はないと夫に告げる。たしかに、アイゼンシュタットと比較すれば、ラビとしての夫の才能が極めて劣ることは妻ペレレにもわかっている。そこで今度は、ペレレは、「自分をホラドナー市のユダヤ法廷の一員として迎えなければ」今後一切説教はしないと夫に言わせる。これは自分自身の名誉のためであり、夫の名誉を考えての発言ではなかった。それにもかかわらず、人のよいタムであるウリ－ツヴィは、妻が自分の名誉のために戦おうとしていると勘違いして妻の態度に満足し、自信を取り戻す。この辺がいかにもウリ－ツヴィらしい素直な点であり、読者は微笑まざるを得ない。彼は決して妻や他のユダヤ人の話す言葉の裏を読もうとはせずに、言われた言葉をそのまま受け止める文字通りのお人好し（タム）である。

この手のタムを描いたのが、『シナゴーグとユダヤ街』が出版される四年前に英訳出版されたイディッシュ語作家イスラエル・ヨシュア・シンガー（一八九三－一九四四）の自伝的な作品『今はなき世界』（*Of a World That Is No More* 一九七〇）である。その中でヨシュアは、実父ピンハス・シンガーを回想している。このピンハスの姿は、ラビ・ウリ－ツヴィのモデルとしてグラーデが利用したのではないかと疑いたくなるほどウリ－ツヴィによく似ている。ピンハスは神に絶対の信仰心を捧げるラビであり、学者としての力量はいざ知らず、説教師としての能力は高かった。彼はやっとのことで四〇軒ほどしかない小さな町のラビ職を得て有頂天になっていた。一方、ピンハスの妻バテシヴァ（作家ヨシュア・シンガーとバシェヴィス・シンガーの実母）は大きな町ビルゴライ市の高名なラビの娘として、なに不自由のない生活をしてきていた。ピンハスはハシド派（ユダヤ教正統派）で、バテシヴァはその反対派で理知的なミスナギッド派（反ハシド派）に属する。ヨシュア・シンガーは、『今はなき世界』で彼の父を回想している。ラビ・ウリーツヴィとの類似性が興味深い。

シナゴーグの評議員たちが父に週四ルーブルの固定給を約束した。それとは別に、訴訟、結婚式、過越祭前に非ユダヤ教徒に売る種入り食物販売権、そのほかにもラビの職能にかかわる仕事で収入があるというのだ。また、母には安息日のパンを焼くためのイースト菌を売る権利を与えるという。州都がある大きな市の有名なラビの娘として育った母にとれば、夫の取るに足らない仕事は品位を損なうものであった。だが、能天気な夢想家である父はその仕事に小躍りするほど喜んだ。

「わしの言う通りじゃろう、神のご加護があれば結局すべてうまくいくのじゃ」と大喜びで話すのだった。（Joshua　一九－二〇）

ラビ・ウリーツヴィの人物像がヨシュア・シンガーが描く父親像に酷似しているだけではなく、ウリーツヴィの妻ペレレもヨシュアの父ラビ・ピンホス・シンガーの理知的で気丈な妻バテシヴァとよく似ている。それだけではなく、物語の構造も酷似している。ラビの安い給料を補うために、彼女に許可されるイースト菌を売る権利など、良家育ちのバテシヴァにしてみれば、たとえ生活のためとはいえ、商売をすることは不名誉な行為に過ぎなかった。それにもかかわらず、ピンハスは、すべて神のご加護と心から満足するほどの夢想家であり、タムでもあった。

小さな町グレイプウォーで、ラビの給料を上げてくれるようにシナゴーグの評議員に相談した際に、それは不可能だが「イースト菌を売る権利」をペレレに認めようという申し出をラビ・ウリ゠ツヴィは受ける。しかし、妻にとってそのような品位を下げる話は当然受け入れ難いことだと知っている彼は、二五年も過ごしたグレイプウォーの町を去る決心をしたのだ。

夫婦の立場の逆転が笑いのポイントではないだろうか。たとえば、妻ペレレの判断力に異議を唱えながらも、次々に生み出される妻の計画が全てうまくゆくことに心から感服する夫の純真無垢な点が笑いにもなる。

笑いは言葉による直接的な表現と、状況そのものが滑稽である間接的な笑いとに分けて考えられよう。言葉による笑いも文化背景が深くかかわるが、状況そのものがユーモラスになっている場合は、より繊細で文化コードが読みにくいことは言うまでもない。ラビであるウリ゠ツヴィはユダヤ人社会では権威ある立場にあるが、妻ペレレの読みと判断力にすっかり脱帽することが滑稽な状況を醸し出し、読者の笑いを誘うのである。つまり、ラビという権威の象徴たる存在が、一般のユダヤ人以下のような存在にまで落ちてしまう。

5　笑いの構造「ひっくり返し」理論——ユダヤ式〈かかあ天下〉

アンリ・ベルクソンは代表作『笑い』（*Le rire*　一九〇〇）の中で、笑いの「ひっくり返し」理論について以下の様に説明している。

一定の情況の中にある若干の人物を想像してみたまえ。その情況を裏表にし、かつ役割があべこべになるようにすれば、諸君は一つの喜劇的場面を得られるであろう。……我々は裁判官に訓戒する刑事被告人を、親たちを意見しようとする子供を、つまり「逆さの世の中」という見出しの下に分類できるものを笑うのである。（ベルクソン　九〇–九一）

ベルクソンの主張する「逆さの世の中」こそ、正にグラーデの描く「ラビの妻たち」の世界なのだ。その結果、正統派ユダヤ人社会における夫と妻の立場逆転という意外性に笑いが生まれる。ヒトラーを笑いの対象にしたチャップリンの『独裁者』で独裁者と顔が瓜二つの理髪店主が入れ替わることで生まれる笑いなどはこの良い例であろう。

アイゼンシュタットはペレレとの婚約を解消した過去があるが、そのときの理由を後年、妻サラ–リフカに次のように語っている。

ラビの妻（Rebbetzin）というのは教区の人々とうまくやっていく方法と、客にやさしくすることを学ばなくてはならない。ところが、スタロポールのラビの娘（ペレレ）は、ラビのショールに身を潜め、ラビを好き勝手に操作するような女性だ。最後にはラビは教区の人々の敬意を失い、ラビのところは「かかあ天下」(Rebbetzin's husband) だ、と笑われる。（五六）

ラビ・アイゼンシュタットは妻に、ラビの妻（レベッツィン）としての心得を述べている。家に訪れる人を親切に迎え入れ、教区の人々とも仲良くすること。しかし、決して公的な仕事に関する口出しはすべきではない。ところが、ペレレは、裏で夫を操作するような女性である。律法学という社会的な行為を男性のみに制限する保守的な正統派ユダヤ人社会にあっては、ラビの家庭が「かかあ天下」では、ラビ自身教区の人々の尊敬も失ってしまう。昔の日本社会のように、ユダヤ人社会でも少なくとも表面上は「かかあ天下」は受け入れられなかったようだ。ユダヤ正統派では、夫は神聖なるユダヤ聖書をヘブライ語で読み、妻や子供たちに道を示さねばならない。つまり、律法学の知識を持ち権威の象徴であるのが夫の役割であり、その男性社会の頂点にラビが君臨しているのだ。

アイゼンシュタットは、ペレレの気性の激しさを若い頃にすでに見抜いていたのだ。今まで見てきたようにペレレの家はすべて彼女の意のままである。決定はすべて彼女がすることが教区民にも知れているので、教区内の問題のことは代表が直接ペレレにお伺いを立てに来るほどであった。これが実は「笑い」の重要な要素である。物語の状況そのものが一般常識とは逆転している、そこに笑いが生まれる状況が準備されているからだ。

ところが、あらゆる側面でラビ・ウリ－ツヴィと対照的なはずのラビ・アイゼンシュタットもまた病弱な妻の尻に敷かれるようになる。これがこの作品全体に張り巡らされた笑いの構造なのであろう。気のよいウリ－ツヴィという人物とは正反対で意志強固で、自負心も強いアイゼンシュタットは、自分が支配する町に移ってきたウリ－ツヴィを軽視する。ペレレの計画通り、ラビであるウリ－ツヴィが「ユダヤ法廷」の一員になり、初めて出廷した際にも、他のラビたちが彼を嘲るのをたしなめもしない。そのために、ラビ・ウリ－ツヴィは公然と恥をかかされる。その場に介入するのが意外にもラビ・アイゼンシュタットの病弱な妻サラ－リフカである。今まで公の場に介入したことなどないサラ－リフカの出現に他のラビたちも一様に驚き、ラビ・ウリ－ツヴィへの批判も途絶える。

サラ－リフカは病弱だった一人娘を亡くすことで、世俗的な名誉心やプライドへの固執が無くなる。夫は元来、恥を嫌う自負心の強いラビであったが、妻の精神的な変化に大きく影響され今までの自分を捨て去る。そのために、ホラドナー市に起きていた超正統派（アグダー）と現実的な路線を行こうとする正統派（ミズラヒー）との間の争いごとを解決しようと決意するのである。妻サラ－リフカの懇願を受けて、この問題に固執する彼自身のグループでもあるアグダーの人々に、戦いの終息を宣言するという苦渋の選択をしたのだ。

「まだ皆さんが、その問題に固執するというのであれば、私はホラドナーのラビの職もお退きします。私には、家庭における平安が一番大切ですから」（八三）

このように、妻の意見に従い、ウリ－ツヴィを町のラビにして、アイゼンシュタットは説教をすべてウリ

–ツヴィに譲る。アイゼンシュタットは子供のいない代わりに、若い人々の教育のために学校を開き、残りの人生を後世の教育に捧げることを決意する。今までの権力志向とは一変したアイゼンシュタットの姿が窺える。これは病気がちの妻の影響による価値観の転換とも考えられる。

物理的な強い影響力を使って夫を操縦するペレレと、女性的な弱さで夫を操縦するサラ–リフカは非常に対照的な人物像である。しかし、大学者である夫を操る妻サラ–リフカがそれほど理想的な女性として描かれているかというと、決してそうではない。作品の最後に現れる、教区民からも相手にされない厚かましい老女にすら頼ろうとするサラ–リフカは、頼りない女性像の象徴である。これらの登場人物の中には、〈理想的〉な人物は誰一人として登場せず、それぞれの人物が性格の弱さや歪みを抱えているのだ。

一九七四年に出版された「ラビの妻たち」は、戦前のリトアニアを舞台にしているが、当時までのイディッシュ文学における権威の象徴としてのラビに関するクリシェ（cliché）を崩し、各登場人物を、それぞれ個性を持つ一人ひとりの人物として描き分けている。すなわち、この作品においては、これ以前の、イディッシュ文学の古典作家ペレッツの「もしもっと高くなければね」（英訳 “If Not Higher” 一九〇〇年）などに見られた〈非個性的な聖者〉としてのラビ像が、打ち崩されているのだ。そればかりか、プライドに翻弄されたり、妻の尻に敷かれたりすることで笑いの対象にさえなるラビの姿が活き活きと鮮やかに描かれているのである。

もっとも、グラーデが常にラビを笑いの対象にしているのかといえば、無論そんなことはない。同じ『ラビと妻たち』に収められている短編「誓い」（“The Oath” 一九七四）に登場するラビ・ゼーリングマンは、貧しい商店主をしながらタルムードを研究し、自らには厳しく生活を律しながらも、他人への施しは決して惜しまない、ペレッツの描く理想のラビさながらの人物だ。また、「ライベ・ライザーの中庭」（"Laybe-Layzar's Courtyard"）の主人公ラビ・ヴァイントラウブも、律法の研究に熱心ではあるものの、律法の厳しい禁止事項を教区民に押し付けることに耐えられず苦悩する、人情味あふれる人物である。彼らは、決して笑いの対象になるようなラビではない。つまるところ、グラーデの力点は、ラビを笑いの対象にして従来のイディッシュ文学におけるクリシェから逸脱するところにあるのではなく、人間味豊かな悲喜劇を描出するところにあるといえるだろう。

イディッシュ文学の世界の内奥を、一定の距離を置くことでコメディー化するグラーデは、自身がアメリカの文化に同化したことにより、絶対視されていた戦前のユダヤ教世界に対する批判精神を抱いているようにも見受けられる。しかし、それ以上に、母や妻がホロコーストで犠牲になってしまったという彼の苦い経験が、娘を失ったサラ＝リフカが経験する価値観の転換に投影されているように思われる。アイゼンシュタットの「私には、家庭における平安が一番大切ですから」という一言には、時を越えて、ホロコーストで家族を失った一九七〇年代のグラーデの苦渋の念が込められている。笑いに包まれた作品の構造を紐解くと、そこには、ホロコーストの悪夢から逃れようとする作者の力強いユーモア精神に満ちた独自の批判精神を見出すことができるのである。

II

戦後のアメリカで活躍するユダヤ系作家

戦後の米国におけるユダヤ系作家の活躍が記されるとき、マラマッド、ベロー、ロスの三作家はしばしば並べて論じられてきた。ベローは「ユダヤ系」という分け方を嫌い、一九六九年の『ニューヨーク・マガジン』誌五月十二日号では、「マラマッドとロスと私を文学のハート・シャフナー&マークス［移民の兄弟が一八八七年にシカゴに開業した紳士服店で、現在では世界有数の紳士服製造会社に発展している（同社ホームページによる）］のように言い換えるこうした傾向はばかげている。作家がたまたまユダヤ人であることにのみ注意を向けるのは、ユダヤ系作家の周りにゲットーを築くことと同じだ」と反発している。

一方で、実生活においてこの三作家は親しく交流していた。二〇一〇年に出版された『ソール・ベロー―書簡集』（ベンジャミン・テイラー編、ヴァイキング社）をみると、その一端が垣間見られる。まずはベローとマラマッドだが、一九五二年七月二十八日付の手紙で、ベローはマラマッドの長編第一作『ナチュラル』について、「どのページも本物の作家の心と筆致を示している。それらは明白に表われていて、そういうものを見つけるといつでもわくわくする」（一一五）と賛辞を送っている。時を経て、一九八一年十二月二十二日には、マラマッドの最後の長編となった『神の恩寵』について、ベローはその感想、解釈、評価を丁寧に綴っている。同作品に「興奮し、最後には感動した」（三八七）というベローの言葉を、マラマッドはどういう思いで受け止めたことだろう。

コラム2　マラマッド、ベロー、ロス

（大場昌子）

ベローとロスは、年齢的には十八歳離れているが、ロスは二〇〇〇年十月九日号の『ニューヨーカー』誌に「ソール・ベローを読み直す」を掲載し、『オーギー・マーチの冒険』から『フンボルトの贈り物』までのベローの中・長編六作について論じている。これに対しベローは、日付不詳だがロスに宛てて、「英文科教授はだれもきみが私の本について したことはできないだろう」、そして「君は私の混乱を隠し、私が普通に見えるようにした―たいしたものだ」と謝意を示している。

さらに、マラマッドとロスだが、ロスはマラマッドが一九八六年三月に亡くなったその翌月、「マラマッドの肖像」と題する追悼のエッセイを『ニューヨークタイムズ』紙に掲載し（四月二〇日）、一九六一年に初めてマラマッドに会ったときの印象に始まり、亡くなる前年の一九八五年七月にマラマッド宅を訪ね、そのときのマラマッドがいかに弱っていたか、しかしそんなマラマッドがロスに現在執筆中の作品の草稿を読んで聞かせたことまでを、友人としての思いを込めた文章で描いている。

このように見てみると、「ハート・シャフナー&マークス」に例えたベローのユーモア感覚こそが際立ってくるように思えるのである。

第五章

ユダヤのユーモアに見る反権威主義と精神力

バーナード・マラマッドの文学の世界

鈴木　久博

1　はじめに

ユダヤ系文学がアメリカ文学において一世を風靡する一九五〇年代以降において、その一翼を担ったのがバーナード・マラマッド（Bernard Malamud　一九一四―一九八六）であった。マラマッドの作品はそのほとんどがユダヤ人を主人公とするものであり、晩年の作『ドゥービン氏の冬』（*Dubin's Lives*　一九七九）のように、ユダヤ人であることがそこまで重要な意味を持たない場合もあるが、代表的な作品と目され、一般に高い評価を受けているものにおいては、ユダヤの精神伝統が直截に扱われている場合が多い。その代表的な例が、長編『アシスタント』（*The Assistant*　一九五七）であり、短編「魔法の樽」（"The Magic Barrel"　一九五四）、「最後のモヒカン族」（"The Last Mohican"　一九五八）などであろう。

さらに、「ユダヤ人にとってはユーモアやジョークなしに生きていくことなど、考えることができない」

（トケイヤー　三）と述べるラビ・M・トケイヤーの言葉にあるように、マラマッドの作品もユーモアを込めて書かれていることが多い。〈ユダヤのユーモア〉にはある特徴があるが、それが端的に表れているものとして、ここでは、短編「魔法の樽」と、長編『もうひとつの生活』（*A New Life*　一九六一）を取り上げる。

「魔法の樽」は、数あるマラマッドの短編の中の代表作であり、間もなくラビに叙任されることになっているイェシバ大学の学生レオ・フィンクルと、結婚仲介業者ザルツマンとの駆け引きを描いた、ユダヤ的色合いがきわめて濃い設定の作品である。その中でユーモアが大きな役割を果たしている。

また、『もうひとつの生活』では、主人公シーモア・レヴィンが、一方では真摯に大学改革を試みながらも、同時に次々と失敗を繰り返す人物として描かれている。この作品は、以前は酒浸りの生活をしていたレヴィンが、啓示を受け、一念発起して新しい生活を求めて東部から西部の地へ大学講師としてやってくるという、マラマッドの作品にはよく見られる自己探求の物語であるが、マラマッドはレヴィンを他の小説にはないほどユーモラスに描いている。したがって、この作品の理解のためには、そこに込められたユーモアの意味と効果を知っておくことが不可欠である。

本論では、〈ユダヤのユーモア〉の特徴について、「魔法の樽」ではユダヤ社会における価値観に基づいて考察し、『もうひとつの生活』では、シュレミールと呼ばれるイディッシュ民話によく見られる人物像を分析しつつ、同時に作品の時代的背景であるアメリカの五〇年代についても言及しながら、その意味を探ってゆきたい。

2　権威を嗤うユーモア

〈ユダヤのユーモア〉に、他民族のそれと異なる特徴があるとするならば、それはユダヤ民族の宗教および歴史に拠るところが大きいと言えよう。つまり、〈ユダヤのユーモア〉は、ユダヤ民族が神の選民であることと、彼らが受けてきた迫害や苦難の歴史に深く関連しているということである。より具体的には、神の選民でありながら、恩恵と祝福を受けて暮らすどころか、彼らの生活は迫害と苦難の連続であったという格差がユーモアを生み出しているのである。〈ユダヤのユーモア〉はしばしば、「涙を通した笑い」(Pinsker 一三)という言葉で表されるが、これはまさにユダヤ人が、数々の苦難に皮肉な思いをこめたユーモアをもって対処してきたことを象徴的に表した言葉だと言える。このような〈ユダヤのユーモア〉の皮肉な面について、サラ・ブラッハー・コーエンは以下のように指摘する。

〈ユダヤのユーモア〉は……輝かしいものとなるはずだった「選民としての」運命と、彼らの実際の絶望的窮地との甚だしい食い違いから生まれた。

彼らは容赦のない物笑いの種であった。彼らは、神が彼らを国々を照らす光とするために選び出したものの、実際には到底文化的とは言えぬ暮らしをさせてきたことを知ったのである。(Cohen 一一二)

また、サンフォード・ピンスカーも同様のことを、「ユダヤ人のユーモアは、誰かが一度だけ、もしも神が他の誰かを選んでいたならば、と思ったときに生まれたのかも知れない!」(Pinsker 九)という言葉で表現している。

これは、ユダヤ民族が神の選民として、律法やさまざまな戒律を守って生きてきながらも報われなかったということである。したがって、ここから必然的に自らを酷い目に遭わせてきた神に対する恨みや不信感といったものが生じるのであり、また、そのような神の前にどうすることもできない指導者に対しても不満を抱くことになるのである。さらには、人間は所詮、神に弄ばれる無力な存在にすぎないという考え方にもつながると言えよう。

このような状況であるから、神や聖職者、あるいはより普遍的に権威があるとみなされる存在も、苦々しいジョークの対象となり得る。「ユダヤ人は平等主義者」（ミルトス　二）であるがゆえに、「神、自分たちの指導者（ラビと呼ばれる学者）、金持ちにも及んで、揶揄したり批判したりする」（ミルトス　二）のだ。つまり、不遇な立場に置かれたことに対するささやかな抵抗として、真っ向から対峙しては到底不可能な権威ある者に対する揶揄を、ユーモアという手段をもって行うようになったのである。一般に〈ユダヤのユーモア〉は、権威ある者に対して手厳しい。

ユダヤのユーモアには反権威主義的な傾向がある。誇大な態度や勝手気ままな振る舞いを嘲笑し、偽善を暴き、そして尊大な態度を徹底的にやっつける。非常に民主的で、庶民の尊厳と価値を重視する……。ユダヤのユーモアはしばしば鋭い批判を含むため、自らの正しさを主張する際に相手に不快感を与える。多くの場合、その批評は政治的なものであり、より直接的に批判することができない指導者やその他の権威者に向けられる。……ユダヤのユーモア特有の特徴の一つは、大立者が平民や不利な境遇にある者と出会い、しばしば後者が勝利を得るというものである。（Novak and Waldoks　xlvi–xlvii）

このようなユーモアが見られるマラマッドの作品の典型的な例が、短編「魔法の樽」である。この作品は、ラビ候補生と結婚仲介業者が主要登場人物であるユダヤ的色彩、宗教的色彩の濃いものであり、その舞台こそニューヨークではあるものの、そこに描かれている雰囲気はあたかも旧世界のそれと言ってもおかしくはない。すなわち、アメリカを舞台にしてはいるが、ユダヤ人がユダヤ人居住地区の中で暮らしており、アメリカ社会への同化が進んでいなかった時代を扱っていると言える。したがって、ユダヤの伝統や価値観が色濃く反映されている作品であるのだが、ユダヤ社会で律法学者として尊敬されているはずのラビを、マラマッドは、イェシバ大学の学生レオ・フィンクルを描くことによって揶揄し、皮肉るのである。

そこで用いられているのが、コントラストによる〈笑い〉の手法である。この物語では、フィンクルに本来ラビとして備えるべき資質を教える存在として結婚仲介業者ザルツマンが登場するのだが、彼の存在が非常に胡散臭く描かれているのである。結婚仲介業者は、ユダヤ社会では高く評価されているのだが、ザルツマンの場合は、やせこけてみすぼらしい容姿や魚臭さに加え、フィンクルに渡す花嫁候補の写真に、もしかすると故意に自らの娘のものを忍ばせて、この将来のラビと結婚させようと謀ったとも考えられ、きわめて怪しげな存在なのである。つまりここでは、もしかすると利己的で信頼できない不可解な存在が、ラビという社会的立場が高い者に人生何たるかを教えるという、価値のコントラストおよびその逆転が認められるのである。

コントラストが生み出す〈笑い〉について梅原猛は次のように述べているが、以下の論で価値の高い者は社会的地位の高いフィンクル、価値の低い者は素性の怪しいザルツマンと読み替えられるであろう。

> 笑いのコントラストとして、常に一方に価値の高いものを置き、他方に価値の低いものを置いているということである。
> 　価値の高いものが、低いものと間近にコントラストされるとき、価値の同化現象というべきものが起こるであろう。……同化現象は多く、価値の高い方の価値の低い方への価値低下という形で行われる。
> 　もしもこのように、価値の高いものと価値の低いものとのコントラストにより、対象の価値の低下が生じるとしたならば、対象の価値の低下は逆に己の優越を伴うであろう。（梅原　九六–九七）

　梅原のこの理論に基づいて考えると、コントラストされる者同士の社会的地位や立場の格差が大きければ大きいほど、それが平等化され、逆転するときのおかしさも増すということになろう。これを「魔法の樽」にあてはめると、ザルツマンの胡散臭さが強調されればされるほど、そのような存在の術中にはまってその娘ステラを娶ることになるフィンクルの威信の失墜も強調されるのである。また、フィンクルの立場が高ければ高いほど、やはりその効果は増す。ザルツマンは、まだ学生であるフィンクルのことを何度も「ラビ」と呼んでいるが、これはあたかもマラマッドが、フィンクルを実際以上の立場にまで高めておいて、後に急降下させるのを楽しんでいるようにすら思える。コントラストの理論に基づいてもう少し詳細に「魔法の樽」における〈笑い〉を考察してみよう。

　フィンクルは自らの結婚相手に、ラビの花嫁ということで高い理想を掲げ、それを追い求める。それが本来ラビとして求めるべき精神的、信仰的な面のすばらしさではなく、外見や年齢などといったきわめて世俗的なものであるという点自体、ギャップがあってまず失笑と揶揄の対象となっている。特にマラマッドはフインクルに、花嫁候補の一人リリーと会ったときに、「ぼくが神のもとにやってきたのは、神を愛していたからではなく、愛していなかったからなんだ」(二〇四)と、ラビとしてあるべき姿とは正反対の驚くべき姿を暴露させて、ラビを目指す者ですらこのような実態であると痛烈に批判を浴びせるのである。

いずれにせよ、リリーに会うまでのフィンクルは、彼なりの理想とこだわりを抱き、それに固執する。ところがそのようなフィンクルが、ザルツマンの計略にまんまとはまって、リリーと会って自らの愛のなさと偽善者ぶりを悟るに至り、最終的にはザルツマンの娘で、ラビの妻としては全く似つかわしくない売春婦ステラと結ばれることを懇願するようにまでなるのである。このフィンクルの極端な変身ぶりもきわめて滑稽である。ステラを形容するために矢継ぎ早に発せられる「野蛮な、恥知らずの、獣同然、犬と同じ、地獄の炎で焼かれて当然」(二一二)といった表現が、彼女が、ユダヤ教の教師として範を垂れるべきラビといかに対照的であるかを強調している。その意味でフィンクルがステラを花嫁とすることは、一方では、人を愛したことがなかった彼の人格的成長のために必要なのかもしれないが、他方、世俗的な観点からすると、これはラビとして将来を嘱望されるフィンクルの失墜であり、彼が理想としていたことと現実との落差がこの上なく激しい。そして、そもそもフィンクルが花嫁探しを始めた動機であった、結婚して信徒を得やすくするという目的からすると、売春婦を娶るということは全く逆効果で、皮肉な結果なのである。

マラマッドの意図的に曖昧な描き方ゆえにザルツマンの本当の意図は読者にはわからない。ザルツマンは確かにフィンクルの成長のために、ステラを娶るように導いたのかもしれない。だが前述のように、単に自分の娘を将来のラビに嫁がせようと企んでいただけなのかもしれない。いずれにせよ、熱心に探し求め、紆余曲折を経た挙句にたどり着いた花嫁候補が売春婦だったという結末は、当初のフィンクルの理想や期待とまったく釣り合わず、悲哀を感じさせるとともに、ユーモラスな効果を生んでいる。それとともに、ザルツマンの自己中心的な計略であったという後者のような解釈が可能である限り、教師として世間から高く評価されているラビであっても、所詮世間知らずで、一人の結婚仲介業者の私利私欲にまみれた計略の前に、なすすべもなく屈してしまうというように、揶揄、諷刺されていると解釈することも可能であろう。

以上のように、フィンクルが必死の努力と探求の末に得たものが、少なくともある観点からすると無駄なものであったことがわかる。このように、無駄なことのために一生懸命になって努力する姿は、イディッシュ民話にしばしば登場するシュレミールと呼ばれる人物像の典型であり、〈笑い〉の対象である。次の項ではこれらについて言及しながら、〈ユダヤのユーモア〉が持つ意味について、『もうひとつの生活』を通して考察する。

3　自嘲的なユーモア

『もうひとつの生活』はマラマッドの第三作目の長編小説で、その舞台としているのは一九五〇年代のアメリカ西部である。この時代のアメリカは、大戦後の好景気に恵まれたが、その影響として、保守主義が蔓延し、反体制主義者は共産主義者として徹底的に「赤狩り」によって排斥されるという、およそアメリカが建国時に掲げた自由とはかけ離れた時代であった。

アメリカ国民は……中産階級の安定した物質的豊かさを享受し、したがって、体制順応主義や追従主義が人々の中にはびこった。……保守的体制の中で国家主義が強力になりつつあるところに、マッカーシズムの反共イデオロギーの「赤狩り」がアメリカの教育界や学界を……席巻していく。これにより国家権力が社会の隅々まで及び、政府の方針の強制力や浸透力の強い、いわゆる、統制的全体主義体制が強力になる。（安河内、馬場　四）

主人公レヴィンが職を得るキャスカディア大学はまさにこの時代の価値観を体現したような機関である。教授陣は総じて、現状に甘んじ、保身に懸命になっており、研究には無関心、教育改革などとは全く無縁である。教育課程は実学偏重で、人間の精神高揚に資する教育が欠如し、目を覆わんばかりの惨状である。また、改革を訴えるレヴィンの前任者ダフィーを危険人物として追放したという過去もある。

このような時代背景の中、マラマッドは『もうひとつの生活』で、狭いユダヤ共同体の中ではなく、より広いアメリカ社会の中で生きる主人公の姿を描いている。〈ユダヤのユーモア〉が、一般的なアメリカ社会に生きる人物を描写する際にどのような効果を持ち得るかを描いていると言え、その意味では、ユダヤ共同体の中での出来事に終始する「魔法の樽」とは異なっている。このあたりに、ユダヤ人がアメリカ社会に広く受け入れられるようになり、進出していった時代の変貌が窺われる。

レヴィンは次から次へとへまや失敗をしでかし、嘲笑や失笑を誘うが、その姿はシュレミールであると言える。シュレミールは、「ある状況に考えられうる最悪のやり方で対処する、あるいは多かれ少なかれ自分自身の不器用さのために絶えず不運につきまとわれる」（Landman　五一一）人物であると、百科事典で定義されている。つまり、シュレミールの特徴は、自らの行いによって墓穴を掘り、事態を悪化させてしまうという点であり、不運ではあるかもしれないが、自らもそれに加担しているという点である。レヴィン自身、自らのことを「私は自らの身の危険を招来する人物である」（五四）と感じているというくだりがあり、知ってか知らずでかはともかく、自らをシュレミールであると告白していると言ってもよかろう。

ところで、シュレミールの概念も、ユダヤ民族が神の選民であるという事実とその歴史に関連していると考えられる。ユダヤ民族は、神から与えられた律法を遵守し、数多くの掟に従って生きてきた。それにもかかわらず、その歴史は迫害と苦難の連続であったことは前に述べた通りである。となると、人間が努力したとしても、所詮それは神には認められないのだという考えになる。神は専制君主的な存在で、人間をいかようにも扱いかねない気まぐれな存在であるということなのだ。そのような状況では、人間は運命に愚弄され、思い通りに物事を支配することはできない。それにもかかわらずユダヤ人は、そのような神を信じ、いつになるとも知れぬ救世主の到来を相も変わらず夢見ている。その姿はまさにシュレミールである。〈ユダヤの笑い〉はそのように神に裏切られてもそれでも信じ続けるさまを自嘲的に笑うのである。このような人間が置かれた窮状、無力さ、そして愚直さを、マラマッドも、『もうひとつの生活』においてレヴィンというシュレミールを通して苦々しく、そして自嘲的に描き出そうとしているのではないだろうか。

『もうひとつの生活』を見てみると、レヴィンが自らの置かれた状況を次々と悪くしてしまう様子が、失敗や失態を通して滑稽に描かれる。その意味で彼はドジなシュレミールである。自分を窮地に追い込むレヴィンの要素としてまず挙げられるのは、彼の空想癖であり、理想と現実とのギャップの認識不足である。例えば、彼は高邁な理想を抱いて臨んだ最初の講義に遅刻し、さらに「社会の窓」を開けたまま教壇に立ってしまう。これだけでもレヴィンの理想と現実との認識のズレを象徴しているようで滑稽であるが、さらに笑いを誘うのは、レヴィンが、学生たちが「気立てよく関心を持って」（八〇）、また女子学生においては「頬を赤らめ、恥ずかしげな愛情を持って」（八〇）自分を見ていると思い、歓迎されていると思い込んでしまうことである。また、ある時はトイレで空想の世界にはまり、キャスカディア大学の改革に乗り出す自らの演説する姿を想像する。そして、最後には聴衆から口笛や喝采、鳴り止まぬ拍手を浴びる姿までをも思い浮かべ、「便器に向かって一礼をする」（一九九）という滑稽な様子が描かれている。実際にレヴィンの演説を聴いて聴衆が拍手喝采を送るなどということはなく、逆に学科長に立候補した選挙で、彼は一票さえも得ることができないという現実の前に屈するのであるが、この場面はそのような現実を見据えることができないレヴィンの愚直さを象徴しているかのようにも感じられる。

現実が認識できないということは、現実がたとえ厳しいものであったとしても、それに気づかずに邁進する姿となる。『もうひとつの生活』がその舞台としている五〇年代のアメリカ社会およびその象徴とも言えるキャスカディア大学の保守性、体制順応主義を考えると、改革を訴えるレヴィンの行動は、それだけで無謀で危険な行動として解釈されてしまう。実際、主任教授ギリーはレヴィンを大学に迎えて間もない頃、「我々が望まないのは問題を起こす輩だ。不満があったり、我々のすることが気に入らなかったり、他人の個人的な権利や心の平和を尊重しないのなら、そんなやつはさっさと立ち去ってもらいたい」（三七）と明言するほどだ。学科長のフェアチャイルドにしても同様で、現状に甘んじ、同じ文法の教科書を何十年も使用している。そのような中で、レヴィンは現状に満足せず、改革精神に燃える。彼の改革への思いには歯止めがきかず、ついには就任一年目にもかかわらず、学科長に立候補までする。だが、レヴィンはまさにこの行為によって、自らがキャスカディア大学が嫌う不満を持った者であり、他人の心の平和を乱す者であることを、これ以上ないほど強く他の教授陣に示したことになってしまったのである。よかれと思って立候補したその行為が実は、最も自らの首を絞めることになったのだ。この意味でレヴィンはシュレミールであり、滑稽であるが、無駄なことを無駄と認識せず、情熱を燃やし奔走するその姿は、自らの力ではどうにもできない状況の中でもがく人間の無力さと愚かさを象徴しているように思える。

レヴィンが自らの行為によって墓穴を掘る例は他にも描かれている。例えば、赴任時にフェアチャイルドから厳しく注意を受けた、同僚の妻との不倫関係や、女子学生との親密な関係の双方に陥るというあるまじき事態を招く。さらに、よりによってその学生をも含めた何人かの学生の成績処理に誤りを犯すといった失態を演じ、自らの行いによって自らの首を絞めてしまう。このような様子では、どんなに高い理想を掲げていたとしても、彼は大学講師として不適切であると見なされても致し方なく、そのような彼が学科長に選出される可能性をさらに低いものとしてしまう。

なお、この点について言うと、レヴィンにはそもそも大学の講師としての適性があったわけではないことが後になって判明する。彼がキャスカディア大学に雇われたのは、あくまでもギリーの妻ポーリーンの気まぐれにすぎない。だがレヴィンはそうとも知らず、自らを優れた教師と考え、空想にふけり、いっぱしの大学改革の旗手を気取るのである。その姿と現実との差異が生み出すおかしさは計り知れないが、レヴィンの姿はまた哀れでさえある。それはまるで神の掌の中で無駄な抵抗をする人間の姿を描いているかのようである。どんなに高い理想を持っていたとしても無力な人間には運命を左右する力はなく、理想の実現は不可能なのだという苦々しい〈笑い〉、そしてそれでも懲りずにその空想の実現に挑むレヴィンの姿が自嘲的な〈笑い〉を誘う。

4　不屈の精神力

次に、レヴィンのシュレミール性が持ち得る意味について別の観点から考察を試みたい。すなわち、それがいかに彼に、次々と襲ってくる逆境に対処する精神の強さを与えているかという点についてである。

『もうひとつの生活』では、冒頭からレヴィンが次々と不運に見舞われる様子が描かれる。キャスカディア大学に職を得て、ギリーの家に招待された時、ポーリーンが熱いマッシュポテトとツナを彼の膝の上に落とす。そこでレヴィンがズボンをはきかえると、今度はギリーの幼い子どもが彼の膝の上で小便をする。さらに翌朝も不運は続く。文科系の学問を教えたいと思っていたレヴィンは、その時初めてキャスカディア大学が理工系の単科大学であることを知るのである。ギリーが送ったパンフレットを読んでいればそのような事態にはならなかったはずなのだが、そのパンフレットがレヴィンのもとに届かなかったのである。これらの場面は滑稽であるだけでなく、重要な意味を持つ。つまり、レヴィンには過失がないにもかかわらず、彼はこのような境遇に見舞われるのである。したがって、これらの場面は、この世の中は自分に非がなくとも不運がふりかかってくるような状況なのだということを象徴的に示そうとしているのだと考えられる。

そのようなおかしな世の中に対して、シュレミールが持ち得る役割がある。それは、前の項で述べたような失態を演じる自嘲的な姿とは別の観点である。ルース・ワイスが「シュレミールは時として愚かな弱点ゆえに激しく非難されたが、他方では、しっかりとした内面的な強さゆえに賛美された」（Wisse　五）と指摘するように、シュレミールは強い精神力を備えているのである。その理由は次の通りである。

ユダヤ人は自分たちの無力さを、自らの責任で被ったものではなく、外部からやってきた災難ととらえた……彼らはシュレミールを忍耐の模範として用いた。その無知を腐敗に対する盾とし、その全くの無力さを、残酷な仕打ちを行う可能性を持つ力に対抗するただ一つの保証つきの防御手段としたのだ。（Wisse 五）

つまり、シュレミールはそのあまりの純粋さゆえに、まわりの世界の悪影響を受けないということである。したがって、「正気でない世の中においては、愚か者が唯一の道徳的に思慮分別のある人物かもしれない」（Wisse 四）ということである。

このような考え方に立脚すると、世の中がおかしければ、シュレミールはたとえ失敗したとしても、それは自分の責任というわけではなく、その失敗を乗り越えて前進してゆく力を得ることができるということにならないだろうか。また、その純真さゆえに、人間を腐敗させかねない世の中の力にも毒されないため、不屈の精神力を保ち続けることができるということになると思われる。

マラマッドの小説の登場人物の中で、この典型的な例が『アシスタント』に登場する貧しいユダヤ人店主モリスである。彼は、わずか三セントのパンを買いにくる客のために早朝から店を開け、客が釣銭を忘れてゆけば追いかけて渡し、代金を回収するあてのない掛け売りをし、また量り売りで決して客をだまさない。モリスは娘を大学へやりたいと思っているが、この様子では到底店は儲からず、一家は貧しいままである。妻から批判されても、娘の大学教育の夢を思い描いても、モリスは金儲け主義の世の中に毒されず、徹底して正直であり続ける。モリスの姿はまた、社会にはびこる不正直や欺瞞と対置される道徳的に正しいものであり、金儲けという観点からはドジで失敗続きである彼のシュレミールとしての姿が、腐敗した世間の常識に対する批判として作用していると言える。

レヴィンの行動を見るとき、彼もまたこの意味で、典型的なシュレミールであると言える。彼は就任一年目でありながら、キャスカディア大学にはびこる馴れ合いや腐敗を抉り出し、その改革に臨むという、無謀であるが倫理的には正しい行動に出る。周囲の教授陣に改革を訴えながらも孤立する状況において、彼が学科長に選出されるなどということは極めて考えにくいのだが、彼は周囲の状況に影響されず、最終的に立候補する。現実にとらわれず、批判されてもそれを自分の非と捉えずに前進することができたからこそ、彼はそこまで理想を追求できたのではないだろうか。

また、レヴィンのポーリーンに対する姿勢にも、不運に屈しない姿勢が窺われる。彼はギリーから、キャスカディア大学に採用された理由を、彼が前任者ダフィーに似ており、ダフィーに好意を持っていたポーリーンに偶然選ばれたのだと聞かされ、またポーリーン自身からもダフィーをかつては愛していたという告白を聞く。小説の終わり近くで彼女はギリーと離婚してレヴィンと結婚したいと言うが、彼女はレヴィンを他人の身代わりとして愛しているだけだという可能性は否定できない。一方、レヴィンは自分ではもはやポーリーンを愛してはいないことを知っている。このような状況の中で、レヴィンは迷いつつも最終的にはポーリーンの気持ちを信じ、結婚する決心をするのである。これは無意識にでも不運や不幸を招来しかねない人生において、敢えて自分から苦境に飛びこんでゆく姿である。しかも、結果としてレヴィンは失職することにまでなる。それでも彼が決心を変えず、ギリーから子供を二人とも奪うという、さらに困難なポーリーンの要求にも応えられるのは、やはり周囲の価値観に影響されぬシュレミールの精神力ゆえではないだろうか。体制順応主義、事なかれ主義に毒されたギリーに、なぜこんな重荷を背負いこむのかと尋ねられた時のレヴィンの「なぜならぼくにはそうできるからさ」（三一〇）という端的な答に、彼の不屈の精神が表れているように思われるのである。

なお、このようなレヴィンのシュレミールとしての姿が、この小説を大学という権威ある存在に対する揶揄として読むことを可能にしている。大学教育はユダヤ人の間では憧れの的であり、例えば『アシスタント』では、モリスの娘であるヘレンが、大学教育を受けてよりよい生活をすることを夢見ている様子が繰り返し語られる。だが、そのように高い評価を受けている大学が、大学講師の資質を備えているかも疑わしく、また実際様々に失態を演じ続けるレヴィンという人物、すなわち、ドジなやつとして軽蔑されてもしかるべき存在によって、その保守性や馴れ合いを批判されるのである。そして、キャスカディア大学は、そのようなレヴィンから批判されてようやく改革の重い腰を上げるのである。このような意味で『もうひとつの生活』は、人々の教育に対する憧れや理想を打ち砕く、嘆かわしい大学の実態を暴露するものであると言える。そしてこれはまさに、腐敗した世間に対して道徳的批判精神となるシュレミールの面目躍如であると言えるだろう。

このように、レヴィンをシュレミールとして描くことによって、マラマッドはレヴィンを、単に滑稽な人物として描いているのではなく、幾多の苦難の中を苦悶しながらも前進してゆく力を持った人物として描き、そこに体制に対する批判精神を含めることにも成功しているのである。レヴィンの前任者ダフィーは、「時代は狂っている。だから僕はここを去る」（二八八）と言って自殺した。だがレヴィンは恐らくこう思ったであろう、「時代は狂っている。だから僕は失敗しても前進できる」と。

第六章

〈嘲りの笑い〉から〈自虐の笑い〉へ

ソール・ベロー「ゴンザーガの遺稿」

伊達　雅彦

1　ノーベル賞作家と「笑い」

文学賞の受賞歴から作家の価値を判断することはできないかもしれないが、二度の全米図書賞に加え、ピューリッツア賞、そしてノーベル文学賞という〈勲章〉を併せ持つソール・ベローが〈二〇世紀アメリカ文学の巨人〉であることに異論を唱える者はいないだろう。定番の〈ユダヤ系アメリカ作家〉のレッテルにしばしば不快感・不同意を表明しつつ、ベローは〈ユダヤ系〉というレッテルに縛られることなく創作活動を続けた。アメリカ文学界の〈大御所〉的存在として二〇世紀末を過ごし、二一世紀に入った二〇〇五年にこの世を去った。〈二〇世紀における〉という限定すらもはや不要のアメリカ文学史上に名を残す〈偉大な作家〉であろう。

しかし、ベローという作家を〈偉大な作家〉と仰ぎ見ることで、彼の作品を過度に〈シリアス〉なものとして読むことになるのであれば、それは危険である。ベローの作品が内包する本来的な〈おかしさ〉を見逃してしまう。ベローの作品はしかつめらしい顔だけで読むものではなく、時には〈笑って〉読むべきものである。国際ソール・ベロー協会の機関誌『ソール・ベロー・ジャーナル』(*Saul Bellow Journal*)は二〇〇二年の秋季号で「コミック・ライターとしてのソール・ベロー」("Saul Bellow as a Comic Writer")という特集を組んだ。その事実が示すように、ベローの作品を読み解く上で〈喜劇性〉は欠かせない視点と言えよう。むろん、その〈喜劇性〉が生む〈笑い〉は単純な〈バカ笑い〉ではない。人間が持つ様々な感情の複合体として出てくる〈笑い〉であり、反ユダヤ主義に苦悩する比類なき歴史を背負ったユダヤ系作家の作品に見られる〈悲哀〉と綯い交ぜになった独特の〈笑い〉である。

ただ日本ではベローに限らず〈ノーベル賞作家〉という肩書と〈笑い〉という要素を結び付けることに少し抵抗があるように感じられる。あるいは慣れていないない、と言ってもいいのかもしれない。川端康成や大江健三郎に〈笑い〉や〈ユーモア〉という視点を持ち込むのが難しいように、〈ノーベル賞作家〉という〈重い〉肩書きに〈笑い〉という〈軽い〉響きの言葉を結び付けるのは難しい。(村上春樹が受賞すれば話は変わるが。)〈ノーベル賞作家〉という〈偉大な作家〉の作品を日本人は〈笑って〉は読めないのである。そこには〈笑い〉に対する国民性や文化的風土という類の漠然とした要素も絡んでいると言ってよい。例えば、日本人にはジョークのセンスがない、あるいはユーモアのセンスが欠けていると言われる。当の日本人にしてもアメリカ大統領のジョークは様になると感じるが、日本の首相が冗談を言ったりすると違和感がある。

一九九八年にノーベル文学賞を受賞したポルトガルのジョゼ・サラマーゴ(Jose Saramago)が二〇一〇年他界した。ハロルド・ブルーム(Harold Bloom)は『ナショナル・ポスト』(*National Post*)誌上にサラマーゴの文学上の業績や特質に触れた追悼の言葉を並べた。フィリップ・ロス、トマス・ピンチョン、ドン・デリーロという現代アメリカ文学を代表する作家を引き合いに出しながらサラマーゴの作品の多様性を賞賛し、中でも彼の〈喜劇性〉に着目している。ただこの場合、前述の日本人の〈笑い〉に対する感覚を考慮すると当該コンテクストにある〈喜劇〉や〈笑い〉という言葉の重みや含みを、そのまま日本語の〈喜劇〉や〈笑い〉という言葉に等価値的に重ね見ることは剣呑だろう。〈笑い〉や〈喜劇〉という日本語が喚起するイメージと、キリスト教やユダヤ教が精神的支柱として機能している世界とでは、その言葉が喚起するイメージに大きな隔たりが存在する。〈笑い〉を考える場合、それを生成する文化的・社会的背景を無視することはできないし、だからと言って〈笑い〉だけをそこから引き剥がすこともできない。古典とも言うべきベルクソンの『笑い』を引くまでもなく、〈笑い〉の概念・分類もまた難しい問題である。だが、〈笑い〉が普遍性を持っていることも事実であり、世界中の人々が共通に〈笑える〉現実もある。

サラ・コーエン（Sarah Cohen）は『サムラー氏の惑星』（*Mr. Sammler's Planet* 一九七〇）に至るベロー文学における〈笑い〉を考察した『ソール・ベローの不可解な笑い』（*Saul Bellow's Enigmatic Laughter*）を一九七四年に上梓した。その序論でも引かれている『パリ・レヴュー』（*Paris Review*）誌上でのインタヴューからは、ベローが創作にあたり〈喜劇的要素〉を意識的に取り入れていたことが窺える。また二〇一〇年に出版された『書簡集』（*Saul Bellow: Letters*）を見てもベロー自身、自らを「コミック・ノヴェリスト」（comic novelist）と称し、その側面を自認している。ベローの作品にある〈笑い〉は、決して偶然の所産としてそこにあるわけではない。その〈笑い〉は小説作法上の装置として使われているのである。ベローの作品に漂う〈おかしさ〉は、少し大袈裟に言えば戦略的にそこにある。むろん、ベローに限らずユダヤ系作家の作品には少なからず〈笑い〉が意図的に仕組まれていることが多い。民族として様々な困窮や苦難を生き延びる中で、日常的に〈笑い〉がその生存の根幹に分かち難く必要だったからである。逆から言えばユダヤ系の人々にとっては〈笑い〉を糧に意識的に生きることこそが日常だったのである。

2 「ゴンザーガの遺稿」（一九五四）と『ハーツォグ』（一九六四）

『ソール・ベローの不可解な笑い』には短編作品についての記述が少なく、当然のことながら出版以後の作品についての記述は無い。本論ではベローの作品における〈笑い〉がどのような形で現れてくるのか、『不可解な笑い』ではあまり論じられていない短編作品を中心に見て行こう。

ここでは基点としてまず長編『ハーツォグ』（*Herzog* 一九六四）を考える。この小説は主人公ハーツォグの内省が重要な部分であり、ある意味それが主体となって展開する。投函されない多様な手紙を通して表出する彼の混乱した内面世界のため、ベローの小説の中でも難解と評されることが多い。そのような評を見る限りにおいて『ハーツォグ』は一見〈笑い〉とは無縁にも見える。だが、ベロー本人のハーツォグ評は「喜劇的人物」であり、作者の言葉を借りれば『ハーツォグ』はシリアスな本ではなく「ファニーな本」（a funny book）なのである。この作品についてベローはアラン・ブルーム（Allan Bloom）の『アメリカン・マインドの終焉』（*Closing of the American Mind* 一九八七）に寄せた序文でも次のように述べている。

時々私は教養溢れるアメリカ人をからかって面白がることがあります。例えば『ハーツォグ』は本来的

にはコミック・ノヴェルだったのです。（中略）私は知ったかぶりをからかったのです。（十五–十六）

ベローの小説の主人公に知識人が多いことは周知の事実である。ハーツォグのように大学教授であったり、研究者であったりする他、そのほとんど全てが知識人であると言っても過言ではない。それはベロー自身が高度な知識人であり、登場人物たちが彼の思想、哲学あるいは自伝的要素の受け皿的機能を果たさねばならないからである。また〈笑い〉を効果的に使うためにも、むしろ通常〈笑い〉とは対極にある〈知識人〉を設定したほうが〈おもしろい〉。〈知識人〉に付随するイメージを逆手に取り、〈意外性〉や〈落差〉を最大限に利用できる。〈笑い〉とは無関係に見える知識人を〈笑い〉の対象にすることでベロー的〈笑い〉の磁場を構築しているのだ。人が真摯に何かに取り組む姿は感動的であるが、度を越した〈真剣さ〉は時に滑稽であり、ユーモラスである。他にも先に引用した『アメリカン・マインドの終焉』の序文の言葉と酷似した文言でベローに「からかわれた」（making fun of）主人公がいる。その文言はある書簡に見られる。

（註）

私はアメリカ人研究者の文化崇拝熱や真剣さをからかったのです。

これは短編「ゴンザーガの遺稿」（"The Gonzaga Manuscripts"）の主人公クラレンス・フェイラー（Clarence Feiler）に向けられた言葉である。ここでベローは、クラレンスに代表されるアメリカ人研究者の「文化崇拝熱や真剣さ」（the cultural earnestness or solemnity）を「からかって」いる。それゆえクラレンスはダニエル・

フックス（Daniel Fuchs）も指摘するように綴り字は違うものの容易に「失敗者」（failure）を連想させる「フェイラー」というラストネームを与えられている。結末部に見られる彼の失敗は、物語の始まる時点で既に暗示されていると言えよう。

この書簡は一九七一年にこの短編を所収した『モズビーの回想録』（*Mosby's Momoirs and Other Stories*）を邦訳した徳永暢三が、翻訳に際して生じた疑問を作者ベローに対して書き送った質問状に対する回答としてある。徳永は本短編に関し、ジョン・J・クレイトン（John J. Clayton）等の批評家も指摘しているようにヘンリー・ジェイムズの中編『アスパンの恋文』（*The Aspern Papers* 一八八八）との類似性に触れた上でこの短編の着想をどこから得たのか質問しているが、ベローはそれには直接答えてはいない。また徳永は「どのようなスペイン詩人を念頭においているのか」と問うているが、その問いに対してベローはガルシア・ロルカ（Garcia Lorca）の名を曖昧な形で挙げるに留まっている。

3　五〇年代における「恋愛詩」の意味

クラレンス・フェイラーは、大学時代にスペイン文学を専攻した在野の研究者という設定の中にあり、物語の軸となるのは、マヌエル・ゴンザーガというスペイン詩人の未発表の詩（後に恋愛詩であることが判明する）を探し出そうと孤軍奮闘する彼の姿である。小説の舞台は、終始スペイン国内で主人公は異国の地に置かれている。アフリカを舞台に自己探求の旅をする『雨の王ヘンダソン』の主人公ヘンダソンと同様、クラレンスもまた内省に留まることなく肉体的に行動する。彼は〈孤高の学徒〉としてアメリカを離れ、あるスペイン詩人の知られざる愛の詩を孤独に探し求める、という構図の中に置かれる。だが〈孤高の学徒〉と言えば聞こえはよいが、実際は〈妄想の学徒〉であり、彼は小説を通してベローに「からかわれる」。

作品の細部を見て行こう。前提として、クラレンスは探し求めるゴンザーガの恋愛詩を「素晴らしいものに違いない」と主張して憚らない。彼の探索は学術目的の探索であり動機としては真摯なものと言える。その目的が崇高であることに間違いはなく、結果として主人公は自らを英雄視する。だが詩が「素晴らしい」という評価の客観的根拠は無く、あるのはただ彼独自の学問的判断であり自己完結的基準だけである。ベローはクラレンスを精神的に高揚させヒロイズムという名の〈高み〉に持ち上げる。むろん、ナルシシズムという名の〈谷底〉に落とすための〈高み〉に他ならない。

また作品中、クラレンスが滞在する宿の女主人が彼に「旅行ですか」と尋ねる場面がある。すると、彼は「警戒しながら」首肯する。なぜ「警戒」するのかと言えば、ゴンザーガの未発表の詩は「国宝級」であり、それゆえに「隠密裏に」ことを運ばねばならないから、なのである。この短編の既読者は、すでにここが〈笑える〉部分であることが分かる。ゴンザーガの詩を価値ある文学作品として探索に奔走しているのはクラレンスだけであり、ベローの書簡の言葉にある「真剣さ」(solemnity)が滑稽な色彩を帯びている。

最終的にクラレンスが手にするのはゴンザーガの「恋愛詩」(love poems)ではなく「鉱山の株券」(mining stock)である。まさに甘美でロマンティックな〈夢〉が味気なく荒涼とした〈現実〉にすり替わる瞬間と言えよう。彼は「株券」に愕然となる。このオチに導くまでベローは小説作法上の緻密な組立を行っている。主人公のヒロイズムは最大限に増幅され、〈崇高な目的〉を達成するのに必要であろう艱難辛苦が周到に用意されていく。遥かに続く困難な道のりにはそれ自体に〈たらい回し〉的なおかしさがある。

ベローは、はじめにクラレンスをゴンザーガのモロッコ戦争時の戦友で遺作管理者であるグースマン・デル・ニドーと対峙させる。国会議員でもある彼は社会的地位でも経済的優位性でもクラレンスとは対極に位置する現実社会側の人間と言えよう。デル・ニドーと初対面時のクラレンスの反応にはすでにオチへの伏線が張られている。彼はデル・ニドーと握手を交わした時、「ゴンザーガその人に触れている」(he was in touch with Gonzaga himself)という感覚に捕らわれ「身震い(thrill)する」。ゴンザーガと直接面識のある人間というだけでデル・ニドーを神格化し「伝説の人物」と見てしまう。しかし、デル・ニドーの態度の中に「ゴンザーガの詩を理解できないアメリカ人」という自分への否定的視線を見て取るや否や、羨望は反転し憎悪に変わる。「殴ってやりたい、絞殺し、踏みつけ、掴み上げて壁に叩きつけてやりたい」と暴力的で残忍な感情にクラレンスは支配されていく。この羨望から憎悪への急転直下ぶりや、その後のデル・ニドーとの対話全体を通してクラレンスの誤解と認識不足は際立っていく。

クラレンスがゴンザーガの「恋愛詩」を求めて最後に辿り着く場所はスペイン中央部に位置するセゴビアである。ジェイムズ・アトラス(James Atlas)の伝記には、第二次世界大戦後、ベローが実際にこの地を訪れその美しさに深い感銘を受けたことが記されている。ここはディズニーの『白雪姫』に登場する城のモデルとなった優美な古城アルカサルで知られる。古代ローマ時代に建設され今なお現存する水道橋や中世の大聖堂は、過去から現在、そして未来へと続く永遠性のランドマークであり、不滅を示唆する歴史的モニュメントである。この古都はクラレンスにとって〈失われし恋愛詩〉を求める巡礼の終着点として、これ以上ないロマンティックな場所と言えよう。しかし、そこで彼を待つのは地元セゴビア出身のペドロ・アルバレス−ポルヴォという「変な顔の男」であり、遥々アメリカから来たクラレンスを観光に連れ出そうとする。

「用件」(business) は後回しにしようと提案するポルヴォの「用件」という言葉にクラレンスは敏感に反応し期待は否応なく高まる。「この男は詩を持っている」という確信から、クラレンスは興奮を抑えポルヴォの提案を受け入れ観光に帯同するが、延々と続く案内に業を煮やし、たまらずゴンザーガの詩の話を切り出す。「詩」という言葉に訝しげな顔をしたポルヴォがクラレンスに手渡すのは先述の通りゴンザーガの残した「恋愛詩」ではなく「鉱山の株券」である。地団駄踏んで悔しがるクラレンスの姿からベローの「からかい」の視線を読み取るのはそう難しくはない。クラレンスは見事なまでにシュレミール的役割を果たす。

この場面ポルヴォの差し出した「鉱山の株券」は単に「恋愛詩」の対極にある無味乾燥な実務的文書というだけではなく、さらなる意味が付加されている。この鉱山は瀝青ウラン鉱の鉱山であり、ポルヴォはクラレンスがアメリカ人と知り鉱山株に「興味があるはず」と判断する。瀝青ウランにウラニウムが含まれていることは言うまでもない。すなわちクラレンスがアメリカ人であることが、この〈原爆文書〉(=「鉱山の株券」) を引き寄せる要因だったのである。「ゴンザーガの遺稿」には他にも原爆に関する記述が散見され、この大量殺戮用テクノロジーに対するベローの関心が示される。中でも注目すべきはポルヴォの甥ドン・ルイスの口から出る「ヒロシマ!ナガサキ!ビキニ!」という地名である。この短編は一九五六年の『この日をつかめ』(*Seize the Day*) に収録されて出版された他、一九六八年に出版された短編集『モズビーの回想録』の中にも収録された。しかし初出は一九五四年の『ディスカバリー』誌 (*Discovery*) である。一九五四年と言えば第五福竜丸が死の灰を浴びたマーシャル諸島ビキニ環礁での水爆実験が行われた年に他ならない。厳密に言えば実験は一九五四年三月一日に行われたが、同年七月発表のこの短編には既にその事実が反映されている。三月二日、つまり実験日翌日の『ニューヨーク・タイムズ』紙の一面にも報じられているように原爆投下体験国アメリカが実験結果に関心を寄せていたことは明らかである。〈ヒロシマ、ナガサキ、ビキニ〉と時系列に列挙される通りここには第二次世界大戦の影響から完全には脱しきれていないままに続く歴史への感覚や〈アメリカ＝原爆〉というイメージの固定化へのプロセスが読み取れる。五〇年代を背景にしたこの短編におけるゴンザーガの「恋愛詩」探しは、背後に不可視のきのこ雲が不気味な影を落としているといってよい。当時、アメリカという国家に漂っていた時代の空気とクラレンス個人の行為は乖離しており、そこにシニカルな笑いをも誘う要素がある。

4　女性を〈見誤る〉主人公

また「ゴンザーガの遺稿」には対照的な二人の女性登場人物が設定されている。一人は、ミス・フェイス・アンガーであり、一人はミス・ウォルシュである。単純に分類すると、ミス・アンガーは好意の、またミス・ウォルシュは悪意の対象である。クラレンスの目に映るミス・アンガーは「聡明な顔」に「非常に澄んだ目」をした「若くて、とても魅力的」な「ほんもの」の女性であって、そのため彼は「警戒」し「隠密裏」に果たすべき自分の〈崇高な使命〉を彼女に告白してしまう。ここで〈笑える〉のは、〈真理〉を見抜くべき〈孤高の学徒〉であるはずの彼が〈外観〉の「魅力」に単純に惹かれている点にある。フェイラーはミス・アンガーの正体を見誤っている。彼女の設定は、スペイン在住の美術史専攻の学生だが、彼女にはスペイン国外から安価なペセタ貨幣を闇ルートで国内に持ち込む航空会社のパイロットである婚約者がいる。彼女も十分〈怪しい〉。しかし、クラレンスはその〈怪しさ〉を追求するどころか、見て見ぬふりをして彼女の像を自らの内部で美化していく。ゴンザーガの詩の探索に行き詰った彼は「同情と慰め」を求めてミス・アンガーに接触するが、電話口の「声」から彼女がクラレンスに会えなくて「残念そう」であり、「本当は婚約者を愛していないのではないか」と疑う。闇ペセタの売買に関与しているのは婚約者のアイディアであって彼女のそれではなく、彼女自身は闇取引に懊悩しているとクラレンスは考える。しかし、それら全ては彼が受ける「印象」に過ぎない。そしてクラレンスが「僕にこそあんな女がいて当然なんだ」と最後に本音を吐露する場面はやはり喜劇的である。

一方、ミス・ウォルシュは「荒んだ顔」、「やり場のない精力」、「方向を失った知性」を持った女性と彼の目には映る。ミス・アンガーと対照的なこの女性が彼の正体を正面から暴いていく。「屈強なイギリス婦人」である彼女は、初対面から「不快な感じの女」でありクラレンスは彼女に「狂信家」(fanatic)と一刀両断にされる。クラレンスとミス・ウォルシュは激しい口論に及ぶが、その二人の口論の原因も実は原爆である。彼女は今夏の降雨続きの天候不順はアメリカの原爆実験に起因していると指摘する。もちろんミス・ウォルシュの論法は強引で科学的根拠や実証性には欠けているのだが、クラレンスがこの時代に原爆に無関心なアメリカ人であることを間接的に証明している。「恋愛詩」の代わりに「鉱山の株券」を手渡され、失意のうちにセゴビアからマドリードに戻る車中、彼は茫然自失の体で身動きもできない。車窓の外はミス・ウォルシュが言及していた大雨である。原爆が原因であるという点はともかくも、「雨が降る」と語った彼女に軍配を上げるがごとくベローは雨を降らせる。このように、ミス・アンガーとミス・ウォルシュという二人の女性を媒介にクラレンスの人物像を明確にすることで、彼が心血を注ぐゴンザーガの詩の探索にまつわる滑稽さが炙り出されていく。

その他、女性を〈見誤る〉典型的な作品のひとつに、後期の中編『ほんもの』（*The Actual* 一九九七）がある。ベローはこの小説の主題を「初恋の影響」（the tenacity of early affections）という言葉で表現しているが、作品を通し「愛情」の持つシリアスな面とコミカルな面を同時並行的に描き出す。最終場面で「すべての悲劇は死によって終わり、すべての喜劇は結婚によって終わる」というバイロンの言葉を想起した読者も少なからずいるのではないだろうか。初恋の相手エイミと悲喜劇を繰り返してきた主人公トゥレルマンが、物語の最後で彼女にプロポーズをする場面はやはり〈笑える〉部分なのであろう。ただ宿命的に男女関係は〈見誤る〉関係であって、この結末をただ単純に〈笑える〉のかどうかは微妙で、実は〈笑えない〉のかもしれない。ベロー特有の曖昧さが残るエンディングである。

先の『ハーツォグ』にも多数の女性は出てくるし、『ほんもの』と同様、後期の中編である『盗み』（*The Theft* 一九八九）、『ベラローザ・コネクション』（*The Bellarosa Connection* 一九八九）、最後の長編『ラヴェルスタイン』（*Ravelstein* 二〇〇〇）などベローの小説には女性が多々描かれる。ジョイス・キャロル・オーツは女性像というものを突き詰めて書かなかったアメリカの大作家としてメルヴィル、フォークナー、そしてベローの名を挙げているが、それでもベローが興味深い女性像を描いてきたことは確かである。実生活で五度の結婚を繰り返したベローの伝記的事実を念頭に置くのであれば、さらに違った視座を得られるかもしれない。男女関係や結婚に関するストーリーはベローにとって本来シリアスだろう。実際、『プレイボーイ』誌上でのローレンス・グローベル（Lawrence Grobel）との対談で「離婚は心にも財布にも負担が大きいからな」と自分を揶揄するように語っている。しかし、恋愛や愛情というテーマを適度な距離から喜劇的対象として描写できるのもベローならではという見方もある。

5　〈見誤る〉人々と〈笑い〉

女性に限らず相手の正体を〈見誤る〉というケースは実はベロー文学の中には様々な形で現れる。ここでは「ゴンザーガの遺稿」と同じ短編集『モズビーの回想録』に収められた「グリーン氏を探して」(“Looking for Mr. Green” 一九五一)と「未来の父親」(“A Father-to-Be” 一九五五)を取り上げてみよう。

「グリーン氏を探して」では相手を〈見誤った〉のではないかという不安感を作品の結末部分で利用している。大恐慌時代のシカゴを舞台としたこの短編の主人公グリービィは、地区救済局に勤務し生活保護を受けているグリーンなる人物に受給者用の小切手を渡そうと探し回る。彼自身も不況の影響で古典語教師という職を失ってはいるが、さらなる困窮者を援助するという〈崇高な目的〉の下、懸命にグリーンを探す。だが当人は見つからず、最後は確証も無いままにグリーンの妻と思われる不審な女性に小切手を手渡してしまう。「ゴンザーガの遺稿」と同様、〈崇高な目的〉に半ば盲目的に邁進する人間の姿に〈真摯さ〉と〈おかしさ〉を見ることができる。

「未来の父親」の主人公ロージンは化学研究に携わる知識人である。ある日、婚約者の女性宅に向かう途上、地下鉄の車中で〈未来の息子〉に出会う。隣席の見知らぬ男を妄想から〈未来の息子〉に仕立て上げるのである。その男には外見から判断する限り特に変わった所はなく、むしろ社会的成功者に見える。だが、ロージンは自ら想像した〈未来の息子〉像を否定的な意味合いで重ね合わせ〈四流の男〉と見下して勝手に絶望感を味わう。ロージンは、知識人としての理性も分別も失い他人を〈見誤った〉挙句に〈未来の息子〉を夢想する。婚約者との関係に端を発する精神的混乱やニューヨークの地下鉄という都市の閉鎖的・圧迫的な空間がこのような錯誤を生み出す背景となっているわけだが、そこには同情されつつも〈笑われる〉主人公がいる。

「ゴンザーガの遺稿」後に出版されたベローの中期の代表作『この日をつかめ』で主人公ウィルヘルムがタムキンの正体を〈見誤る〉のは実はこの典型的な例であろう。作者本人がインタヴュー等で明言しているようにタムキンは〈詐欺師〉である。ウィルヘルムはタムキンの正体を看破できずに騙される。しかし、この小説で〈笑える〉のは彼が単にタムキンに騙されるからではない。〈一流の詐欺師〉に騙されるのであればやむを得ないかもしれないが、ウィルヘルムはいかにも胡散臭い、言わば〈二流の詐欺師〉に騙されるのである。怪しげな雰囲気を漂わせ普通に見れば信用できないタイプのタムキンを〈見誤って〉裏切られ、街中を右往左往するウィルヘルムの姿に〈憐れみ〉と共に〈おかしさ〉をも感じるのはそのためである。このような眼前の他者に対して主人公が見せる認識の〈ずれ〉は、そこに潜む原因あるいは背景となる現代社会の実相と仮相の問題というベロー文学のより大きなテーマへと繋がっていく。

6　むすび

『ハーツォグ』や『ラヴェルスタイン』などベローの小説には自伝的要素が多いと評される。だとすれば、そこに置かれた主人公たちを〈笑う〉ことはベローにとってどこかで自分自身を〈笑う〉ことに他ならなかったに違いない。ベローの作品にある〈笑い〉は、ある意味で自虐的な〈笑い〉なのであり、ユーモラスな感覚が宿る理由のひとつとなっている。それは、他人を完膚なきまでに打ちのめすような侮蔑の〈笑い〉ではないし、切っ先を相手の鼻先に突きつけるような威嚇的な〈笑い〉でもない。他人を笑うようでいながら、何よりも同時に自分をも笑う。読者にしても誰もがベローの描く人間と同じような過ちを犯す可能性はあるし、既に犯している場合すらある。彼らの犯す過ちを笑いながら、読者は自分たち自身をも笑っていることに実は気が付いている。だからこそ単なる嘲りの〈笑い〉にはならないのだ。自分に対する失意や絶望から来る悲しさや憤りに裏打ちされた〈笑い〉であるだけに、それは純然たる〈笑い〉よりも重層性があり、哲学的な〈笑い〉となっていくのである。

(註)

当該書簡は、筆者が故徳永暢三先生から生前(当時、大妻女子大学教授)、個人的に譲って頂いたものであることをここに付記する。ベロー直筆のこの貴重な書簡を研究資料として利用する許可も頂いており、改めて徳永先生に感謝の意を表するものである。また本論での「ゴンザーガの遺稿」に関する引用は、この徳永訳『モズビーの想い出』(新潮社、一九七〇年)の中で訳出された「ゴンサーガの原稿」を参考にしている。本論で触れたこの書簡の内容については、この邦訳本の「訳者あとがき」にも記載がある。

第七章

男性身体が作り出す笑いの重層性

フィリップ・ロス『ポートノイの不満』と『サバスの劇場』

杉澤　伶維子

はじめに

二〇一〇年に出版された『遊びと真面目――コミック作家としてのフィリップ・ロス』の編者ベン・シーゲルとジェイ・L・ハリオが、「イントロダクション」において、「ほとんどの批評家や評者たちが、ロスのコミックの天才ぶりについて熱心に言及している」（一一）と述べているように、フィリップ・ロス（Philip Roth　一九三三―）の作品に彼独特の強烈なコミカルな要素があることは多くの人々が認めるところである。なかでも出版当初、アメリカの社会現象となったとも言われる『ポートノイの不満』（*Portnoy's Complaint*　一九六九）は、「コミックの傑作」（Grebstein　一五二）と呼ばれるに値する、他に比類をみない作品である。

ユダヤのユーモアは、アーヴィング・ハウがエッセイ「ユダヤの笑いの性質」（一九五一）で述べたように、この世で迫害された立場や逆境と、神の選民としての神話や自負との距離、すなわち現実と主張とのギャップから生じるという説明が一般的に賛同を得ている（Howe "The Nature" 一九）。また、サンフォード・ピンスカーの『メタファーとしてのシュレミール』（一九七一）やルース・R・ワイスの『現代の英雄としてのシュレミール』（一九七一）で論じられているように、ユダヤの笑いにはシュレミールの存在が不可欠であると言っても過言ではなかろう。しかし、心身の健全さを保持するための技として、イディッシュ文化の中で育った笑われるべき愚かさ、そして「弱さゆえの強さ」を持つ者（x）というワイスのシュレミールの定義を、ロスの主人公たちにそのまま当てはめることには保留がある。

また、ロスの作品は、発表年代が下るとともに次第にコミカルな要素が希薄になってきていることも、息の長い執筆活動における彼の作風の変化を知る者であれば認めるところである。だが、シーゲルとハリオが指摘するように、それはコメディの質の変化もしくは進化／深化であって喪失ではない。そして、その質の変化の転回点にあるのが『サバスの劇場』（*Sabbath's Theater* 一九九五）であるという（一二）。

「コミックの天才」と呼ばれるロスの笑いの本質とは一体何であろうか。それは伝統的なユダヤ性とどのようにかかわっているのか。アメリカ文化の中にどのように位置づけられるのだろうか。またロスの笑いの本質は時代とともに、あるいは彼の加齢とともにどのように変化してきたのか。本論では、ともに性道徳の規範を超える大胆で猥雑な性描写と、〈おかしさ〉を特徴とする『ポートノイの不満』と『サバスの劇場』の笑いを分析し、さらに、これまでの先行研究には見られない、身体と歴史の観点からも比較検討することで、ロスの笑いの本質と変容を解明していきたい。

1 『ポートノイの不満』の喜劇性

『ポートノイの不満』を「コミックの傑作」と評価したグレブスタインは、作品の喜劇性は一九五〇年代から六〇年代にかけて流行した、ユダヤ系の独演コメディアン（stand-up comedian）のライブ・パフォーマンスの影響を大きく受けていると分析する。主人公アレクサンダー・ポートノイの語り口が、独演コメディでよく使われるシュプリッツ（イディッシュ語で「飛散」の意）と呼ばれる、即興的な風刺や当てこすりを想起させるという（一五三─五四）。当時、コメディの世界ではウディ・アレン（一九三五─）やレニー・ブルース（一九二五─六六）を始めとするユダヤ系のエンターテイナーが活躍していた。彼らはユダヤ的要素を前面に出してシュレミールやメシュガー（イディッシュ語で「狂人」の意）を演じ、観客たちに受けていた。第二次世界大戦後、アメリカ社会はユダヤ人への寛容と賞賛と好奇心を抱いていており、イディッシュ語やユダヤの文化が、部分的にではあるが受け入れられやすい時期であった。そのため、作品には milchiks（乳製品）、chazerai（ひどい食べ物）、mishegoss（馬鹿げたこと）、matzohs（種なしパン）など、アメリカ英語にも取り入れられたイディッシュ語が頻繁に用いられ、読者は笑いとともにユダヤ的雰囲気に触れることができた。

ただし、ロス自身は、レニー・ブルースの演技を観たことはない、とはっきりと独演コメディの影響を否定している。そして『ポートノイの不満』創作のヒントを次のように説明している。これまでの小説とは違ったおもしろいものにしたいと考えながら構想を練っていたとき、ちょうどフランツ・カフカ（一八八三─一九二四）を教えていたのだが、人気コメディアンであったマルクス兄弟（チコ、ハープ、グルーチョ、ゼッポの四兄弟、一九三〇年代に喜劇映画で活躍した）の配役で、『城』の映画製作することを考えてみたという。罪と罰という恐ろしく陰鬱な問題にとり憑かれながら、おかしな（funny）作品を書くことを「着席コミック」(sit-down comic) であるカフカから学んだとしている (*RMO* 一八―一九)。因果関係によって説明ができる不幸は悲劇であるが、『城』の主人公Kが体験するような、合理的説明不可能な不条理な出来事は喜劇である。初期の作品『解放』(一九六二) や『ルーシーの哀しみ』(一九六七) において、創作上の師と仰いでいたヘンリー・ジェイムズの高尚な文学の影響下にあったロスが、今回、東欧のユダヤ人作家カフカから、深刻な内容をコミカルに語る手法を会得したことが、『ポートノイの不満』に二つ目の笑いの要素をもたらした。

次に第三の要素として、『ポートノイの不満』に低俗なアメリカン・ユーモアの伝統を見出すことができる。バーナード・ロジャーズが指摘するように、ポートノイの悪い言葉は、『ハックルベリー・フィンの冒険』(一八八四) に見られる土着のアメリカのユーモアに共通する。その土地独特の雰囲気を伝えるローカルカラーでもある。猥褻な言葉やジョークは、アメリカの低俗な文化における常套的ユーモアである (九四)。マーク・トウェインのユーモアは鋭い社会風刺や批判の手段でもあるが、同様にロスも、ユーモアの衣で覆うことによって、身近な家族やユダヤ・コミュニティの偏狭さを批判することができた。ロスがジェイムズ張りの高尚な文学から脱却を図ろうとしたとき、その手本をユダヤのコメディやカフカだけに求めたのではなく、アメリカ固有のユーモアからも影響を受けたと考える方が自然である。

さらに第四の要素として、精神分析の援用がある。精神分析自体は真剣なものであるが、作品ではその内容を逆手にとって笑いを作り出している。主人公に精神分析の知識があるがゆえに、現在の不幸を事実としてそのまま受け入れることができない。たとえば、性的不能の原因が器質的障害にあると考えるのではなく、親への罪悪感によって引き起こされていると考えてしまう喜劇である。ポートノイの知性と教育のゆえに、彼はよりいっそうシュレミール的笑いの対象となる（Halio 二一一）。また、ポートノイの馬鹿げたユーモアは、ハリオが主張するように、精神分析でいうところの防衛メカニズムである（二一〇）。イドと超自我という彼の内部にある二つの声を同時に発し、さらにそれらを聞く耳の存在を小説にするには、精神分析のセッション以上にふさわしい設定はない。内部でせめぎ合う声が聞こえる精神分析が、喜劇的要素を最大限に引き出す最適の場である。

2　身体コメディ

『ポートノイの不満』の笑いは、以上四つの要素から産み出されると考えるのが妥当であるが、その中でも精神分析的アプローチによって明示される性的逸脱行為と道徳的罪悪感の問題を、『サバスの劇場』の場合と対比させながら考察していきたい。

ポートノイを拘束するものは、第二世代のユダヤ系アメリカ人である親から課される道徳である。本来賢明で慈愛深い〈イディッシュ・ママ〉を、悪名高い過保護・過干渉な〈ジューイッシュ・マザー〉として世に知らしめる役割を担わされたのが、ソフィー・ポートノイである。ユダヤの伝統的戒律に基づく清潔と食物への過剰なまでのこだわり、その一方で、優等生の息子に対してアメリカ社会の〈主流〉への参入を後押しする。父ジャックは彼の家族に下層中流階級の経済状態を維持させるべく、保険外交員として長時間労働に携わり、その一方で、息子をスティームバスに誘い、ユダヤの男たちとの連帯感を味あわせる。伝統的な男女の役割が逆転した、強い母と弱い父というユダヤ系両親の保護の下に育ったポートノイは自慰行為に耽り、シクセ（非ユダヤ人女性）に対して次々と性的欲求を抱き関係を持つことで、意識的にも無意識的にも親への服従を拒否する。

ロス自身が述べているように、『ポートノイの不満』は攻撃性、欲望、周縁性を表す「ユダヤ小僧」（"Jewboy"）と、抑圧、敬意、社会的受容を表す「お行儀のよいユダヤ系少年」（"nice Jewish boy"）というポートノイ内部の二つの声の葛藤を描いた作品である（*RMO* 三一）。性的欲望を抱きそれを行動化する「ユダヤ小僧」（「私」と声を発するペニスに表される、精神分析的にはイド）と、「お行儀のよいユダヤ系少年」（両親の価値観を表す、精神分析的には超自我）の二つの声に責め立てられる主人公は、やがて罪悪感に苛まされるようになる。正確には懲罰への恐怖に怯えると言った方がよいだろう。病気、骨折、去勢、性感染症、そして不能は、すべて親の教えに背いて性的欲求に走ったことへの懲罰だと思い込むポートノイの滑稽な姿が、この作品の笑いである。『ポートノイの不満』は罪悪感が引き起こす懲罰としての身体コメディといっても差し支えない。

一方、『サバスの劇場』の主人公ミッキー・サバスは、ポートノイと同様性的欲望に支配され、性的逸脱行為を行ないながらも、罪悪感を抱いていない。たとえば快楽を求めて反道徳的な性行為を行なった後、ポートノイはそのために社会的地位を失うのではないかと戦々恐々とするが、すでに社会的地位を失っているサバスには恐れるものはない。サバスが反抗するのは、体制に組み込まれてしまったアメリカ中産階級の持つ道徳規範である。また、指の関節炎のために人形遣い師としての仕事を失い、年齢による性的不能に陥っているサバスの身体はコメディを表す場ではない。

デイヴィッド・ギロッタが論じるように、ロスの初期の作品は、痛みが精神分析的解釈の上に成立する身体コメディとして読めるが、『解剖学講義』（一九八三）以降、後期の作品では加齢による現実の痛みを扱うものへと変化している（九四）。性的不能にしても、『ポートノイの不満』においては原因を精神的なものと断定することができたし、それゆえに笑うことができた。だが、心臓病治療薬の副作用による不能を扱った『カウンターライフ』（一九八七）以降、加齢や前立腺ガンなど身体的に深刻なことが不能の原因で、無邪気な笑いとはならない。

同じく不能に陥りながらも、『ポートノイの不満』では、主人公自身がそれを精神分析的に解釈し、精神分析医に告白することで解決できることを望んでいる。当時の読者が精神分析に関する知識を共有していること、同時に、それらの知識が役にたつかどうか疑わしいと思っていることが、この作品をコメディにしている要素である。実際、『ポートノイの不満』の五年後に出版された『男としての我が人生』（一九七四）では、主人公（ロスの実人生に近い）と分析医との苦渋と滑稽に満ちた関係が描かれることになる。

他方、『サバスの劇場』では、関節炎の痛みにも性的不能にも精神分析的解釈を施すことはできない、したがってコメディにもならない。性的逸脱行為をともに行なった相手が死亡した後は、主人公は鬱状態に陥り自殺を考えるようになる。死後自分が入るべき場所――墓地――を準備するサバスが求めるのは、移民であった親や親戚たちのところへ帰属することである。ポートノイが逃れようとして逃れることができずコメディの源泉となった家族、サバス自身若い頃離れた家族を、死を目前にサバスが切望することになる。

3 『サバスの劇場』の喜劇性

以上のように、『ポートノイの不満』と『サバスの劇場』の主人公は、性的逸脱行為によってそれぞれ親、道徳といった権威に対して反抗を行なう。そのことによって前者は身体コメディとして滑稽であるが、老体を扱った後者は暗く陰鬱で、単純な笑いを誘うものではない。それでは、『サバスの劇場』の滑稽さはどこにあるのであろうか。

『サバスの劇場』は出版当初その評価は二分された。サバスはポートノイの欲望を携えた老人、しかもそのことに対する罪悪感を持たない汚い老人、と手厳しい批判がある一方で、猥褻と道徳のアンビヴァレンスに基づくもっとも〈おかしな〉(funny)な作品という評価もある。たしかに『サバスの劇場』には『ポートノイの不満』にあるような、一読して読者を笑わせる滑稽さはない。作品に喜劇的要素を見出すか否かが、『サバスの劇場』の評価を左右するように思われる。

主人公サバスは、加齢によって健康も、仕事も、家庭も、経済力も、愛人も失ったものの、性的欲求だけは健在な醜い老人である。ベルクソンは笑いに関する古典的名著『笑い』(一九〇〇)において、「滑稽の印象は、……人が肉体の欲求にこづかれている精神を示すときにその感じをもつであろう」(五三)と述べているが、サバスの突出した性的欲求は滑稽を超えてグロテスクでさえある。作品は、老いて王国を失った国王リアの悲劇『リア王』を意識して書かれているが、『サバスの劇場』には『リア王』の壮大さも最終的なカタルシスもない。作品は、老いの悲哀を扱った悲劇と呼ぶにはあまりにも低俗で猥雑な、そして反道徳的な行為を扱っている。サバスの役どころは、むしろリアの道化に近い。老・病・死という深刻な問題を扱うのに、主人公が悲劇的英雄ではなく、道化であることによって笑いの要素が生まれてくる。

ウィリアム・ウィルフォードによる道化の包括的研究『道化と笏杖』（一九六九）によれば、肉体的奇形、怪物性、心的偏奇、犯罪性などを有する道化（フール）は、人間像を侵犯し、その侵犯を見世物にする。人々の興の種となる道化は、権利と責任から自由なアウトローだが、その一方で、自分の属している社会グループの愛顧に依存している逆説的存在である（四二）。道化が具現するのは、価値あるものと価値のないもの、真理とノンセンスとの混乱そのものである（五九）。また、喜志哲雄がシェイクスピアの道化について述べているように、道化はまともな人間としての生き方を放棄するのと引き換えに、不敬、卑猥、愚劣、滑稽なあらゆることを口にする自由を獲得する（一一九―一二〇）。

関節炎のために変形した手指、性的奇癖、友人宅での娘の下着や金の窃盗、地下鉄での物乞い、墓前でのマスターベーションなど、一般常識が許容する人間像をサバスは侵犯する。だが、サバスが人間像、道徳規範、そして法的規範を逸脱する行為は、ウィルフォードの道化の定義を超えていると言わざるを得ない。仕事も家庭も失ったサバスは、所属グループの愛顧は言うまでもなく、社会とのつながりを一切もたない、自らを完全に疎外された存在である。道徳・社会規範に対するサバスの怒りはそれほどに強烈なのである。

しかし、道徳規範や社会へのサバスの巨大な怒りと反抗が、作品内で怒りと反抗に終わっていないのは、彼の周辺人物を襲い、そして彼自身にも迫り来る死に対しての哀しみ、怒り、恐怖が常にサバスの中にあるからである。身近な人々を次々に奪われ続けた人生、そして今愛人ドレンカをガンで失い、自らも老いによる身体機能の低下に苦しむサバスの脳裏には、常に死の意識がある。

人間の力ではどうしようもない不可避の死に対抗し、死の悼みや恐怖を乗り越える一つの手段は、滑稽化することである。厳粛な葬儀のあとに陽気な祝祭が行なわれることは、文化人類学的にも例証されている。

ウィルフォードは、原始的・魔術的存在としての道化を分析し、道化は死との曖昧・両義的な関係を結ぶと主張する（一三九）。コミック・レリーフとも呼ばれる、緊張を緩和するための悲劇への滑稽の導入は、シェイクスピア劇でも使用される手法であるが、『サバスの劇場』は、道化サバスが緊張と滑稽の両方を引き受ける独り舞台である。

人形遣い師であったサバスにとって、「自殺は滑稽である。……これ以上に完璧に愉快な退場方法はない。死にたがっている人間。生あるものが死を選ぶ。それこそがエンターテイメントである」（四四三）、と自らの死を喜劇に仕立て上げようとする。小説の最終シーン、死を決意してドレンカの墓地を訪れた際、頭にはヤームルク（男性ユダヤ教徒が被る縁なし帽子）、身にはアメリカ国旗をまとう姿はまさしく道化である。そこでサバスは墓地のボードビリアン、エンターテイナーとして、ドレンカの墓に向かって放尿する。警官が照らす懐中電灯の光をスポットライトにして、道化サバスのパフォーマンスはクライマックスに達する。死を目前にして、死をも凌ぐエネルギーを放出するのは、アウトローな道化にのみ可能な喜劇の力である。

以上のように、『サバスの劇場』の喜劇性はそのタイトル「劇場」が示すように、西洋の演劇に伝統的な道化、シェイクスピア劇に登場する道化の役割に基づく喜劇性に源泉がある。

4 時代錯誤の笑い

ポートノイとサバスの喜劇が性をめぐる喜劇であるにもかかわらず、その質に大きな違いが見られるのは、主人公の年齢差以外にもアメリカ社会の変化、特にアメリカ社会におけるユダヤ系の地位の変化が関係していると考えられる。

『ポートノイの不満』の出版は一九六九年だが、六〇年代半ばはアメリカ社会において公民権運動が頂点に達した時期である。それゆえポートノイは、自分が「人間の権利、自由、尊厳」（一五四）を尊重し、「ニューヨークでもっとも道徳的な人間、純粋な動機、人道主義的で慈悲深い理想」（一六〇）を持った人間であることを繰り返し主張する。偏狭な民族の伝統から解放されて、アメリカという民主主義国家のために働く公僕であることを誇りに思っている。彼が人権擁護委員会副委員長という役職についていることを何度か誇らしげに言及するのは、役職への名誉心というより、自分が弱者の見方として正義のために働いているという自負心である。特に、黒人たちの権利、福利厚生のために尽くしているという自負心、黒人たちとの同朋意識について何度か触れている。

戦後、アメリカ社会が急速にユダヤ系アメリカ人に対して寛容になり、アメリカ社会の一員として認められるようになったユダヤ系の人々は、アメリカ社会の〈主流〉入りを果たした。六〇年代ユダヤ系の人々は、二〇〇〇年に及ぶ迫害の歴史を経験してきた自分たちは黒人の苦しみを理解できると信じ、旧世界のユダヤ人コミュニティにおける社会正義の伝統と、アメリカで養われたリベラルな信念に基づいて、公民権運動を全面的に支援、さらにその先頭に立って闘う者もいた。ポートノイが自分の役職を誇りに思っている背景である。

しかし皮肉なことに、ハウが一九七二年に『コメンタリー』で予言したとおり、『ポートノイの不満』の出版は、アメリカ文化における「親ユダヤ主義（philo-Semitism）」の終わりを告げるきっかけとなった。戦後約二〇年間、「ユダヤの道徳、ユダヤの忍耐、ユダヤの智慧、ユダヤの家族」といった賞賛を聞かされるのを苦々しく思っていた人々は、『ポートノイの不満』の出版をユダヤ・ブームを終わらせる好機ととらえた（Howe "Reconsidred" 八六）。特に、〈苦くて甘い関係〉といわれた黒人との共闘時代は終わり、以後、黒人のユダヤ人への敵意が次第に高まっていく。現在の時点からこの作品を再読すると、〈ユダヤ系アメリカ人の黄金時代〉を謳歌するかのようなポートノイの無邪気な高揚感に、ある種の滑稽さと歴史のアイロニーを感じざるを得ない。

『サバスの劇場』は一九九四年に設定されている。ユダヤ系の多くは成功してアメリカの中産階級におさまっている。その典型的な例が、サバスの旧友で恩人でもあるノーマン夫妻である。その一方で、サバスのように成功から疎外されている人々もいる。しかし、東欧革命後の旧社会主義国クロアチアから来た新移民ドレンカから見ると、サバスもれっきとした〈アメリカ人〉である。彼女の夫はすでに、アメリカで小さいながらもホテルの経営者として成功し、ロータリークラブでのスピーチを依頼されるほどである。そのスピーチの原稿を、ドレンカに頼まれて密かに英語の手直しをするのがサバスであるが、サバスの両親は英語を十分に喋ることのできない移民として苦しい人生を終えていた。ポートノイはシクセとの関係を通してアメリカ人男性としての承認を得ようとしたのだが、『サバスの劇場』では、サバスが新移民ドレンカによってアメリカ化の踏み石として利用されている。ドレンカが社会のアウトローであるサバスのことを何度も「アメリカ人」、時に「アメリカそのもの」（四一九）と呼ぶことは皮肉である。

さらに八〇年代以降、フェミニズムが浸透かつ過激化していたことへのサバスの怒りがある。たとえば、大学の男性教員は思いがけないことから性的嫌がらせ（セクハラ）で訴えられる可能性がある。いったん訴えられると、サバスと彼の教え子キャシーとの間に起こった事件のように、女子学生のプライバシーは保護されるが、男性教員は名前を公表され、職を奪われる。また、サバスの妻ロザンナがアルコール依存症患者の会で聞いてくる、父親による強姦というお決まりの体験談のように、精神分析はフェミニズムにとって都合のよいように利用されている。夫に不満がある場合かつては妻が家を出たが、現在では夫がペニスを切り取られたり、家を追い出されたりする。女性同士の同性愛が、夫婦間の関係よりも称揚されるものとみなされたりもする。

性の革命の嵐が吹き荒れた六〇年代、ポートノイはそれとは無縁なところでシクセとの恋愛に心を奪われ続けていた。一方サバスは、一九九四年の現在、いまだに六〇年代の性の革命の信者として、性を武器に時代の体制に反抗を試みている。ノーマンがコメントするように、サバスは「とんでもない時代の遺物」(三四七)である。性に対するポートノイとサバスの時代錯誤性もまた、作品における滑稽な要素となる。

六〇年代、親ユダヤ主義の時代が終わりを告げようとしていることを知らず、自らをアメリカ民主主義の申し子とみなし、民主主義の擁護者であることを誇りとするポートノイ、そしてその六〇年代の遺産をそのまま楯に、九〇年代の既存の社会・道徳規範や新たな思想と闘おうとするサバス。前者は時代の流れに乗せられてアメリカへの片思いを抱くシュレミール、後者は時代遅れの波に乗ったままアメリカの裏切りを憤る道化として、読者を苦い笑いに誘う。この時代錯誤性が引き起こす笑いこそが、変動するアメリカ社会へ対するロスの鋭い批判精神が作り出す、彼独特の戦略である。

以上論じてきたように、『ポートノイの不満』と『サバスの劇場』における笑いは、ユダヤ、アメリカ、ヨーロッパの文学伝統に根ざしつつ、精神分析的アプローチや歴史的視座を加えることで、複数の要素が絡み合った重層的な笑いとなる。前者では主にユダヤ、アメリカの文学伝統と精神分析、後者では主にヨーロッパの文学伝統と歴史的視座を軸にした喜劇である。

サバスによって示される高齢男性の身体の有様は、ポートノイが露わにした若い男性身体の滑稽と比較されて、よりいっそう老いの現実をクローズアップする。また、ポートノイとサバスの時代錯誤性が作り出す笑いは、アメリカ社会に同化して〈主流〉入りしたと思われていたユダヤ系アメリカ人の存在の危うさを認識させる。男性の性的身体への焦点と歴史的視座が露呈するものはともに深刻な現実であるが、最終的に、どちらの作品も現実を突きつけることでは終わっていない。

警察に包囲されて射殺されるというポートノイの空想が、悲鳴とも呻き声ともとれる音声によって中断されることで、作品は二四九ページに及ぶポートノイの分析医への告白、すなわち精神分析のセッションが終了したと読者に思わせる。ところが次のページ、「さて［と医者は言った］。そろそろ始めてもよいでしょう。いいですね？」（二五〇）とオチが用意されている。終わりと始まりの混同。精神分析が陥る終わりのない迷路を暗示して、にやりとほくそ笑む作者ロスの姿が垣間見える。

一方サバスは、現実に警官によって射殺されることを期待していたのだが、深夜、警官はサバスを山中に置き去りにして行ってしまう。『ハムレット』からとられた第二部のタイトル「死ぬべきか生きるべきか」という二者選択を迫る質問に対して、サバスは死でも生でもない「どこかほかのところ」(elsewhere）へ置かれることになる。『サバスの劇場』には「どこかほかのところ」という言葉が再三使用され、高齢男性の居場所喪失の問題に迫っている。作者はサバスに道化としての喜劇的退場の花道さえ許そうとせず、「踝までつかる春の泥のぬかるみ」（四五二）の中にいるその惨めで醜く滑稽な姿を、読者の脳裏に焼き付けて作品を閉じる。しかし、「春の泥のぬかるみ」という言葉が暗示するように、また、弱々しかった放尿が次第に力を帯びてきたこととも合わせて、そこからサバスが再生する可能性をも秘めている。

両作品はまったく異なる状況を描いているのだが、最終シーンが、『ポートノイの不満』では始まりと終わり、『サバスの劇場』では生と死の混乱で閉じられる。この終わり方は、一つの状況が見方によって逆転すること、すなわち場合によっては悲劇が喜劇に、喜劇が悲劇になりうることを暗示している。二〇世紀後半のユダヤ系アメリカ人が置かれた立場の変化を、性的能力の喪失に弄ばれるユダヤ系男性の姿に託して描いた両作品であるが、主人公の苦悩に読者を巻き込みつつも、幾重にも築かれた〈おかしさ〉の層によって、重層的な笑いを喚起する作品となっているのである。

Ⅲ

現代ユダヤ系女性作家とホロコースト作家

コラム3

伝統的結婚式の中の笑い

（坂野明子）

ユダヤの笑いは現代アメリカのエンターテイメントに大きな影響を与えており、その起源についてはユダヤ民族の苦難の歴史と結び付けられて説明されることが多い。苦難を乗り越えるため〈笑い飛ばす〉精神が発達したというものである。しかし、少々趣の異なる、東欧ユダヤ共同体の結婚式の伝統に起源を求める説があるので、それを紹介しよう。

そもそもその言葉に出会ったのはレベッカ・ゴールドスタインの『マゼル』（*Mazel* 一九九五）の中の（厳密にはストーリー内ストーリーの）結婚式の場面であった。金持ちのユダヤ人の娘が結婚することになり、盛大な結婚式が行われ、宴たけなわというところに登場するのがバットヘン（*badchen*）である。ユダヤの結婚式といえば、結婚の契約が二人の証人の前で交わされること、四つの柱を持つ天蓋の下で花婿が花嫁に指輪を贈ること、花婿がコップを足で踏みしだくことなどは知っていたが、この言葉は浅学にして知らなかった。

とはいえ、それも仕方ないことで、通常の英語の辞書にはこの言葉は載っていない。ただ、現代の利器、インターネットで検索すると、東欧ユダヤ人の結婚式で座をもりあげる道化的存在のことであることがわかってくる（*Wikipedia*）。日本で言えば太鼓持ちにあたるのかもしれないが、ただ、ユニークなのはバットヘンの場合はユダヤ教の学識を備えており、その学識を利用して、ゲストたち、特にラビなどコミュニティの重鎮をからかうという点である。つまり、バットヘンはユダヤ人にとって限りなく大事な「ユダヤ教の学問」をもからかい、相対化してしまうのである。実際、『マゼル』においても、非常に魅力あるバットヘンのパフォーマンスに、学問をおさめた筈の花婿は怯えるだけ、エルサレムからはるばる呼ばれた高名なラビたちも顔色を失い、ついには花嫁はバットヘンに心を奪われてしまうというストーリー展開になっている。

ネットの検索を続けて、ヒットしたサイトの一つに*Your Jewish News*というのがあって、ここではこのバットヘンこそが〈ユダヤの笑い〉の起源だと力説されている。十七世紀から十九世紀末まで東欧ユダヤ系の結婚式ではバットヘンは不可欠な存在だった。彼は花婿、花嫁、出席者たちをからかうが、言葉は辛辣で、グロテスクで、猥雑なものだったという。従ってバットヘンこそが〈ユダヤの笑い〉の淵源だとサイトの筆者は主張するのである。確かに結婚式という聖なる行事の闖入者、学問で学問を笑うバットヘンは、現代のユダヤ系作家フィリップ・ロスたちの遠い祖先であると言えそうである。

第八章

「すごく大きな変化」のおかしさ

グレイス・ペイリー『最後の瞬間のすごく大きな変化』

大場　昌子

1　ペイリーとおかしさ

グレイス・ペイリー（Grace Paley　一九二二―二〇〇七）の作品について評されるとき、おかしさ、ユーモアという表現がよく付されている。たとえば、ペイリーの二番目の短編集『最後の瞬間のすごく大きな変化』（*Enormous Changes at the Last Minute*　一九七四、以後『最後の瞬間』と表記）のペーパーバック版（ファーラー・シュトラウス・ジルー社刊）に、小説家・批評家のスーザン・ソンタグが次のような言葉を寄せている―「グレイス・ペイリーは私を泣かせ、笑わせ―そして感嘆させる。彼女はたぐいまれな作家で、自然で、ほかの誰とも違う声を持っている―おかしく、悲しく、無駄のない、慎み深い、活気に満ちた、鋭い声を」。また、ペイリーの二つの短編集を翻訳した村上春樹も、同じ『最後の瞬間』について、「彼女［ペイリー］がひとりの女性として、ひとりの母親として、一市民として、日々の生活の中で感じる憤りのようなものが、独特のユーモアと、鋭い観察眼と、抜け目のないストーリーテリングによって、小説のかたちにまとめあげられている」（二五九）と述べている。

しかしながら、ペイリーの作品におかしみがあるとすれば、それはストーリーそれ自体によるものではない。村上が解説するように、「憤りのようなもの」が描かれることはあっても、決して楽しいとか滑稽なテーマが扱われているわけではない。『最後の瞬間』にしても、収められている十七の短編中、明らかな悲劇が数話含まれている一方、おかしい話は一つもないのである。

『グレイス・ペイリー──暗闇の生活を照らして』（一九九〇）の著者ジャクリーン・テイラーは、「ユーモアはペイリーの小説において重要な役割を果たしている」（四八）と明言した上で、同書の第三章でペイリーの作品におけるユーモアについて、詳細な検討を加えている。テイラーの議論を要約すると、ペイリーのユーモアには三つの要素があり、第一は「気取らないこと」、第二は「楽観主義」、第三は「ユダヤ人のユーモア、すなわち、生き残ることを第一と考える人間の主要な伝統」（四九）である。第三の「ユダヤ人のユーモア」は、さらに三つのカテゴリー──抑圧不可能な楽観主義を称えるユーモア、支配的な定義の不条理さについてのユーモア、支配的伝統の内部に身を置いて関与しながらも外部者の視点を保持する方法としてのユーモア──に分類され、ペイリー作品の登場人物たちは、ユダヤ人でありかつ女性という「二重に声を抑えられた状況」（五八）を「ユダヤ人のユーモア」で生き抜いていると指摘する。

テイラーの精緻な分析は、ペイリーの作品におけるおかしみについて一定以上の理解をもたらしている。しかし、テイラーの議論は基本的に、男性支配が長く続いた社会で女性が声を上げるという「フェミニストのユーモア」（四八）の概念に照らしており、ソンタグや村上が「ほかの誰とも違う声」とか「独特のユーモア」と呼ぶペイリー作品の独自性まで十分踏み込んでいるとは言えない面がある。そこで本論では、ペイリーの作品が読者を笑わせ、ユーモラスと感じさせる理由について、『最後の瞬間』を取り上げ、その構造的な側面から考察を加えていきたい。

2 「すごく大きな変化」

「木の中のフェイス」(“Faith in a Tree”)は『最後の瞬間』の中でもっとも長い作品で、内容的にもこの短編集の中核をなすものである。フェイスはペイリー作品にしばしば登場する人物で、この作品は彼女が一人称で語る形式がとられている。まず、冒頭のパラグラフに注目したい。

私が意味のある会話をとても必要としているときに、男性社会の匂いのひと嗅ぎを求めているまさにそのときに、つまり私のフレンドリーな言語を不滅の肉体愛という言語に翻訳できるくらいに頭の働く男友達を少なくとも一人は必要としているときに、私は近所の公園で子どもたちに取り巻かれ、無為に時を過ごすことを余儀なくされていた。(七七)

二人の男の子をひとりで育てているフェイスは、息子たちを遊ばせるため近所の公園に来るが、「意味のある会話」をしたい、「男性社会の匂い」をひと嗅ぎしたいという願望、および子どもと公園にいることを「余儀なくされて」いることへの不満とを露骨に訴えている。子育て中の女性の本音である。続いてこの近所の公園は、思いがけない視点からとらえられる。

民主主義の時節になんたる場所であろうか！　今日でもなおいくつかのささやかな水素爆発によって星々を解体しておられるユダヤの王にして唯一なる神は、その神聖なる作戦本部から下界を見おろし、我々の全員の姿をご覧になる。少女たちの頭、春の幸運をのせたポニーテール、黒い短いおかっぱ頭、時々目につく金の結婚指輪。神様は南のブルックリンに目をやり、プロスペクト公園をご覧になる。……そして私たちを越えてさらに北の方を見ると、そこには危険きわまりないセントラル・パークがある。そのさらに北では、鹿族特有の目をしたオオカモシカやクーズーが生き延びて、ブロンクス動物園の放し飼い地で草を食んでいる。（七七‐七八）

フェイスは地上を見おろす神の視線を仮想し、彼女の仮想の視線において、近所の公園というローカルで親しみ深い場所からプロスペクト公園、セントラル・パーク、ブロンクス動物園へと目を移し、ニューヨーク、マンハッタン島周辺を俯瞰している。

フェイスが神の視線を仮想する理由は、彼女が地上三・六メートルほどの高さの木の枝に座って、足をぶらぶらさせながら子どもたちが遊ぶ公園を見おろしていることと関係する。公園内の人々と空間的距離をおいたフェイスは、公園にいる彼女の知人を次々に紹介する。キティ、アンナ、ハイムと三人の息子たち、スティーミーと彼女の息子二人と娘一人、ジュニアスと息子、リンと息子、という具合である。ただし語り手フェイスは、実際に彼女の視界に入っているのはキティとアンナだけで、あとの親子については、いつも来ているからそこにいるはずという予測に過ぎないことをさりげなく言い添えており、ここでも仮想の光景が現実とないまぜにされて語られている。

フェイスは、自分は子育てに追われる母親という「最も普通の生活」（七九）を送っていると自嘲しながら、赤ん坊のときにひとりで航空機に乗り、それが記事となってニューヨーク中の新聞に写真付きで掲載された話を披露する。この話の真偽のほどは不明であるが、ひとりで空の旅をすることが「インディペンデンス」という言葉に置換されており、彼女があえて木の上にいる理由が、つまりはひとりの空間に身を置いていたいためであると示唆される。続いて話題はすみやかに彼女の二人の息子たち、リチャードとアンソニーへと移行し、「彼らは私に依存していて、私の根無し草の時間と、ブルジョワジー的な感情はすべて彼らに注がれることになる」（八〇）と、彼女の日常生活が母親としての役割に占められているという意識が再確認される。

木の中のフェイスに初めて話しかけるのは、アレックスという、フェイスがガールスカウトに所属していたころからの顔見知りの男性である。アレックスは、フェイスに子どもたちの父親の消息をたずねる。彼もまた幼い娘を連れていて、彼の娘をフェイスが褒めると、そこへ、フェイスの長男リチャードが母親に向かって「ほかの誰だって、ぼくたちよりは好きなんだから」（八三）と口をはさむ。リチャードのこの言葉はフェイスを動揺させ、彼女はひとしきり息子自慢を始める。しかしながら、依然として木の中にいるフェイスは、一方で次のような語り方もする。

次にあげる数人の借家人は、それぞれにいささか問題を抱えている。ミセス・フィン、ミセス・ラフテリー、ジニー、そしてこの私だ。我々の建物に住んでいるそれ以外のみんなは、この豊かな社会の階段を昇る途上にある。……しかし我ら四家族単位……は、文化的停滞状態にあり続けることを運命づけられている。ただの裕福さから絶対的な帝国《エンパイア》へと向けて、社会全体がそのキャタピラを動かしているというのに。（八六）

冒頭で近所の公園からマンハッタン島の俯瞰へとフェイスの視線が現実から遊離するのと同様に、ここでも彼女は隣人たちの私生活からアメリカ合衆国という一国の社会情勢へと思考を飛躍させ、彼女および周囲の人々の状況を客体化してみせる。フェイスはこうした客観的視座から、さらに人間のあり方についても主張する。

もしあなたが磨きをかけたいと思っているものが真実と名誉であるのなら、ユダヤ人はそれについていくらかの洞察を有していると思う。ユダヤ人は偶像を作らないし、神の姿を模倣しない。結局のところ、神の領域、すなわちグラフィック・アートの分野においては、誰も神にかなうわけはないのだ。……だから人間には――エルサレムを赦しで満たし、トロイを生きる力で満たした人間には――善良さをまかせようではないか。（八九）

ここでも始めに言及された「ユダヤの王にして唯一なる神」の存在が強調され、その上で人間についての彼女の思索が繰り広げられるが、彼女の語り方は、長男のリチャードが「その絶え間ない哲学をやめて」（八九）といみじくも言うように「哲学」する者の風情である。

結局、フェイスは木から下りるが、そのきっかけを作るのはリチャードである。


「フェイス」と彼は言った。リチャードはまだそこにいた。「どうしてあのとき、僕を歯医者につれていったりしたんだよ？」

「学校にいたくないだろうと思ったからよ」

「なんで、なんで、なんで？」とリチャードは尋ねた。どたどたと足踏みをして、叫びながら。私は返事をしなかった。私は目を閉じ、彼がどこかに消えてしまうのを待った。

「いいじゃないか」とフィリップ・マッサーノが言った。私が目を開けたとき、彼がそこに立っていて私を見上げていた。

「リチャードはどこ？」と私は訊いた。

「この人、フィリップよ」とキティが私の方に向かって言った。……

「そうね」と私は言って、鈴懸の木の枝を離れ、できうるかぎりそっと地面に飛び降りた。（九一）

九歳のリチャードは、母親のフェイスがひとりで自分たちの世話に明け暮れる日々について、作品の冒頭で示されている感情を抱いている事実に気づいている。それゆえ彼は、フェイスが木に上がって彼らの手の届かない位置に逃避していることが不満で突っかかっているのだが、フェイスはそんな彼に取り合わないばかりか、目を閉じて息子の姿を視界から追い出してしまう。ところが、孤高の空間を守ろうとする彼女の耳に、聞きなれない男性の声が飛び込んでくる。彼女が木から下りるのは、このフィリップという男性に興味をもったこともあろうが、何よりリチャードがぶつけてくる気配が消えて不安になったためである。

地上に下りたフェイスは、リチャードがぶつけてくる感情に動揺し、フィリップの人柄に魅力を感じ、フィリップは優しく父親のようにリチャードに接する。しかし、作品はそうした親和的な光景の中では終わらない。語り手が意識的に「運よく」と説明するタイミングで、公園にヴェトナム反戦を訴える小さなグループが入ってくる。グループと言っても、「私［フェイス］よりは少し若く、育児にかかりきりになっているくらいの年代の大人たちが四、五人、赤ん坊たちを乗せた小さな乳母車を押して」いて、「三歳くらいの子どもたちが二人、まわりについている」（九七）という様子の、公園に来ているフェイスの知り合いたちと何ら変わりない人々である。ところが二人の警官は彼らに解散を命じ、彼らは結局すぐに公園の外へ出ていく。この様子を見ていたリチャードは、「あんた［フェイス］にはうんざりだよ。あんたの能天気な仲間たちにもうんざりだ。どうしてあいつらは単純にあのいらいらさせるおまわりの前に立って、くそったれって言えないんだ？　ただ立ってぶん殴ればいいじゃないか」（九九）と吐き捨て、グループが掲げていたメッセージ――「あなたは子どもを焼きますか？」――を公園内の歩道の上にチョークで大きく書くのである。フェイスの驚愕のほどは言うまでもない。彼女は「私は思うのだけれど、まさにそのときに物事が私を大きく変えてしまったのだ。……私は毎日のように、そして日を追うごとに、世界について考えるようになった」（九九―一〇〇）と言って、その語りを終える。

この作品の結びは「最後の瞬間のすごく大きな変化」そのものである。ひとりで二人の息子を育て、しかも生意気な年頃にさしかかった長男とのやりとりにいささか疲弊しているフェイスは、母親という役割から自分の身体を解放したいがために木に上がり、しばしひとりだけの仮想の空間に身を置こうとする。しかし、ヴェトナムで米国の爆撃により多くの子どもたちが恐怖におびえ、傷つき、命を失う状況ともし真剣に対峙するならば、子育て中の親たちは誰よりもその事実を見過ごせないはずである。公園に入ってきたグループはまさにそういう親たちであった。フェイスは地上に身を下ろし、人々と向き合う位置に立って初めて、母親である自分が見るべき社会的状況に目覚める。「私は毎日のように、そして日を追うごとに、世界について考えるようになった」というフェイス自身の最後の言葉は、時間と感情が「すべて彼ら［二人の息子］に注がれることになる」日常にあっても、なお社会全体に対して仮想ではなく現実に視線を向けることが可能であると気づいた、彼女の率直な告白である。しかも彼女をそうした覚醒に導くのは、仮想空間における形而上的思考でもなく、「意味のある会話」を交わしたいと願う大人の男性でもなく、彼女の九歳の息子である。このように、それまでフェイスがとらわれていた価値観は見事に転倒し、それが「すごく大きな変化」として妙なおかしさを醸し出すのである。

3　カーニバルの広場としての公園

「木の中のフェイス」において、主人公フェイスは公園の木に上がることで神の視線、つまり人々を見下ろす視線を仮想しようとする。彼女の欲する「意味のある会話」をもつことが、公園にいる人々――具体的には母親と小さな子どもたち――には期待できないと思い込んでいるからである。しかし、木の上にいる間、彼女には何の変化も起きない。地面に下り、ヴェトナム反戦を訴えるグループに遭遇し、リチャードの予期しない抗議を受けて、初めて彼女のものの見方は変わる。こう見てくると、おかしみを生むこの「すごく大きな変化」は、公園が舞台であることと無関係ではないと気づかされる。公園に反戦グループが入ってこなければ、そのとき息子がそばで遊んでいなければ、この変化は起こり得なかった。そこで次に、この作品において公園がもつ意味を探ることにする。

ロシア（ソ連）の文芸学者ミハイル・バフチン（一八九五–一九七五）は、その有名な対話論とともに、カーニバル論でも知られている。カーニバルは、ローマ・カトリック諸国で四旬節［灰の水曜日以後の四十日間で、例年二、三月である］直前の三日間ないし一週間行われ、四旬節の間は肉食が禁じられるため、その直前に肉を食べて楽しく遊ぼうという祝祭である。バフチンはカーニバルにある特有の機能を見出していて、北岡誠司の要約を借りれば、カーニバルは「『絶対に異質で共存不可能な要素』を見事に『結合』させ」る機能を果たすという。またカーニバルの状態に入ることは、「『ジャンル間にある障壁、思想の閉じた体系間にある障壁、相異なる［生活・思考］様式間にあり文体間にある障壁、これらをすべて解体する方向にたえず助勢し』」、「『あらゆる閉塞と相互無視を廃絶し、遠隔のものを近づけ、切り離されたものを結びつけてきた』」（三六〇–六一）とバフチンは論じる。つまりカーニバルには、社会に存在する様々な異質の要素を隔てる「障壁」を取り払う効力があり、単純に言えば、カーニバルにおいては通常なら接触する可能性のない者同士が出会うことも可能になる。その上で、「人間同士の間のあらゆる**距離**も取り払われ、カーニバル特有のカテゴリーである、**自由で無遠慮な人間同士の接触**が力を得る」のである（『ドストエフスキーの詩学』二四九、以後『詩学』と表記。太字は原文のとおり）。そのカーニバルは、広場という場所と密接な関係にあるという。バフチンは広場について、「［カーニバル劇の］中心的な舞台となり得るのは広場のみであった。なぜならカーニバルは……全民衆のための普遍的な催しであり、すべての人が無遠慮な接触にはいるべきだったからである」（『詩学』二五九）と述べている。広場は人々が「無遠慮な接触にはいる」ための装置であり、その広場があって初めてカーニバルの機能が働くというわけである。

バフチンのカーニバル論は、中世ヨーロッパのキリスト教社会を舞台にしたフランソワ・ラブレーの作品に関する評論に端を発しており、「木の中のフェイス」の舞台である二〇世紀後半のニューヨークに適応することは慎重にしなければならないが、ともあれこの作品における公園がカーニバルの広場として機能していることは否定できない。先に見たように、公園という広場だからこそ、親も子も、政治的意識をもつ者ももたない者も、「無遠慮な接触」に入れるからである。

さらに、カーニバルでは笑いが付き物であるが、バフチンによれば、カーニバルの笑いは「両義的」であるとされる。

> カーニバルの笑いもまた……世界秩序の転換に向けられている。笑いは交替する二つの極を一挙に捉えながら、交替のプロセス自体を、つまり危機そのものを笑うのである。カーニバルの笑いの行為の中では、死と再生、否定（嘲笑）と肯定（歓喜の笑い）が結びつく。それはきわめて世界観照的で宇宙的な笑いである。これが両義的なカーニバルの笑いの特質である。（『詩学』二五六）

秩序が転換する瞬間には、取って代わるものと取って代わられるものとが共存する。「世界観照的で宇宙的」と表現される笑いとは、この共存するどちらにも視線を向けて「転換」という変化そのものを笑い、どちらか一方を否定あるいは肯定して笑うものではない。桑野隆の説明によれば、「開けっ広げの公開性……のなかで、この世の自明性に揺さぶりをかけ、生成状態に持ちこむ笑いであって、特定の一個人をあざけるものではない」（二〇〇）のである。バフチンは、カーニバルの笑いと「諷刺、皮肉等との相違をしきりに強調して」おり、カーニバルの笑いを「そのような一面的な笑い、［笑う対象を（筆者注）］殺す笑いではなく、皆が笑い殺され、皆がともに新しく生まれ変わる〈民衆の笑い〉」（桑野二〇一）と捉えるのである。「木の中のフェイス」の場合、作品の中盤まで木の上に逃避していた語り手フェイスだが、最後の意外な展開を語る際にも自嘲の響きはおよそ感じられない。むしろフェイスの素直な告白は、リチャードや彼女の友人の母親たちがフェイスの「すごく大きな変化」をともに笑い、彼女たちが新たな社会認識を獲得する方向に向かうことを予感させ、読者の微笑みを誘うのである。

　この点に関連して、『ソール・ベロー：人間を擁護して』（*Saul Bellow: In Defense of Man*　一九七九）の著者で自らも作家であるジョン・J・クレイトンがペイリーを評する次の文章を見てみよう。

> もし彼女が苦悩についてのユダヤ喜劇を書いたなら、それはウディ・アレンやソール・ベローが書くもの——神経症で自滅的な個人が自らの気違い沙汰に足を取られてつまずく——のようにはならず、われわれ共通の苦悩について書き、われわれのふつうの生活を称える。われわれに共通の苦悩を体験することと、個人的な苦悩をわれわれが共有して体験することとの相違である。（四五〇）

クレイトンが例に挙げるウディ・アレンやソール・ベローの作品にみられる喜劇性は、その指摘どおり「特定の一個人をあざけるもの」、つまり自嘲、自虐の笑いで、「一面的な笑い」である。彼らと比較することで、ペイリーの作品のおかしさが独特であることが浮き彫りになってくる。

4 カーニバル化される男女の出会い

短編集の表題になっている作品「最後の瞬間のすごく大きな変化」("Enormous Changes at the Last Minute")においても、公園という明らかな広場ではないにしても、「無遠慮な接触」を可能にする装置が用意されている。この作品は三人称で語られ、主人公はアレクサンドラという中年の女性である。彼女は入院中の父親を見舞うためタクシーに乗っているが、男性の運転手からいきなりあからさまな誘いを受ける。デニスという詩人を自称する運転手は、次のような自己紹介をする。

僕は十二人の大人と三人の子どもによって成り立っているコミューンの三分の一を、財政的に支えている。僕がタクシーを運転しているのは、それはつまり、アレクサンドラ、幻想の世界に接しておくためであり、いろんな人たちといろんな話をするためなんだ。ブルジョワジーとか、高級娼婦とか、あるいは父親の見舞いに出かけるまともなご婦人たちとね。(一二五)

デニスの言葉は、タクシーという交通手段が誰にも開かれた広場的機能を果たすことを示唆しており、二人の出会いはカーニバル化されている。

アレクサンドラは一度結婚歴があり、現在は「十代初めくらいの子どもたち。養子縁組、引き取り先の家族。保護観察。トラブル」（一二〇）を担当する社会福祉関係の仕事をしている。彼女の父親は帝政ロシアからの移民であり、移民後の人生は次のように描写される。

父親は自分が初めてアメリカ国旗を、荒涼としたエリス島に翻っていた旗を目にしたときのことを回想する。その庇護の下で馬のごとく働き、ディケンズを読み、医学校に進み、まるで地対空ミサイルみたいに見事に中産階級に命中したわけだ。（一二二）

こうした歴史的経験を背負う老齢の父親、アレクサンドラ、そしてデニスの三者が、タクシーが走る動線上でつながり、ストーリーはデニスとアレクサンドラ、父親とアレクサンドラの会話が交互に語られる形式で展開する。この作品では登場人物の話す言葉に引用符が付されず、三人称で語る語り手が三者の言葉を自在に編集しているため、アレクサンドラの父親とデニスとが実際に会うことはないのだが、まるで三者で話しているかのような錯覚を与えられる。

結局、デニスと肉体関係をもったアレクサンドラは妊娠する。その事実を知り、彼女に相手の男と結婚する意志がないことを知った父親は、「お前は私の最後の日々を苦々しいものにしているし、私の人生をだいなしにしている」（一三三）と娘を叱責する。アレクサンドラは、「父親の興味深い人生を最後の最後にだいなしにすることなく……子どもを持つことができる」（一三三）ように、父親が今すぐにでも亡くなればと願うが、これはその短絡な響きとは裏腹に、彼女が父親の人生観を受け容れていて、尊重したい気持ちがある事実を裏付ける態度であろう。

一方、デニスはアレクサンドラを彼のコミューンに迎えようとする。彼はその理由を、「僕らは、実際、ちょっとばかり年齢が上の人の存在を必要としている。歴史感覚をもった人をね。僕らにはそいつがかけているから」(一三三)と説明する。デニスは、「君は母親だよ、アレクサンドラ」(一三一)と別の場面でも言っており、アレクサンドラが父親に対して抱く感情に類似したものを、彼女の中に見出している。しかし、彼女はその誘いを断る。父親は「その動脈には先の希望がない」(一一二)と説明されるほどの高齢であるが、アレクサンドラはこれから出産を控えている、つまり先の希望がある身であり、したがって年長者の存在を求めるデニスのコミューンは彼女の居場所にはなりえないからである。

父親が「自分の人生をだいなしにする」とまで言う事態を迎えたアレクサンドラだが、逆に彼女は「誇りを持ち、生産的な時間を一分たりとも失わないようにする」(一三四)ために、次のような行動に出る。

アレクサンドラは自分の人生に起こったことを、有効に利用しようと決心した。彼女は相談に訪れていた十五歳から十六歳の、妊娠中の三人の女の子に、自分のところで一緒に暮らそうと誘った。彼女はその子たちを一人一人訪ね、自分も同じように妊娠していること、そして自分の住んでいるアパートメントはとても広いことを説明した。女の子たちは……結局一週間もたたないうちに、不機嫌な両親のもとを飛び出て、彼女のアパートメントに移ってきた。(一三四)

彼女は、妊娠する以前から十代の子どもたちに対してこれほど積極的な関与の姿勢を持っていたわけではない。デニスが若者たち一般について、核戦争の脅威や自然環境破壊の進む時代であっても、若者は「なお、まだ楽天的で、ユーモラスで、勇敢」であり、「最後の瞬間のすごく大きな変化を試みている」（一二六）と述べるとき、アレクサンドラは「私がかかわっている子どもたちはそうではないわ」（一二六）と反論しており、若者たちに対してある程度冷めた見方をしていたことが推察される。ところが、彼女が始めたシェルターは少なくとも五年間以上は存続していると語り手が説明していることから、自身の妊娠を契機にアレクサンドラに「すごく大きな変化」が生じ、彼女独自の社会的使命を果たし始めた事実がうかがえる。

さらに、「すごく大きな変化」はアレクサンドラにのみ起こるわけではない。語り手はそれがデニスにも起きることを明らかにする。彼はアレクサンドラの妊娠が発覚したことでコミューンを追放され、一人暮らしをするようになるが、アレクサンドラが産んだ男の子の存在により、父親としての意識をはぐくみ、子どもの三歳の誕生日に『僕らの息子に』というタイトルの「フォークロックのアルバムを制作する」（一三五）。その歌は「全国で歌われ」、「統計上の老人ホームの訪問者増加」にひと役買ったと語り手は説明する（一三六）。デニスもまた、タクシーという空間でカーニバルでの出会いのようにアレクサンドラと「無遠慮な接触にはいる」ことで、彼のそれまでの「〈日常〉自体をくつがえす可能性」（桑野二〇〇五）を獲得したのである。その上、語り手があえて言及するように、彼の「すごく大きな変化」から生まれた歌がいたるところで歌われ、親と疎遠になっている子どもたちに何かを訴えかけているのであれば、デニスに生じた変化が他にも波及していることになる。

タクシーで出会った男女の人生がここまで次々展開していく様子は、やはりおかしさを生む。ここで再びバフチンのカーニバル論に戻れば、この作品で語られる「すごく大きな変化」が、将来的な新たな変化への可能性に通じていることに気づく。

カーニバル的世界感覚もまたピリオドというものを知らず、いかなる最終的な結末に対しても敵対している……。そこでは、いかなる結末も新たな始まりに過ぎないのであって、カーニバル的形象は何度でも蘇るのである。(『詩学』三二三)

『最後の瞬間』に収められている別の短編「父親との会話」で、主人公フェイスは、「すべての人は……人生において開かれた運命を与えられる価値がある」(一六二)と言うが、前述の二つの短編では、普通の人々の普通の生活において「すごく大きな変化」が可能になるカーニバルの広場のような空間が設定されており、人々の日常生活に起きるちょっとした出来事が、取るに足らないこととはされず、ときとしてそのちょっとした出来事を契機に人生が思わぬ方向に進む様子が描き出されている。そこには皮肉でも嘲笑でもない独特のおかしさが伴うのだが、それは、固着していた意識が揺さぶられ、状況が思わぬ方向に進み、しかもその先でまた何が起きるかわからないという、いわば「生成状態に持ちこむ」笑いが生まれているためと考えられる。ペイリー独特のおかしさとは、こうしたダイナミクスにより醸し出されるものなのであろう。

第九章

模倣としての生

シンシア・オジックの笑いの世界

大森　夕夏

1　真実を語ることから生じる笑い

一九九七年に発表されたシンシア・オジック（Cynthia Ozick　一九二八−）の『プッターメッサー・ペーパーズ』（*Puttermesser Papers*　以下、『プッターメッサー』）は、個別に発表された短編をルース・プッターメッサー（Ruth Puttermesser）という主人公の女性を共通項として編纂した短編集であり、一九七〇年代から一九九〇年代半ば頃までのニューヨーク市が舞台とされている。職場におけるマイノリティの処遇、タマニー・ホールに象徴されるアメリカの政治腐敗、複製芸術と実人生の交錯、ペレストロイカ最中のモスクワから亡命してきたユダヤ人難民とアメリカナイゼーションの問題、ニューヨークにおける暴力と犯罪などがそれぞれのテーマとされている。いずれも時代背景を色濃く映し出す深刻なテーマであるが、作品を実際に読んで感じられるのは、ユダヤ人女性弁護士プッターメッサーを中心にアイロニーとファンタジーを交えて醸し出されるコミカルな雰囲気である。このコミカルな雰囲気について、サラ・B・コーエン（Sarah B. Cohen）はオジックからの書簡を通して分析を試みている。オジックは、コミカルに描くとはどういうことかについて、幼年時代に繰り返し愛読したサマセット・モーム（Somerset Maugham）の「ジェーン」（"Jane" 一九三一）を基に説明している。

十一歳か十二歳の時、「ジェーン」というサマセット・モームの短編を何度も繰り返し読みました。ジェーンというのは……親戚を頼って田舎から出てきた、冴えないみすぼらしい、取るに足りない娘ですが、社交界の花形となり、街中を魅了します。彼女は機知に富んでいると見なされ、ロンドン中の社交界を笑いの渦に包みます。語り手にはその理由が分かりません。物語の最後で、ジェーンには皆を笑わせようというつもりなどなく、自分に才知があるなどとは全く思ってもいないということが明らかになります。最終的に、彼女が社交界で唯一偽善者ではない――真実を語る――ところに彼女の笑いの秘訣があることが判明します。ロンドンの社交界では自明のこととして、本心から思っていることを語るなどという異常な行いをするものは誰もいません。真実を語るなどというのはあまりにも馬鹿げた行為であり、それ自体が一大イベントなので、好むと好まざるとにかかわらず、ジェーンはオスカー・ワイルドの仲間となったのです。（Cohen 宛て一九九二年一月二八日付書簡　Cohen　一―二）

機知に富む才人であろうとするつもりがない点に、コーエンはジェーンとオジックの類似を見出している（Cohen　二）。先述したような各短編の主題の背景をなす諸問題は、アメリカのリアルな姿である。こういった問題に踏み込むと、ややもすると深刻な社会小説になりかねない。しかし題材の深刻さにもかかわらず、作品全体がコミカルな雰囲気を保っているのは、あえて口にするのが場違いとも思われるような事実をグロテスクなまでに戯画的に描くかと思うと、また、それをさらにファンタジックなレベルにまで誇張して描きつつ、そのアイロニーの矛先がワスプ（アングロ・サクソン系プロテスタントの白人）中心の社会に対してだけでなく、自虐的なまでに主人公――ユダヤ人――自身にも容赦なく向けられているからである。

プッターメッサーは、ロー・スクールをトップで卒業するほどの頭脳を誇り、言語・論理・秩序を偏愛する知識人として描かれる。しかし、愛人とベッドを共にしながらプラトンの『テアイテトス』を音読して、愛人に愛想を尽かされて捨てられるプッターメッサーは滑稽である。彼女が引用したのは、星空を見上げていたタレスが穴に落ちてしまったとき、賢く機知に富むトラキア出身の小間使いが、天上での出来事に心を奪われて、自分の足元に何があるのかも気づかない哲学者の愚かしさを笑ったエピソードである。オジックは、「哲学に人生を捧げる者は誰しもこのような嘲りの対象となる」（二三）と述べる。知性が殊更に強調されるプッターメッサーが、実生活上でことごとく失敗を重ねるさまは、まさに穴に落ちる頭でっかちの哲学者が引き起こす笑いと同種の笑いを誘う。

このタレスのエピソードを取り上げてピーター・バーガーは、「西洋哲学の歴史はひとつのジョークとともにはじまる、と言ってもさほど誇張ではない」（バーガー　三四）と述べる。そして穴に落ちる哲学者について次のようにまとめている。

このできごとは哲学者が滑稽な人物であることをあばき出す。だがその失態は、人間がおかれている条件そのものをあらわすメタファーでもある。滑稽な経験は、一見非情なものと見える世界に投げ出された人間の精神を語る。だがまた同時にそれは、おそらく世界はただ非情なばかりではないということも暗示しているのである。（バーガー　七三―七四）

『プッターメッサー』は、一見ばかばかしく見える細部に過剰なこだわりを示す描写と、現実離れしたファンタジックなエピソードを差し挟みながら、プッターメッサーが置かれている非情な世界をなまなましく告発することを通して、穴に落ちる哲学者が引き起こす笑いに通じるコミカルな世界を構築している。マイノリティとしての苦境と迫害を逃れる手段としての模倣という生き方に焦点を当てながら、オジックのユダヤ的笑いの世界に触れてみたい。

2　ユダヤ人の鼻孔

『プッターメッサー』全体を通して特徴的だと思われる人物描写は、鼻孔に関するものである。普通、小説において、登場人物の鼻孔に注目した身体描写は一般的とは言えないだろう。しかしこの小説では主要人物に関しては必ず鼻孔の形状が描写されるのである。まず、主人公のプッターメッサーの顔は、「ユダヤ的な顔」とされた上で、ホタテガイのように膨らんだ黒髪が描写された後、「彼女の鼻には、鼻毛の濃い、不揃いの鼻孔がついており、右の鼻孔の方が左の鼻孔に比べて著しく大きかった」（五）と鼻の描写が続き、東洋的趣のあるユダヤ的な顔の一つの特徴として、モンゴル人のような細い目が描かれる。プッターメッサーには愛人がいるが、その男性モリス・ラポポート（Morris Rappoport）は中背で、歯周病に悩まされるプッターメッサーの目が思わず釘づけになるほど完璧な歯を持っていると紹介された後、「しかしながら、彼の鼻は、思索にふけっているかのように見える大きくて深い鼻孔を備えた、支配的で雄弁なものだった」（二四）と描かれている。彼の鼻孔は、「哲学的な鼻孔」（二四）、「印象的な鼻孔」（七九）、「広い歓迎するかのような鼻孔」（八一）と、他の身体描写を差し置いて繰り返し言及される。

ユダヤ的特徴である黒髪、歯周病を病むプッターメッサーにとっての歯など、彼女がコンプレックスを抱いている箇所に身体描写が集中しているが、中でも鼻孔に関する描写が目立って多い。鼻孔のような顔の細部が殊更クローズアップされて描かれていること自体が笑いを誘うが、鼻孔の描写には他にどのような意味があるのだろうか。ギルマンの『ユダヤ人の身体』によると、十九世紀末のヨーロッパでは、ユダヤ人の可視的特徴として、特に「鼻孔性《ノストリリティ》」が人種を科学的に分析する際取り上げられるようになったという（ギルマン　二五〇–二六七）。そして差別・迫害を招くユダヤ的な鼻を不可視のものとするための整形手術がユダヤ人の間で流行したことから、鼻の形状がユダヤ人にとって死活問題であったことが分かる。鼻孔のような細部に異常なこだわりを見せるところに、ユダヤ人としての強い自意識を読み取ることができるだろう。作中、鼻孔の描写はユダヤ人のみならず、ユダヤ人の鼻孔の比較対象としてワスプの鼻孔も描写される。退職するプッターメッサーが、出勤最終日に、法律事務所のワスプの同僚と最初にして最後のランチを共にした場面の描写が象徴的である。

人類学的な食事。彼らは彼女の種族（her tribe）の儀式に探りを入れた。彼女は彼らにとって自分が馴染みのない存在であったことをこれまで知らなかった。彼らの美しい礼儀作法は、内心に触れるときに採用する慎重さであった。リヴィングトン博士ですよね、と言うように。彼らが握手をして、彼女の幸運を祈ったその瞬間、狭く均一の鼻孔のため穴の開いたウェハース状の彼らの鼻の両側から伸びた、うるおいのある笑い皺が刻まれた彼らの顔が間近に迫ったとき、プッターメッサーは、〈彼ら〉がいかに自分には馴染みのない存在であるかに気づいて驚いた。（八）

ワスプの同僚を初めて間近で見たとき、彼女の視線が真っ先に向けられたのは彼らの鼻なのである。これまで、〈彼ら〉と〈自分〉との違いを意識していなかった彼女だが、乗り越えられない絶対的な差異として鼻孔が象徴的に抽出されている。ローレンス・S・フリードマン（Lawrence S. Friedman）は、この法律事務所にプッターメッサーがユダヤ人としても女性としても適応できなかったことは、オジックのお馴染みのテーマ――〈彼ら〉と〈自分たち〉の分離――であると論じている（Friedman 一二八）。

3 ユダヤ人女性としてのアイデンティティ

このように、出勤最終日に「彼ら」との決定的な差異を思い知らされるプッターメッサーであるが、ここで彼女のキャリアと採用の事情に目を向けたい。短編集の最初に収められた「プッターメッサーのキャリア、祖先、来世」（"Puttermesser: Her Work History, Her Ancestry, Her Afterlife" 一九七七）の中で初めて登場するプッターメッサーは、三四歳の弁護士で、フェミニスト、がり勉で、競争心が強く、病的に自負心が強いと紹介される。このような彼女が最初に就職したのは、ウォールストリートにある名門の法律事務所であった。彼女の採用の事情については、いくつか説明が加えられている。

……プッターメッサーはその頭脳とへつらうような（移民のような、とも言う）勤勉さを買われて採用された……。（六）

この事務所にはユダヤ人弁護士は他にもいたが、女性は彼女一人であった。ここでは毎年三名のユダヤ人が採用され、他の三名のユダヤ人が退職するという。「プッターメッサーが採用された年は、四名のユダヤ人が採用された。つまり、彼らは彼女を見た時、『ユダヤ人』というよりも『女性』だと考えたことになる」（六）。ここでは、就職に際して彼女のユダヤ人としてのアイデンティティと女性としてのアイデンティティが別のものとしてクローズアップされている。フリードマンはこれを、ユダヤ人として、また女性としての「二重の、見かけ倒しにしかすぎない差別撤廃（double tokenism）」（Friedman 一二八）だと表現している。「二重の」という言葉を使うと、〈女性〉と〈ユダヤ人〉とがマイノリティとして同じ程度の差別を受けているように聞こえるが、当時のアメリカ社会とプッターメッサーの意識を勘案すると、この二つは複雑に絡み合い、差別の構造を見えにくくする働きをしていることが分かる。

プッターメッサーの採用と勤務実態は、当時のアメリカの高等教育、就職においてユダヤ人が置かれていた実情を非常によく反映している。マイノリティと就職に関して最初に想起されるのは、アファーマティヴ・アクション（affirmative action）である。アファーマティヴ・アクションは、一九六〇年代の公民権運動の勢いを受けて、法的措置だけでは達成が困難な実質的平等を実現する手段として、特にアフリカ系アメリカ人など有色人種の進学・就職に際して優遇を図るために一九七〇年頃から講じられるようになったものである。大学や企業・官公庁は、〈多様性〉の確保を目的とし、マイノリティの採用数に目標値を掲げ、その範囲内で彼らを優遇するようになった。アフリカ系アメリカ人だけでなく女性などの社会的弱者に対してもマイノリティとしてこれが適用されるようになり、アメリカ各地に広がっていった。「プッターメッサーのキャリア、祖先、来世」は一九七七年に発表されているので、アファーマティヴ・アクションが浸透したニューヨークを舞台としたことになる。プッターメッサーは、職場での隠微な差別に耐えかねて退職を決意するが、「取り換え可能な」存在としての彼女の後釜は、「賢い黒人」である。女性として採用されたらしいプッターメッサーの後任が黒人ということで、女性と黒人とが同じマイノリティ枠の中に位置づけられていることが窺われる。企業側からすると、マイノリティを一定数採用しておくことは、アファーマティヴ・アクションに準じていることを連邦政府にアピールするための重要な手段となる。従って、〈女性〉が退職した後はすぐさま〈黒人〉が採用されたのである。

では、ユダヤ人はアファーマティヴ・アクションによって優遇されていたのだろうか。北美幸氏は、ユダヤ人の立場から「割当制」(quota system) とアファーマティヴ・アクションを検証し、割当制がユダヤ人に不利に働いてきた事情を分析している(北 一〇–八二、二〇二–二四六)。そもそも、奴隷制度のために教育の機会を奪われたアフリカ系アメリカ人への歴史的償いとして導入されるようになったアファーマティヴ・アクションは、伝統的に教育熱心なユダヤ人には必要のないものであった。それどころか、移民二世が大学進学適齢期に達した一九二〇年頃から、アメリカの大学におけるユダヤ人学生の割合が急増し、これが大学内で問題となったほどである。資格証明主義の傾向が強いアメリカ社会で成功するために、ユダヤ人たちは主に医師、弁護士資格獲得を目指して大学に殺到した。しかし、当時の大学はワスプの社交場という側面が強く、一心不乱に勉学に打ち込むユダヤ人学生の存在は、フラタニティの会員、スポーツマンシップを尊ぶ上流家庭の子弟だけでなく、〈人格教育〉という建前の下、エリート上流階級の伝統を守ろうとする大学当局をも当惑させることとなったのである。そこでコロンビア大学など、ユダヤ人人口の集中するニューヨークに位置する大学は、一九一〇年代末からいち早く割当制を非公式に導入してユダヤ人学生排斥を始め、一九四〇年代まで全米の大学で続いたのである。

アファーマティヴ・アクションと割当制の最大の違いは、すでに述べたように前者がアフリカ系アメリカ人などのマイノリティを優遇し、彼らの人数確保を目的とする公式の積極的差別解消政策であるのに対して、後者は、一九一〇年代から一九二〇年代にかけての不寛容な時期に移民数を出身国ごとに割り当てることで実質的に移民制限を行った移民法同様、「『多すぎるユダヤ人』学生を制限するために差別的に用いられた」(北　三二)大学毎の非公式の措置であるという点である。ユダヤ人の知的志向を勘考すると、プッターメッサーが採用されたエリート事務所でユダヤ人弁護士数が三名のみというのは、甚だ少ない人数とも言えるだろう。この事務所でユダヤ人が常に三名雇用されているということは、三名以上のユダヤ人は採用しないということであり、プッターメッサーが退職した後も、彼女の代替はユダヤ人ではないのである。

人数確保という、目に見える建設的結果をもたらすアファーマティヴ・アクションとは異なり、ユダヤ人学生数を抑え込むための割当制は、隠微な形で行われた排斥である。アファーマティヴ・アクションが公式に推進されたのに対して、割当制は「紳士協定」として非公式に実施されていた。それゆえ、ユダヤ人の闘いは目に見えない差別との闘いとなったのである。プッターメッサーに関しては、先述したようにフェミニストと定義づけられている。ここには、フェミニストの立場から差別的な「『女性作家』(a woman writer)という呼称を拒絶した」(Lowin 一二三)オジックが投影されていると言える。しかし、作品のところどころに浮上する女性差別、そしてプッターメッサーのフェミニスト意識は、もっと根深く明示されがたいユダヤ人差別のカムフラージュとなっているようにも見える。プッターメッサーの実感としては、「ユダヤ人であり、女性であったけれども、彼女が差別を感じることはほとんどなかった」(六)とされている。しかしそれでも彼女が退職を決意したのは、「紳士的態度——同僚たちが特に彼女に対して過剰に慈悲深く接し、彼女をあたかも自分たちと同じ上流階級の人間として扱うこと——にうんざりした」(七)からである。この「紳士的態度」が〈彼ら〉の差別意識を包み隠し、差別を受ける側に得体の知れない不安感を抱かせるのである。先に述べたように、彼らは退職する彼女を食事に招待するが、彼らがいつも昼休みに利用するクラブには招待せず、パブリック・レストランに連れ出す。その理由として、彼女が女性であるため許可が下りなかったのだと説明する。しかし後で言及するが、ワスプのクラブにこの事務所のユダヤ人男性が決して入会を許されなかった事実を考え合わせると、ここでもユダヤ人差別が女性差別によって覆い隠されていると言えそうである。

4　職場におけるユダヤ人

では、ユダヤ人たちの職場での勤務環境はいかなるものであったのだろうか。先に引用したようにプッターメッサーが採用されたのは、「その頭脳とへつらうような（移民のような、とも言う）勤勉さを買われて」のことであった。十九世紀後半から二〇世紀前半にかけてのアメリカの産業発展を支えたのは、低賃金の過酷な肉体労働に従事した移民たちである。この時期のニューヨークでは、多くのユダヤ人たちがスウェット・ショップと呼ばれる搾取工場で衣料産業に従事した。「移民のような勤勉さ」という比喩から想起されるのはこのような労働である。プッターメッサーはこの事務所で三年間、判例、書類捜しといった細心の注意を要求されるが業績にはならない雑務に携わった。ロー・スクールを最優秀学生として卒業しても、マイノリティとしての彼女が名門の事務所で与えられる仕事は、その従事者が代替可能な瑣末なものでしかないのである。アファーマティヴ・アクションの効果はマイノリティの採用数という形式上では確認できるが、彼らの職務内容がどうなっているのかという中身にまでは監視が行き届かない実情が描出されている。

プッターメッサーはこの事務所で唯一の女性であるが、他のユダヤ人男性弁護士たちはどうであろうか。ユダヤ人にとっては「ランチタイムが難しかった」（六）と書かれる。ランチタイムには、プッターメッサーは他のユダヤ人たちと一緒に食事をとった。たいていの若者は運動クラブに出かけるが、ユダヤ人は誘われることはない。ユダヤ人は他の同僚と何が違うのか。

ああ、運動クラブが彼らを受け入れることはないだろう。これは非常に不自然なことであった――ユダヤ人の若者は他の同僚たちと見分けがつかなかった。彼らは同じ仕立屋で同じスーツを買ったし、全く同じシャツと靴を身につけ、ネクタイ留めを使用しないように気をつけ、髪の毛も、通りを行き交う蛮人よりはずっと短く、けれども銀行の堅物よりはちょっと長めにカットするよう気を配っていた。（六―七）

先述したように、二〇世紀前半の大学におけるユダヤ人学生問題の焦点は、彼らがフラタニティや、スポーツマンシップを重んじない点にあったわけだが、実際にはこういった社交場の門戸はユダヤ人には開かれていなかったのである。世紀末に鼻の整形を行ってまで同化を目指したユダヤ人たち同様、移民したユダヤ系アメリカ人たちも、外見においてワスプの模倣に細心の注意を払っている。しかし、服装などの外見を模倣することはできても整形でもしないかぎり鼻を矯正できないのと同様、子どものころから身に付いてしまった発音の癖を矯正することは容易ではない。

彼らの訛だけは全く同じというわけにはいかない。〝a〟はちょっと鼻にかかりすぎるし、〝i〟は伸ばしすぎてばれてしまう。これらの訛はずっと以前にブルックリンからグレートネックに、プッターメッサーの住むブロンクスからスカーズデールに広まった。この二つの母音には影響力があり、彼らから昇進資格を奪うという不可解な力を持っていた。(七)

こうしてユダヤ人弁護士が同化に苦心奮闘している間、運動部に所属している非ユダヤ人の同僚たちは有力な顧客を掴んでコネを増やし、将来有望な立場に置かれていく。

それとは対照的にユダヤ人たちはますます不安に駆られ、小便所でしみったれた調子で不満を囁き合い(プッターメッサーは隣の女性トイレで、接続している配管設備を通して不平不満を聞くことができた)、完璧主義者になり、堅苦しくなり、原理原則を指でなぞりながら、これに刺々しく難癖をつけ、全体として、外見も行動も引退した大学の運動選手にはだんだん見えなくなり、ますますユダヤ人らしくなり始めた。そして彼らは去った。自分自身の選択によって。誰も彼らを締め出したわけではなかった。（七）

ユダヤ人たちが不利な条件を克服するためにワスプの模倣に躍起になったあげくのはてに挫折感を味わい、グロテスクなカリカチュアとして典型的なユダヤ人に堕していく様子が、滑稽に描かれている。

ここで想起されるのは、一九八三年に公開されたウディ・アレン監督・脚本・主演による『カメレオンマン』（*Zerig*）である。一九二〇年代のニューヨークを舞台に、自分が置かれた環境に合わせてカメレオンのように変身する男性ゼリグを描いたものである。二〇世紀フォックス・ホームエンターテイメント・ジャパン株式会社発売のＤＶＤでは、「人に好かれるために他人に変身してしまう〝架空の人物〟を描いた抱腹絶倒のフェイク・ドキュメンタリー・コメディ」と紹介されている。ある時はギャング、ある時は中国人、またある時はヒトラー側近のナチス党員と、人種、国境を越えて変身する様子がコミカルに描かれる。確かに表面的には「抱腹絶倒のコメディ」に映るが、ゼリグ（ウディ・アレン）がユダヤ人であることを考え合わせると、同化が死活問題とされたユダヤ人の苦境が浮かび上がる。

ロバート・スタムは『転倒させる快楽――バフチン、文化批評、映画』の中で、ユダヤ人に対する同化の圧力という観点から『カメレオンマン』を分析している。スタムはユダヤ人俳優としてのゼリグに着目し、『悦ばしき知識』の「俳優の問題」におけるニーチェの議論を援用して次のように述べる。

……ニーチェはユダヤ人を、「すぐれて適応能力をもった人びと」と言い、ユダヤ人の経験と環境を、

「歴史的能力」に恵まれた「俳優たちを育てる」ための理想的な場所であると述べている。（アーヴィング・ハウを引用すれば）「必死になって同化」したいと願っている人としてのゼリグは、鋭く対比的になっているいろいろな社会のいろいろな演技スタイルの間をいわば行ったりきたりしなければならない、という「演劇的」難問に直面している人間がもっている内的な矛盾を一身に体現している。（スタム　三四一）

スタムが論じるように、「人間カメレオンという滑稽なイメージとかれの知的身振りのまじめさとの間の落差が笑いを誘発する」（スタム　三三五）のである。ゼリグのもたらす笑いは穴に落ちる哲学者の引き起こす笑いと通じるものがある。模倣という二次的な行為が生きることそのものになっているゼリグの滑稽な生き方は、『プッターメッサー』の中でもファンタジックなカリカチュアの形で描かれている。

5　模倣による生

『プッターメッサー』に収められた別の短編「カップルになったプッターメッサー」（"Puttermesser Paired" 一九九〇年）では、模倣によって生きるユダヤ人男性が描かれる。ルパート・ラビーノ（Rupert Rabeeno）というこの男性は、メトロポリタン美術館などで名画を模写する複製家（copyist）である。別の写真家が彼の作成した複製画を撮影してポストカードを作り販売するというビジネスを生業としている。ラビーノの行為は一般的には〈模写〉（copy）であるが、彼は自分の作業を模写だとは決して認めない。模写しているのではなく、〈再現〉（reënact, reproduce）しているのであり、自分にとって問題なのはその過程なのだと主張する。さらに、彼が作成する前まではその作品が存在していなかったという意味では、〈オリジナル〉であるとさえ言う。彼の名刺には「ルパート・ラビーノ　巨匠の再現（REËNACTMENTS OF MASTERS）」と記されている。彼の模写の腕前は天才的であるが、プッターメッサーは模写であることを認めようとしない彼の詭弁を「詐欺」「捏造」といった言葉で批判し、彼の良心に訴えかける。しかし断固として主張を変えないラビーノに対して、彼の作品が自らの創意工夫によるものでないにしても、彼は自らを創出しているとは言えるだろうと考えて彼の論理を受け入れる。

この後、彼は絵画のみならず、実人生においても巨匠の人生を再現することとなる。プッターメッサーがラビーノと出会ったとき、彼女は齢五〇を超え、失業中であった。そして雑誌で結婚候補者を探したり、図書館で借りたジョージ・エリオット（George Eliot　一八一九–八〇）の伝記を読むといった日々を過ごしていた。プッターメッサーには、十九世紀を代表する女性作家ジョージ・エリオットと批評家ジョージ・ルイス（George Henry Lewes　一八一七–七八）の関係は、理想の男女関係と思われた。既婚者であるルイス（「彼の鼻は小さくきっちりしていて、その鼻孔は大きい」）と同棲を始めたエリオットは、イギリスの社交界から追放されるが、共に本を読み、互いの著作を批評し合う日々を送ったのである。

このようなエリオットとルイスの関係に憧れるプッターメッサーの前に、ヴィクトリア朝紳士の出立ちのラビーノが現れる。三〇代という彼の若さに圧倒されながら、プッターメッサーはこの「ニューヨークに出現したジョージ・ルイス」に惹かれずにはいられない（ラビーノの鼻孔については、「口髭の上では、鼻孔が自らの二重の勝利にぽかんと穴をあけていた。ジョージ・エリオットがリストを観察したところによると、『音楽が勝利を収めたとき、鼻孔が膨らんだ』と描写されている」）。二人は共にジョージ・エリオットの著作、伝記、書簡集などを読むようになる。プッターメッサーにとってこれは念願の「理想の友情関係」であったが、ラビーノは、ルイスが生きていた当時とまったく同じように再現すること自体にこだわる。

ルイスは六一歳で亡くなる。ルイスの死から十六ヶ月後、六〇歳のエリオットは二〇歳年下のジョン・クロス（John Cross　一八四〇―一九二四）と結婚する。プッターメッサーが関心を寄せるのはあくまで「生きているルイス」であり、ルイス死後のエリオットの人生には彼女は全く興味がない。しかしラビーノはクロスに並々ならぬ関心を示し、クロスが好意を抱いていたのは実はルイスに対してであるという独自の解釈を打ち出す。つまり、クロスは第二のルイスになりたかったためにエリオットと一緒になったというのだ。二人は、エリオットとルイスが疑似ハネムーンで訪れたヴェニスに滞在するが、クロスとエリオットのハネムーンは、クロスが精神錯乱に陥り、ヴェニスの運河に飛び込んだことでアンチ・クライマックスを迎える。

クロスを知ってからのラビーノは、パートナーの女性との年齢差が二〇歳であるクロスに共感し、ルイスを模倣するクロスを模倣し始める（一五六）。そしてプッターメッサーにプロポーズして二人は結婚する運びとなる。彼にとってハネムーンは必須であり、地図、伝記、書簡、日記など、資料を具に調べ尽くして、詳細な計画を練る。ラビーノの知り合いのユダヤ教のラビによって結婚式が執り行われた後、クロスの錯乱の夜を模倣するかのように、結婚初夜、ラビーノはプッターメッサーを捨てて立ち去るのである。

このように「カップルになったプッターメッサー」は、ジョージ・エリオットの生涯のコミカルなパロディになっている。この笑いの核心は、コーエンが指摘するように、「彼らの想像上の自己と実際の自己との間に横たわるコミカルな相違」（Cohen　一〇三）である。プッターメッサーは、幸せな同棲生活を送った後年下の崇拝者と結婚した著名な作家ではなく、挫折した老齢の孤独な元弁護士でしかない。ラビーノは、科学・哲学に造詣の深い思想家などではなく、浅薄できざな模倣者にしかすぎないのである。

プッターメッサーとラビーノがヴィクトリア朝の知識人を模倣するエピソードは、オジック自身の自虐的カリカチュアにもなっている。オジックは、ワスプの巨匠ヘンリー・ジェイムズ（Henry James　一八四三―一九一六）になりきりたいと思い込むほど、宗教的情熱でもって彼を崇拝していた若き日の自分（"The Lesson of the Master"　二九五）と、ジョージ・エリオットに心酔するプッターメッサーとを重ね合わせている。コーエンは「模倣は自殺である」というエマソン（Ralph Waldo Emerson）の警句を引用して、「完璧な文学上の巨匠になりきることに全エネルギーを注ぐと、自分自身の創作、創造的人生を得る機会を犠牲にする」（Cohen　一〇六）結果を招きかねないと指摘する。

『ギリシアの精神とユダヤの魂――シンシア・オジックの相克する芸術』（*Greek Mind / Jewish Soul: The Conflicted Art of Cynthia Ozick*）の中でヴィクター・ストランドバーグ（Victor Strandberg）は、オジックの著作に対して「ユダヤの文化と非ユダヤの文化――ギリシア神話の牧羊神とモーセ、ヘレニズムとヘブライズム、魔法と法律」（Strandberg　四）の相克という観点から網羅的な分析を行い、プッターメッサー（オジック）とジョージ・エリオットとを決定的に分かつものとして、〈模倣〉（impersonation）のテーマを挙げている。〈模倣〉はオジックにとってはオブセッションであるが、これは「リアルで、安定した、統一された自己」（Strandberg　一〇五）の観念が揺るぎないものであった十九世紀のエリオットには関係のないものであった。模倣のテーマは、ストランドバーグが列挙するように、フィリップ・ロス（Philip Roth　一九三三―）、ジョン・バース（John Barth　一九三〇―）、トマス・ピンチョン（Thomas Pynchon　一九三七―）など、自己を「心もとない概念」として捉える現代作家に共通するテーマである。しかし、常に同化の圧力とユダヤの伝統消滅の脅威との間で緊張状態に置かれているユダヤ人にとって、〈模倣〉の問題は格別に深刻なテーマであるはずである。これがいかに切実であるかは、言語を観念の歴史として捉えイディッシュ語とヘブライ語を重んじるオジックが、「キリスト教の言語」である英語でユダヤ的な事柄を書かなければならないことに矛盾を感じていることからも窺うことができる（Alvarez　五六）。

以上みてきたように、『プッターメッサー』は、細部の描写へのこだわりと誇張、模倣、ファンタジー、アイロニー、風刺、カリカチュアといった、笑いを誘発する要素に満ちている。しかしその背後に横たわるユダヤの長きに亘る迫害の歴史に目を向けると、伝統遵守と同化への圧力との狭間でディレンマを抱えるユダヤ人のアイロニーの矛先が、非ユダヤ社会のみならず、そこへの同化に誘惑されるユダヤ人自らにも向けざるをえない事情が窺える。紳士協定によって包み隠された差別をあえて言葉にすること、同化のために模倣の人生を選ぶユダヤ人を描写することは、通常は場違いでありグロテスクであるが、ここに〈真実を語るジェーン〉に通じるオジックの笑いの秘密を見出すことができるのである。

第十章

逆境を生き延びる力

レイモンド・フェダマンの笑い

新田　玲子

1　『レイチェルおばさんの毛皮』と『糞への帰還』

フランス、パリ郊外のモンルージュ（Montrouge）で生まれたレイモンド・フェダマン（Raymond Federman 一九二八－二〇〇九）は、一九四二年七月十六日、ナチスによるユダヤ人狩りに遭う。彼は母親の手でクローゼットに隠されて難を逃れ、その後、南フランスの農場で農作業の手伝いをしながら終戦を迎えたが、両親と姉妹はアウシュヴィッツで死亡。戦後、ひとり残されたフェダマンはパリに居場所を見いだせず、ポーランドからアメリカへ逃げ延びた父方の義理の伯父の手助けにより、一九四七年に渡米する。伯父は親切な人だったらしいがフランス語も英語も話せなかったため、フェダマンは異国で孤独を囲いながら、よりよい未来を勝ち取るために孤軍奮闘を余儀なくさせられた。

渡米後まもないこの時期にフェダマンが味わった苦労は、その後、初期作品の中心的題材となっている。

一方、戦中、戦後のフランスでの出来事は、作品の背景として繰り返し言及されはするものの、クローゼットに隠れてひとりユダヤ人狩りを逃れた悲痛な体験を題材にした『クローゼットの声』(*The Voice in the Closet* 一九七九)を除けば、二〇〇一年に発表された『レイチェルおばさんの毛皮』(*Aunt Rachel's Fur* 以後『毛皮』と表記)や、二〇〇六年に発表された『糞への帰還』(*Return to Manure* 以後『帰還』と表記)を待たなければならない。

ところで、フェダマンは著者が行ったインタヴューの中で、彼が『クローゼットの声』をミルウォーキーの学会で朗読したとき、同席していた詩人、エドモン・ジャベース(Edmond Jabès)が「暗闇に響く大きな叫びだ!」と絶賛したことを自慢げに語っている(二五)。確かに、文章を途切れなく続ける、この作品独特の表現は、止むことのない悲痛な思いを切実に伝えている。また、その斬新な表現形式が、フェダマンの崇敬するサミュエル・ベケット(Samuel Beckett)や、彼がアメリカで作家活動を始めた頃にアメリカ文学に大きな影響をもたらしたポストモダンを偲ばせるものであることも否定できない。しかし、新しい文学に昇華されてはいても、この作品ではまだ、語り手の心の痛みがそのままストレートに表現されている。その表現形式は見事に内容と一致してはいるものの、ポストモダンの新しい世界観や思考を反映する余裕や遊び心はまったく窺えない。

一方、フェダマンがニューヨーク州立大学教授職を勤めあげ、サンディエゴ郊外の瀟洒な自宅に引退して作家活動に専念した晩年の作品、『毛皮』と『帰還』には、『クローゼットの声』にはない、フェダマンらしい明るい肯定的な笑いがふんだんに取り込まれている。しかも、それぞれの作品にはポストモダン的世界観を存分に活かした新しい形式が用いられ、フェダマンの長い作家歴の集大成といえる佳作に仕上がっている。

そこで本論では、これら晩年の二作、『毛皮』と『帰還』を取り上げ、彼の作家活動に決定的な影響をもたらした、戦中と戦後間もないフランスでの体験がどのように作品化され、フェダマン独自の文学世界を構築しているのか、笑い、ポストモダン、ホロコーストとの関係から考察したい。

2 『毛皮』の語りにおける矛盾と笑い

フェダマンの作品はすべて、作家を思わせる語り手によって語られ、作家の体験を下敷きにしている。しかし作品はありきたりの自伝ではない。作品の語り手が生きている作家と同一人物でないことは現代批評の常識だが、フェダマンの場合は特に、両者の差違が新しい文学を作り出す〈意図的食い違い〉として、積極的に利用される。

フェダマンはこうした書き方を〈私《わたくし》描写（self-reflection）〉と呼び、『クリティフィクション』（*Critifiction*）の中で、「私描写は通常読者にとって大変おもしろいもので、作家とテキストが極めて豊かな遊び心で関係付けられているため、著作過程に深く関わる」（二〇）と、また、〈私描写〉では「パロディ、アイロニー、逸脱、遊び心」（二一）が大切な役割を担うと、作家が著作に意図的に介入することでもたらされる笑いや楽しさに言及している。彼はまた、〈私描写〉は十八世紀にもあったが、その当時の〈私描写〉が「小説の統一性を確立する」（二一）ことを目指したのに対し、一九六〇年代や七〇年代のそれは、「〈消尽〉した分野を復活させるため、食い違いを生み出す役割を担う」（二一）と、大きな物語を作り出したモダニズムの行き詰まりを打開し、ポストモダニズムの世界観を展開する新たな作品を創作するための重要な手法だと主張する。

このような〈私描写〉の特徴は『毛皮』にも明白に窺える。この作品は、アメリカでの作家活動に限界を感じ、祖国フランスに新たな期待を抱いて帰国した主人公が空しく期待を裏切られ、再び新たな希望を胸にアメリカへ向かう過程を、見えない聞き手に向かって語る形式を取っている。主人公がフェダマンと同様の過去を背負っているだけでなく、作品は渡米後に初めてフランスに帰国した際のフェダマン自身の体験を下敷きにしている。しかし語り手がレモン・ナムレデッフ（Rémond Namredef）と、レイモンドをフランス風に改めた名と、フェダマンを逆に綴った姓で呼ばれるように、作家と語り手の間には明らかな類似に加え、微妙な差違が存在する。事実、作中で語られるナムレデッフの体験は、作家フェダマンの実体験を回顧させる一方、文学的意図に従って適宜、自由に改変されていることに、語り手はしばしば読者の注意を喚起する。その結果、読者は作家の辛い体験を偲び、痛切な思いを感じ取りながらも、作家的視点がもたらす笑いや余裕を味わいながら、作品を読み進めることになる。

たとえばナムレデッフは、アメリカでの惨めな極貧生活を細かに語った翌日、まことにあっさりと、自分の言葉を否定する。

ああ、ブロンクスのあのアパートね、昨日僕が君に話したやつ［……］、あれは存在してない、君に話している物語が流れやすいようにと、僕が作り出したものにすぎないのさ、それに、ちょっと自然主義的色合いも添えたかったしね、僕が今話してることが真実だなんて、まさか信じちゃあいないだろう？ 信じるなんて、まったくばかげてる、僕が今、話してるのは、フィクションだぜ、話しながら作り上げてゆく物語にすぎない、即興ってやつだ［……］（三三二）

最初にナムレデッフが語る極貧生活はフェダマンの初期作品の題材にもなっており、作家の過去の苦労が思いおこされて胸を打つ。それだけに、この告白に読者は唖然とさせられる。しかしナムレデッフの率直すぎるほどの語りにはまったく邪気がなく、彼の話が嘘だったことに腹立つよりも、やれやれこれがフェダマンの手法かと、苦笑いとともに彼の〈私描写〉に関心を向けさせられる。つまり、ナムレデッフは自身の体験を語り、共感を得ると同時に、それを否定することで、初めは真実に見えたものも虚構にすぎず、何が真実で、何がそうでないかは判断しがたいという、ポストモダン的な不確実な世界観を、笑いを誘いつつ提示しているのである。

作家（語り手）は真実を語る、という前提は、ポストモダンではすでに崩れているが、ナムレデッフはそうしたポストモダンの語りを手玉に取り、自分の都合に合わせてやすやすと話を変える。そのため作品は至るところで矛盾を生じる。たとえば作品の最後でナムレデッフは突然帰国を決意する。彼はこの理由を、恋人だったアメリカ人のスーザン（Susan）がフランスに来ることができず、「どうか戻ってきてちょうだい、もう一日もあなたなしではやれないの」（二五三）と彼に哀願し、航空券も用意してくれたからだと説明する。しかしこれにはまったく説得力がない。なぜなら、作品の途中で彼はスーザンを迎えに空港へ行っており、彼女がフランスに来られないという説明と完全に矛盾するからである。したがって彼が口にする理由は、フランスで〈レイチェルおばさんの毛皮〉のような優しさを得られなかったとき、再びアメリカに戻る口実として彼が勝手に編み出した夢物語にすぎないように見える。

　アメリカに戻る手頃な口実を作り出すため、ナムレデッフにはスーザンの来仏をなかったことにする必要があった。反面、彼には彼女を空港に迎えに行く必要もあった。なぜなら、その時の出来事は現実に起きたもので、フェダマンが筆者とのインタヴューで明かしているように、どうしても作品に取り込みたいと感じたものだったからである（二二）。それは、恋人を迎えに空港に向かったフェダマンを乗せたタクシーの運転手が彼を昔馴染みと認め、彼がアメリカで作家になったと明かしたのちも親しみをこめた呼び方《チュトワイエ》を続けていたが、彼が金持ちの美しいアメリカ人女性をエスコートして空港から出てくるや否や、急に丁寧な話し方《ヴヴォワイエ》に変わったというものだった。アメリカで作家になったという彼の言葉を、運転手が初め信じなかったことが、彼のような出の者が作家になれるはずがないと考えたことが、彼には手に取るように理解できた。そして、その不可能をアメリカが可能にしたということが、彼には感銘深かった。それ故この出来事は、祖国であるにもかかわらず彼が心底必要としていた保護を与えてくれなかったフランスを酷評する際の、格好の材料となったのである。

　このように、ナムレデッフの語りはその場その場の必要に応じて変化し、一見場当たり的なものに見える。それは、筋の一貫性を求める伝統的な語りでは決して許されないものである。しかし、フェダマンはそうした矛盾を取り除こうとするどころか、自ら指摘し、弄び、笑いをかもしつつ、それが彼のポストモダン的試みであることを強調し、読者に二義的な読みを要求する。その結果、個々の場面では、逆境を生き抜こうとするナムレデッフの必死の努力や、その努力を無に帰する現実の非情さを、〈自然主義的〉描写に劣らないほどありありと伝える一方で、ナムレデッフの都合に合わせて自在に変更される信頼のおけない語りで、そうした不安定な状況に一喜一憂する彼の姿を茶化し、〈自然主義的〉描写ならば重苦しいものになった場面に、明るい滑稽な笑いをもたらすのである。しかも、常に自分の都合に合わせて話を作り替えてゆく彼の逞しさは、どのような状況においてもより良い未来を信じて生き続けようとする前向きな姿勢を映し出し、作品の笑いをひときわ元気なものにしている。

3『帰還』の語りにおける不確かさと笑い

矛盾をものともしない語り手の確信犯的語りが、物語を生き生きと展開させる推進力になっている『毛皮』に対し、『帰還』で物語を進める大きな役割を果たすのが、語り手フェダマンの妻エリカ（Erica）と友人エース（Ace）である。しかもふたりは、語り手に戦時中の農場での体験を語るよう促し続けるだけでなく、彼が形式にこだわり、矛盾や逸脱に満ちた語りを弄ぶことをあからさまに揶揄し、そうすることによってこの作品がフェダマンの典型的な〈私《わたくし》描写〉であることを明確化する。

語り手が妻エリカと車でカンヌへ向かうとき、戦時中隠れ働いていた南フランスの農場を再訪してはどうかと提案するのはエースである。こうして、農場を捜す現在の旅が始まり、それに重ねて、家族と離れて一人、家畜の糞にまみれながら過酷な労働に耐えていた戦時中の日々を回顧する旅が始まる。しかし彼の回想はしばしば逸脱し、その内容は毎回微妙に変わる。そのことにエースは、「一度でいいから君が本当の話をしてくれたらなあ！」（三九）と嘆いて、読者の注意を喚起する。同様にエリカも、語り手がそれまで思い出せないでいた名前を急に思い出したと主張すると、「つまらないことはやめて。賭けてもいいわ。その名前、今、彼女のことを話しているあいだに作り上げ、本当の名だって振りをしているでしょう。あなたのサーフィクショントリックはお見通しなのよ」（四七）と、彼が即興で詳細をでっち上げた点を強調する。信頼の置けない語りはフェダマンが常用するポストモダン的手法で、エースとエリカの非難は語り手を批判する見かけとは裏腹に、笑いを誘いながら、彼の語りのポストモダン的性格が一層効果的に機能する手助けをしているのである。

たとえば、語り手が農場時代を語る場面で語りの形式に言及すると、エリカやエースのうんざり顔の非難が、自説を開陳する語り手の嬉々とした様と実に愉快なコントラストを成し、難儀な文学論を楽しく展開させてゆく。

——形式。あなたときたらいつだって形式よね。いつだって、まだ話を始めてさえいないうちから形式にこだわる。でもって、形式のことばかり考えているせいで、大概は話が進まなくなるのよ。今回はひねったりせず、ストレートに話してみたらどうなの？［……］

——まさにそうするつもりさ。そっくりそのまま、あったように話す。ただ、話しながら、僕がちゃんとやっているかどうかエースに確認してもらうつもりだ。物語を正しく話しているかどうかね。

ほら、だから、また、二重の旅になっちまう。

——もちろん、そうさ。農場を探す旅。これは、車で、道を行く。それに、どういう本にするかを捜す旅。これは言葉で、コンピュータを用いて行う。（八七–八八）

最初、エリカが痛烈な批判を加えても語り手はいっさい動じず、彼女の提案に同意すると見せて、まったく逆の主張を為す。これに、四角で囲まれたコメントでエースが論点のズレを揶揄すれば、語り手はそれさえも逆手に取り、得々と自作の意図を披瀝する。これは三人が交わす会話の典型で、語り手は唯我独尊、馬耳東風といった態度で、この作品の構成や意図を直接示す。しかも、いかなる非難も自分に有利な議論へと巧みにすり替える手口は実に見事で、彼の強靱で柔軟な精神を印象付ける。それ故、語り手の身勝手さに思わず苦笑いしつつも、前向きでたくましい、心底明るい彼の姿勢だけが記憶に残るのである。

4　フェダマンとポストモダン

自伝的要素を用いながら、そこにポストモダン的操作を加えて新しい文学を創作することを、フェダマンは〈私《わたくし》描写〉と呼ぶが、彼はそうした描写に基づく自身の作品が「フィクションの限界を超えてその可能性を探究し続ける」（*Critifiction* 三七）ことから、自らの作品を〈サーフィクション（Surfiction）〉と名付けている。彼によれば、この新形式の作品では、「書くことは意味を〈作り出す〉ことで、すでに存在している意味を〈再現する〉ことではない」（*Critifiction* 三八）。したがって、すべてのテキストは読者によって完成されることを待っている〈前―テキスト（pre-text）〉（*Critifiction* 五〇）にすぎないとされる。

このような著作姿勢は必ずしもフェダマン固有のものではなく、ポストモダンの影響を受けた多くの作家に共通する。ポストモダンの定義は幅広く多様だが、作家の啓蒙的な語りを否定し、読者ひとりひとりが作品に対して作家と同等の権利を有するという、権威の平均化や価値観の多様性は共通した概念である。たとえばフランク・カーモード（Frank Kermode）は、ポストモダンの重要な特徴のひとつとして、フェダマン作品に見られるような矛盾した不連続な筋運び、「筋の急変（peripetia）」（三一）に着目しているし、ポストモダン作品は「同じ一組の事実についての対抗し合う複数の説明が、最終的に和解させられぬまま、同時に共存しうる」（三二）状況を作り出し、「読者が与えられるものは安易な満足ではなく、創造的な協力への挑戦である」（三二）と、フェダマンが〈前―テキスト〉と見なす事柄を説明している。

不確実性や多様性といった特徴は、ポストモダンの理論家として有名なジャン＝フランソワ・リオタール（Jean-François Lyotard）やフレドリック・ジェイムスン（Fredric Jameson）も認めるところである。しかし彼らは、このようなポストモダン的特徴を非倫理性・非政治性と結びつけて考える。たとえばリオタールは、ポストモダンが、「知恵のある主人公が良い倫理的・政治的目的のために――世界平和のために働く」（xxiii）モダンの、「《啓蒙》という物語」（xxiii）に対する不信感に基づいていると、ポストモダンの非倫理的・非政治的傾向を説明する。一方ジェイムスンは、個々の多様性を重んじる点でポストモダンはモダンよりも「もっとずっと人間的な世界」（xi）であると評価しながらも、現実の〈芸術化〉を重視するあまり、「歴史に対する疎さ」（xi）という弊害を被るだけでなく、「反‐統一主義（antifoundationalism）」（xii）と「非‐本質主義（nonessentialism）」（xii）を基本にするため、「真に新しい社会秩序を生み出せる支配的な力を持つ文化ではない」（xii）と、マルクス主義者らしい見解を表明している。

しかしフェダマンは、現実の〈芸術化〉に熱心で、〈筋の急変〉、〈不確実性〉、〈多様性〉といった、ポストモダンに共通する特徴を見事に体現しながらも、ホロコーストに深く関わり、歴史性、社会性、倫理性を強く意識させる作家である。実際、彼は様々な場面で、自分の作品の出発点は〈X―X―X―X〉だと述べる。この記号はホロコーストで殺された両親とふたりの姉妹の、四人の喪失を表象し、彼にとって書くことがホロコーストで奪われたものと向き合う方法に他ならなかったことを明かしている。それ故彼は、「サーフィクションは〈私描写〉的なものであろう。言い換えるなら、日常生活の固定的なイメージではなく、絶えず自身の姿を変えながら、そこに作り出される人生―フィクションという人生―を明らかにするだろう」(*Critifiction* 四三)と、書くことと生きることを密接に結びつけるのである。

さらに、フェダマンのフィクションは、見るものによってまったく異なった形を呈する、不確実で複雑な局面の集合体といった、典型的なポストモダン的世界を形成しながらも、彼が用いる不確実性、不安定性、多様性は、一見安定した世界を異化し、不安を増幅するために用いられることはない。彼の作品では、筋の急変は絶望的な状態を断ち切り、新たな、思いもかけない可能性を切り開く。言い換えるなら、現実が不確実で多様であればこそ、どのように困難な状況に陥ろうと、都合の良い未来を作り出せる希望がある。ポストモダン的世界観を共有しながらも、そうした人間信頼や人間肯定を明確に保っているが故に、フェダマンの作品は他のポストモダン作品と一線を画し、比類のない明るくたくましい笑いに特徴付けられているのである。

5 笑いに託された生き延びる力

ポストモダンの不確実性をより良い未来の可能性に転換する際、フェダマンは笑いを巧みに利用する。たとえば『毛皮』の語り手ナムレデッフは、作家としての足場を固めたいという下心から、著名なフランス人作家が催す昼食会で露骨に腰を低くし、愛想良く振る舞う。彼のへりくだった態度は、同席した婦人が大手出版社の主席編集者とわかると一層磨きがかかり、滑稽以外の何ものでもなくなる。しかも、彼の作品が不採用になったと知るや否や、パーティでは「親愛なる御婦人」と呼びかけていた彼女を、「あのくそったれ」（二三三）とか、「いまいましいろくでなし女」（二三三–三四）とこき下ろす。これは、夫人を「偽善者」（二四一）呼ばわりする彼自身が偽善を犯していると誹られかねない豹変である。しかし、彼のばか丁寧さと極端な不遜さ、さらには両者のギャップがもたらす大きな笑いは、彼の振る舞いに対する批判を無意味に見せるだけでなく、フランスでの出版の道が断たれた彼の深刻な状況を茶番に変えてしまいさえする。その結果、ドタバタ喜劇的なナムレデッフの行動で印象に残るのは、相手に取り入るときも、裏切られたことへの怒りをぶちまけるときも、とことん必死になることであり、また、どのように期待外れの結果がもたらされようと、どのように惨めな状況に追いやられようと、決してうち負けまいとひたむきに抵抗するたくましさである。

笑いによって道理や理屈を回避し、主人公の生き延びる力を強調する例は、『帰還』にも繰り返し登場する。たとえば、語り手フェダマンは、戦時中、家族と生き別れ、農場でひとり辛い作業に従事していたある夜、戸外に出て、天を仰ぎ、神に助けを求める。年端も行かない少年が置かれた心許ない状況を考えれば、彼のこの行為は涙を誘う。しかし、「思うに、君はそのころすでに幾分メロドラマチックな夢想家だったんだな」（二五一）と、友人エースがすぐに揶揄するため、この場面の悲劇性が取り払われ、語り手が明かす祈りの文句の、極めてドライな点だけが目を惹くことになる。

このとおりのことを、僕は農場の庭の真ん中に立って、その夜、神に向かって言った。僕に啓示を下さい。二〇まで数えます。だけど、もし二〇数えても啓示がなかったら、もうあなたと僕との関係は終わりです。僕はひとりでやってゆくことにします、ってね。（一五〇）

少年フェダマンの祈りは、信心深い人には冒涜行為と見なされかねない、神を試す内容になっている。しかし、あまりの辛さに耐えかね、真夜中、野原に裸足で立って神に祈る、少年の真剣さそのものが茶化されているため、彼の信仰の在り方を云々するのは不適切に思える。その結果、神が求めに応じてくれないなら自力で生き抜くと決意する、少年の柔軟で現実主義的な行動力だけが印象付けられるのである。いかなる逆境も柔軟に乗り切ろうとするフェダマンは、ホロコーストのような歴史に類をみない残虐な出来事でさえ肯定的に解釈しようとする。『毛皮』では、ホロコーストのそうした両義的解釈に語り手ナムレデッフが逆説的に言及している。

僕がアメリカで知っているフェダマンという男は、ホロコースト生存者であることは喜びだ、祝福すべき出来事で、悲しむようなことではない、それどころかこんな余計な体験をしたおかげであらゆる責任から免除されると、いつも言っているが、個人的に僕は彼の意見には賛成できないから、一度僕は彼に言った、ホロコースト生存者としての僕の役目は、ここであろうがどこであろうが、町中であろうが田舎であろうが、僕が今書いている本の中であろうがこれから書く本の中であろうが、僕の責任は、この〈許されざる残虐〉によって屈辱にさらされた者たちの尊厳を回復することなんだと［……］（二六五）

ナムレデッフは、ホロコーストがその後にいかなる幸運をもたらそうと、〈許されざる残虐〉である事実から目を背けてはならない、という点を強調する。しかしその一方で、ホロコーストから大いに得るものがあったと考える男に、作家と同じ名が用いられていることは見逃せない。その主張にも幾ばくかの真実があるとフェダマンが考えていなければ、そのようなことはなされなかっただろう。

実際、ホロコーストに対する同様の肯定的解釈は、初期作品『嫌ならやめとけ』(*Take It or Leave It*)の中で、すでにもっと明確に提示されている。この作品の語り手で、作者フェダマンを想起させるユダヤ系フランス人のホロコースト生存者は、「もしヒトラーがいなかったら、僕は今、何になっていたと思う?〔……〕仕立屋さ! そうさ、つまらないユダヤ人の仕立屋さ〔……〕。だから、奇妙に聞こえるかもしれないが、ヒトラーはある意味、僕の〈救世主〉だったのさ」(二六二[1])と、ホロコーストを経験したからこそ作家になれたと主張し、ホロコーストによってユダヤ人を絶滅させようとしたヒトラーの意図を嘲笑する。もちろん、彼の言葉は強い皮肉を帯びており、いかなる意味においても、ヒトラーの行為やホロコーストを正当化するものではない。しかし誰もが惨劇としか見なさないホロコーストに、敢えて肯定的解釈を加えることで、彼はホロコーストの犠牲者という立場に決して甘んじず、楽観的というより、もっとはるかに骨太で雄々しい意志を――ホロコーストのような大きな悲劇からでも、どのような絶望的な状況からでも、人は何か利用できるものを引き出し、より良い未来に繋げてゆけるのだという信念と、それ故に決して諦めず、未来のために努力し続けなければならないという決意を――表しているように見える。そして、この強い信念と決意を貫くことで、ホロコーストという想像を絶する非人間的行為によって奪われた人間性の回復を、フェダマンは成し遂げているのである。

リオタールやジェイムスンが歴史性や倫理性の欠如と結びつけた、まさにそのポストモダンの不確実性や多様性を用い、フェダマンはホロコーストを乗り越えてゆく自身の人生を描き出す。彼はまた、〈私《わたくし》描写〉を利用した〈サーフィクション〉を作り出すことによって、自身のためのより良い未来と人生を切り開く。それ故、彼の作品はポストモダンの影響下にあってなお、ホロコーストという歴史をしっかり踏まえ、未来社会と他者への責務を背負った、人が寄って立つべき生き方を示す。こうした彼の生き方には、伝統的な、大きな物語を信じていたモダンの道徳概念に収まり切らないものがある。そして、それこそが、ポストモダン的世界観に立った新たな道徳であり、倫理なのではないだろうか。

6　結び

ホロコースト文学の批評家として名高いローレンス・L・ランガー（Lawrence L. Langer）は、「ホロコースト犠牲者が味わった、言い表せぬ非人間的苦悩を不当に扱うことなく、芸術はいかにそれを表現すべきか――表現することは可能なのか？」（二）と問いかける。ホロコーストを体験していない人にその実態を伝えることは不可能だという思いは、ホロコースト作家のみならず、ホロコースト生存者が共通に抱くものである。しかしフェダマンの文筆活動は精力的で、ホロコーストが〈語り得ない〉残虐行為であればこそ、それについて書かなければならない必要性が一層大きくなるし、〈語り得ない〉ものであればこそ、それまでにない新しい表現を無限に試み続けてゆけるという、前向きな姿勢に支えられている。言い換えるなら、語らざるを得ないにもかかわらず語り得ないという、多くのホロコースト作家やホロコースト生存者を苦しめてきたジレンマすら、作家活動を営むための無尽蔵の活力にすることが、フェダマンにはできた。それを可能にしたのが、彼の柔軟な発想と希望を抱き続ける忍耐力であり、こうした能力故に、彼の作品は他のどのホロコースト作品をも凌ぐ、そして他のどのポストモダン作家にもまねのできない、明るくたくましい笑いを放っているのである。

レイモンド・フェダマンは二〇〇九年十月六日、八一歳で亡くなった。娘のシモーヌさんから送られてきた告別式への案内状には、ベンチに片肘ついて横になり、片足をあげている彼の、実にひょうきんな写真が載っていた。そのおどけた、元気な姿は、ホロコーストがもたらした大きな悲劇を悲劇として捉えながらも、その逆境を作家活動のエネルギーに変えて旺盛な活動を続けた彼の人生の終わりを飾るのに、実にふさわしいものと思われた。

第十一章

ゴーレムと笑い　セイン・ローゼンバウムの『ゴサムのゴーレムたち』

坂野　明子

はじめに

ホロコースト・サバイバーを両親に持つアメリカ作家セイン・ローゼンバウム（Thane Rosenbaum　一九六〇–）は、今までに二つの長編小説『二次的な煙』（*Second Hand* Smoke　一九九九）、『ゴサムのゴーレムたち』（*The Golems of Gotham*　二〇〇二）と一つの短編集『エリヤ現る』（*Elijah Visible*　一九九六）を発表している。最初の長編小説のタイトルはガス室の煙を二次的に体験することを意味しており、ローゼンバウム自身の経験や心情を色濃く投影した作品になっている。二作目も微妙に設定は異なるものの、主人公の両親がホロコースト・サバイバーであることに変わりはない。ところでこの二つの長編作品に共通して登場するのが〈ゴーレム〉である。『ゴサムのゴーレム』はタイトルにゴーレムという言葉がそのまま含まれており、一方、『二次的な煙』では主人公のダンカンが自分をゴーレムとみなし、その任務を遂行しようとして葛藤する姿が描かれている。ホロコースト第二世代の複雑な心情を描く作品において、作者ローゼンバウムはなぜゴーレムを用いたのだろうか。

また、両作品について若干の違和感を覚えるのが、作品に漂う〈笑い〉の要素である。本来ならシリアスな問題を扱っているにもかかわらず、笑いが組み込まれているのは何故か、この笑いはゴーレムと関係するのか、あるいはホロコーストというテーマと関係するのか、読者がこれらの疑問を抱くのは自然なことだろう。本論では、ローゼンバウムがゴーレムというユダヤ伝説を用いてホロコーストを表象した意図を探るとともに、ゴーレムと笑いを結びつけた狙いをも検証していきたい。

1　アレイヘムの短編と落語

サラ・コーエン（Sarah B. Cohen）はユダヤの笑いについての論集『ユダヤの歪んだ笑い』（*Jewish Wry: Essays on Jewish Humor*）の序文の冒頭で、優に紀元前に遡るのではという私たちの想像とは異なり、ユダヤ人のユーモアは「かなり近代的な現象である」と述べている。ユーモアが自分の状況を突き放してみるところから生まれるものであることを考えれば、ユダヤ教の強い縛りから解放され、ユダヤ社会にも近代化の波が訪れた一九世紀になってから、ユーモアが成熟していったことは驚くことではない。そしてこのような近代的ユーモアを代表するのがショレム・アレイヘム（Sholom Aleichem 一八五九―一九一六）である。ところで、この後の議論とも関係するので、ここで些か唐突ながら、アレイヘムの短編「帽子のせいで」（“On Account of a Hat”）を、ストーリーの上で共通点のある古典落語の「粗忽長屋」と比較して、ユダヤのユーモアの特質を確認しておきたい。

「粗忽長屋」は有名なのでご存じの方も多いだろうが、簡単に説明すると、身元不明の行き倒れの人を見た八っつぁんが、その人に見覚えがある、はて誰だったかと考え、思い至ったのがさっき会ったばかりの同じ長屋の熊さんで、「あいつはそそっかしくて自分が死んだことも気がつかねえ野郎なんだ」と言いながら、長屋に飛んで帰り、熊さんの方も「それは大変だ、自分の遺体を引き取りにいかなくては」と現場に戻り、遺体を八っつぁんと一緒に担いだまではよかったが、ふと「遺体が俺だとすると、担いでいる俺は誰なんだ？」と訝るところで終わるお話である。

一方、「帽子のせいで」は、しがない不動産業者のショレム・シャハナの粗忽ぶりを、同じ町の住人がもの書きのショレム・アレイヘムに語るという形をとっている。舞台はロシアの田舎町で、家から遠く離れたところで仕事をしていたシャハナが過越祭が迫ったので、汽車を乗り継ぎ家路を急ぐが、一つの駅で長時間待たされることになってしまう。二日間一睡もしていない彼は眠くて仕方ないが、あいにく座れる場所は、立派な帽子をかぶって長々と横になりいびきをかく、いかにも偉そうな制服姿の政府高官の隣だけであった。余りに疲れていたためこわごわ腰を下ろした彼は、眠り込んで列車に乗り遅れることを恐れ、ポーターにチップを渡し、必ず起こしてくれるように頼みこむ。ところがいざ起こされると、かぶっていたはずの帽子がない。寝ぼけ眼のままベンチの下を探し、手に触ったものを大慌てで被り、列車へと急ぐが、周りの態度がおかしいのに気づく。切符売り場では優先的に買えたし、三等車に乗り込もうとすると車掌が「どうぞこちらへ、閣下」などと言いながら一等車に案内してくれるのである。これは変だと思ったとき、ふと鏡に映る自分の姿が目に入り、唖然とする。そこには赤い線の入ったひさし付きの帽子姿が映っているのである。「チップまでとったのにあのポーターの奴め、自分ではなく、隣のロシアの高官を起こしたんだ!」と怒りながら、彼は本当の自分を起こそうと待合室に引き返す……というのが物語の大筋である。

さて、それぞれずいぶん遠く離れた文化に花咲いた笑いの物語だが、二つの話にはいくつかの共通点が認められる。一つは〈第三者による語り〉である。「粗忽長屋」では落語家が自分のことではなく、熊さんや八っつぁんのそそっかしさを客に向かって語っている。「帽子のせいで」でも、語り手が作家に対して、ぜひこの話を書きとめてほしいということで、シャハナのそそっかしさを語っており、文字化されているとはいえ基本的に話芸に近い。直接は知らない人間の粗忽ぶりを第三者による語りのかたちで聞くことで、人は笑われる人間に対し申し訳なく思うことなく、屈託なく笑うことができるのである。

共通点の二つ目は、お話の前提としての共同体である。これは〈語り〉とも関係するのだろうが、熊さんも八っつぁんも、シャハナも共同体に包まれている。前者は江戸の下町の長屋に集う住人達の世界、後者はロシアの小さなユダヤ人村だが、彼らはそれぞれの共同体の一部であって、どんなにそそっかしくて馬鹿げた過ちを犯しても、軽蔑されたり、嘲笑されたりはしない。あきれられることはあるだろうが、そそっかしさのまんま彼らは受け入れられている。そういう意味で、彼らは、疎外やら孤独やらを抱え込む近代的個人ではなく、あくまでも共同体に緩やかに包まれる前近代人なのである。

三点目は、二つの話が持つ〈深さと軽さ〉である。「粗忽長屋」も「帽子のせいで」も、〈自分とはなにものか〉という実存的な問題や生死の問題を含んでおり、その意味では〈深い〉お話なのだが、それを軽やかに笑いに昇華させている。逆に笑いにすることによって、深さを浮き彫りにしているところもあり、このあたりはサミュエル・ベケットにも通じる世界と言えるだろう。

以上、共通点を述べてきたが、これだけ異質な文化を背負っている二つの笑いに相違点があるのは言うまでもない。それは、少々奇妙な言い方かもしれないが、〈社会の侵入〉という点である。すでに述べたように二つのお話は〈共同体〉に支えられている。しかし、登場人物のすべてが共同体の住人と言っていい「粗忽長屋」と違い、「帽子のせいで」ではユダヤ人共同体とそれ以外の社会との〈出会い〉が濃厚に描き出されている。そもそも、主人公が無理をしてでも故郷に帰ろうとしたのはユダヤ人にとって最も大切な過越祭が迫っていたからであり、帽子がなくて慌てたのは、ユダヤ人男性にとって帽子が宗教的に欠かせないものだからである。一方、彼がロシア人高官の傍に座るのを躊躇したのはユダヤ人社会がロシア政府から長い間迫害を受けてきたからである。実際、作品中にも悪名高い反ユダヤ主義者の名前が言及され、いびきをかく人物がその人そのものだったらと考え、背筋を寒くしている主人公の様子が描かれている。

〈社会の侵入〉はユダヤ人とロシア人の関係だけにとどまらない。間違えてロシア人高官の帽子を被ってしまった主人公は改札でも乗車してからも「閣下」と呼びかけられ、破格の扱いをされる。ここには当時のロシア階級社会、革命以前の社会が映しだされているのである。そしてユダヤ人として厄介者扱いされるのに慣れている主人公が、突然降りかかったこのような厚遇ぶりに混乱したからこそ、鏡に映る帽子を見たとき、ポーターが起こす相手を間違えたんだという滑稽な考えに飛びついてしまったと考えられるのである。アーヴィング・ハウ（Irving Howe）は「ユダヤのユーモアは鋭い社会観察に満ちている」と述べているが、「帽子のせいで」も、差別や迫害などの社会状況があって初めて成り立つお話と言えるだろう。

「帽子のせいで」には、さらにもう一つのユダヤ人らしい特徴がみられる。フロイトは「機知―その無意識との関係」の中で、ユダヤ人のユーモアの特徴として「自分たちの欠点と長所の関係を知っている」と述べて、自己卑下と自己肯定のバランスが取れていることを挙げているが、「帽子のせいで」においても、最後のオチにあたる部分はこの特徴をよく示している。慌ててほんとの自分を起こしに待合室に戻った主人公は、当然、乗るべき汽車に乗ることができず、過越祭が過ぎてから家にたどりつくが、帰りつくとお定まりの女房の小言攻めにあう。しかし、語り手によれば、女房が怒った理由は祭に間に合うように戻らなかったことではなく、主人公が事前に送った電報にあった。彼は女房を安心させようと「過越祭には必ず戻る」と電文を送ったのだが、女房は「必ず」という言葉を使った亭主を「あんたは電報会社を儲けさせるつもりか」と叱り飛ばすのである。

ユダヤ人がお金に細かいことをあらかじめ先取りしたような自己卑下がここには見られ、同時に、語り手は「女房とはそういうものだし、責めるわけにいかない、第一彼女はすごく心配したのだ」（一〇五）と言って、女房を（そしてヘマをした主人公も）肯定するのである。このバランスゆえに読者はシニカルになることなく、温かく笑いながらユダヤ人の途方もない粗忽者のお話を読み終えるのである。

2　ゴーレム表象が内包する笑い

アレイヘムの短編作品を「粗忽長屋」と比較することで、ユダヤ人のユーモアの特質を明らかにしてきたが、続いてゴーレムについてユーモアとの関連で考えてみたい。ゴーレムは近年ゲームのキャラクターとして一般の人にも広く知られるようになったが、そもそもはユダヤ伝説上の〈人造人間〉である。特に有名なのが一六世紀プラハのラビ・レーブが作ったとされるゴーレムである。カトリックとプロテスタントの対立が激しかったボヘミアではそのあおりを受けてユダヤ人への迫害が頻発し、憂慮したラビ・レーブはユダヤ人コミュニティを守るため、強力な助っ人としてゴーレムを秘儀にのっとり作り出したという。二〇世紀に入り、ユードル・ローゼンバーグはこの言い伝えを元に『ゴーレムと、プラハのマラマルが行った奇跡の数々』を執筆し、現在のゴーレム伝説・文化の基礎が作られた。

金森修が『ゴーレムの生命論』で概説しているように、旧約聖書に発するゴーレム創造伝説は本来「ただ作って見る」だけ、すなわち無目的なものであった。しかし、人造人間を作れるとなれば人は自らの欲望に沿って作るようになる。実際、召使いとしてのゴーレム、性的愛玩対象としてのゴーレムも登場し、そして、一六世紀プラハの場合は、端的に言うなら〈人型兵器〉が作られたのである。この延長線上に現代のゲームのキャラクターがあることは間違いないが、そういう意味ではゴーレムはあくまでも実利的な存在であって、ここに笑いの要素が入り込む余地はないように思われる。

だが、実は、ローゼンバーグを始め多くの作家が描くゴーレム像には何かしら笑いを誘うところがある。それは何故だろうか。その理由はゴーレムが人間による神の行為の模倣から生まれたことに求めることができるだろう。神は土くれから自分の似姿を作り、最後に鼻から息を吹き込んでアダムを作った。幼い子供が大人のすることを何でも真似したがるように、人間は神と同じ創造行為をしようと、土くれを用意し、人型を作り、呪文を唱え、聖なる言葉を額に書きつけてみた。するとそのものは起き上がり、動き出したのだ。ここには神と人間のパラレルな関係があるが、同時に、模倣ゆえの限界も存在する。即ち、バイロン・シャーウィンが現代のゴーレム表象を詳細に論じた『現代のゴーレム』（*Golems Among Us*）の中で指摘する通り、ゴーレムは不完全なのである。

たとえばゴーレムは、身体は大きく腕力も強いが、話すことができない。人間の言葉を理解はするが、自分から発信することはない。このことは人間とのコミュニケーションに齟齬を生じやすい。ローゼンバーグ作品でも、水を運んで甕に入れるように命じられたゴーレムが、いっぱいになったらやめていいことを知らずに、台所中を水浸しにしてしまうエピソードが語られる。コメディや漫才の型の一つに、コミュニケーションの行き違いから生じる思いがけない状況というのがあるが、ここにはそのパターンが認められる。

また、ゴーレムは状況を正しく把握する能力がないため失敗をおかしやすいが、その姿はユダヤ伝承にあるシュレミール（へまばかりする人）を連想させる。さらに、大男でありパワフルなゴーレムが、人間の命令によって動くしかない、パワレスな存在であること、つまり、矛盾を含んだ存在であることも、高度な意味で笑いを含んでいると言えるだろう。

しかも、迫害からユダヤ人を守るために作られたプラハのゴーレムは、ラビの知恵をサポートするために強靭な体力を活かすことはあっても、非ユダヤ人たちに対し暴力を直接ふるうような場面はあまり描かれていない。その意味でこのお話自体が被迫害者による迫害者への意趣返しのようなネガティブな情念から成るものではない。むしろ、ゴーレムが暴走して困るのはユダヤ人たちである。そして、人間によるコントロールが不可能になったゴーレムは、誕生のときの儀式を逆回しに行い、土クレに戻されるのである。

このようにゴーレム伝説をユーモアの観点から眺めてみると、「帽子のせいで」のユーモアと重なる点があるように思われる。第一に、ユダヤ人迫害という本来重いテーマを、大男で不器用な人造人間を登場させることで軽いものにしている。第二に失敗を繰り返すシュレミール的ゴーレムを嘲笑したり軽蔑したりすることなく、ラビの家族や周囲の人が鷹揚に受容している。第三に、ゴーレムによる救済を求めるものの、最後はゴーレムを眠らせる展開には、ユダヤ系ならではのバランス感覚が見てとれる。これらのことから、一見笑いとは無関係に思えるゴーレム表象ではあるが、ユダヤ的ユーモアへの回路はつながっていると考えられるのである。

3 ローゼンバウムの二つの長編

冒頭で述べたように、現代アメリカユダヤ系作家セイン・ローゼンバウムはゴーレムを用いてホロコースト第二世代としての心情を描き出した。しかしながら二つの長編『二次的な煙』と『ゴサムのゴーレムたち』はゴーレム表象においてかなりの違いが見られる。ここからはローゼンバウムのゴーレム表象に絞って議論を進めたい。

長編第一作『二次的な煙』は母と二人の息子の物語である。十七歳で強制収容所から解放され、結婚という形はとらなかったものの恋人との間に一人の息子をもうけたミラは、戦後もユダヤ人への迫害が続くワルシャワから脱出することを決意、乳飲み子の息子を恋人に委ね、アメリカまで辿りつく。その後、マイアミのホロコースト・サバイバーのコミュニティで知り合った男性と結婚、主人公のダンカンが生まれる。しかし、ミラは子捨てをした罪を贖うかのようにダンカンに愛をそそぐことはなく、ダンカンは自分がナチスへの母の恨みをはらすゴーレムとして育てられたと感じている。実際、大学卒業後、ホロコーストの戦犯逃亡者を追跡する機関に就職した彼は、同僚もあきれるくらいの苛烈さで〈容疑者〉を追い詰めていくのである。

一方、母ミラは癌で死を覚悟するなか、最大の秘密、ワルシャワに残した息子の存在を三人の黒人看護師に告げて亡くなる。何年も後に、仕事に行き詰まり、結婚も壊れかかったダンカンもそれを知ることになる。自己再生のきっかけを求め、ワルシャワに赴いたダンカンが見出した異父兄アイザックは、ナチスへの復讐心で固まった彼とは違い、ホロコースト犠牲者たちの墓守をしながらヨガを教え、ゆったりと自然体の生き方をしていた。兄と接するうちに考え方が変化したダンカンは、アイザックを伴いマイアミの母の墓参りをする。折しも雨が降り出し、何十年も前、別れ際にミラが赤ん坊のアイザックの腕に焼き鏝でつけた〈数字〉が消えていく様子をダンカンが目撃する場面で作品は終わる。

ストーリーから明らかなように、この作品ではゴーレムは登場人物ではなく、ユダヤ人の復讐心の〈象徴〉であって、具体的な創造の場面が描かれたり、不器用に動き回る姿が描かれることはない。従って先述したような、ゴーレムに内在する笑いの要素はこの作品には見られない。むしろ、ダンカンがナチスの残党やネオナチの少年に対し暴力を振るい、スポーツジムで鍛えた体が時には凶器に近い機能を持ってしまう様子の中に、〈ゴーレム＝人型兵器〉の側面が浮かび上がってくるように思われる。

これに対し、母に捨てられ、数字まで烙印された兄のアイザックは、ホロコーストの負の遺産を弟よりもはるかに重く引き継いでいる筈だが、復讐心とは無縁で、ヨガを学ぶ中で習得した心身の柔らかさでユダヤ人の悲劇を受け止めている。作者はそのような兄との対話を通して次第に変化する弟の姿を描き、ホロコースト第二世代のあるべき姿を提示する。即ち、ホロコーストを恨みの源泉にするのではなく、死者を悼み、忘れないことで未来の世代へ引き継いでいくこと、それがホロコーストという〈負〉の遺産を、人類すべての〈正〉の遺産に変えていく道筋である、と示唆するのである。

『二次的な煙』はこのようにやや図式的、教訓的な作品となっており、作者はそのことを自覚していたのであろう、作品の〈生真面目さ〉を和らげようとするかのように、幾つかの笑いの要素を盛り込んでいる。母ミラと親しいユダヤ・ギャングのボス、ラリー・ブライトバートがダンカンの割礼式で手がすべって赤ん坊を落っことしてしまう場面や、子分のプロの殺し屋カルロ・コステロがビデオ撮影をするために演出に凝る姿は明らかに笑いを狙ったものである。また彼らがワルシャワにかけつけてドタバタ喜劇さながらにミラの息子たちを救い出そうとする展開も同じ効果を期待してのことであろう。ただ、残念ながら、作品の本筋の生真面目さとこれらの笑いがうまく咬み合っているとはいいがたく、ちぐはぐな印象に終わっている。ホロコーストの子供として、ローゼンバウムが自身の意匠で自身の思いを作品化するのは次の作品まで待たねばならなかったのである。

第一作から三年後、『ゴサムのゴーレムたち』は出版された。ゴサムはニューヨークの俗称だが、一義的にはイングランドの昔話や伝承童謡にある〈阿呆村〉(住民が全員ばかものから成る村)の意味があることは、作品内容に無関係ではないだろう。それはともあれ、この作品でも主人公はホロコースト・サバイバーの息子である。オリバー・レヴィンはミステリー作家で、妻は何年も前に家を出て行方不明、今は十四歳の娘エアリエルと暮らしている。オリバーの両親はホロコーストを生き延び、アメリカに移住し、オリバーという息子まで授かったにも拘わらず、シナゴーグでの儀式の最中に、父は銃で、母は劇薬を呑んで自殺している。

エアリアルは作家としてスランプに陥っている父を心配し、祖父母をゴーレムとして呼び出し、助けてもらおうと考える。ハドソン川の泥で人型を作り、周りを死者を悼むために用いるロウソクの火で囲むまではよかったが、彼女にはもちろんユダヤ教の秘儀の呪文の知識はない。そこで思いついたのが、祖父母の腕の〈数字〉を唱えることだった。「数字が私たち家族を特別にしたのだ……死んで埋葬され、肉が土に戻っても、数字は骨に移り、再生できる対象を待っているのではないか」（四二）と考えたのである。とはいえ、自分が生まれる前に死んでしまった祖父母の〈数字〉を知る由もなく、古いアルバムの写真を町の写真屋に持っていき、腕の数字が判別できるよう巨大な大きさにひき伸ばしてもらう。こうして手に入れた数字を唱え、さらにバイオリンでクレッチマー音楽を繰り返し演奏すると、彼女の思いはついに叶えられる。だが十四歳の少女の自前の儀式は完璧とは程遠く、思いがけない結果を生む。祖父母だけでなく、自殺したホロコースト・サバイバーの作家たち6名も呼び出してしまうのである。

『ゴサムのゴーレムたち』はこのようにして登場したゴーレムたちがその後ニューヨークの町を舞台に引き起こす騒ぎを横軸に、オリバーが作家として人間として自己回復していくプロセスを縦軸に展開していく。ところで既にお気づきだろうが、エアリアルは祖父母という特定の死者を呼び戻そうとしたのであって、その意味では現れたのはゴーストに近く、ゴーレムとは言い難い。実際、彼らがオリバーとエアリアルだけに見え、その他の人々には見えない点、自由に空を飛べる点など、幽霊的要素が濃厚である。さらにそれぞれが〈過去〉を持ち、この世にやり残した宿題があると感じているのも、〈死に切れない存在＝幽霊〉そのものと言えるだろう。

だが作者はゴーレムにこだわった。それは何故か。ゴーレムの持つそこはかとないユーモアとゴーレムならではの特性を作品に利用したかったからではないだろうか。

先述したようにゴーレムは超能力を持つが、一方で、不器用で、へまをしでかし、時として暴走する。この作品では、プリモ・レヴィ（Primo Levi）を筆頭とする元作家のゴーレムたちが、人々の肌から刺青を消し、ニューヨーク中のアパートのシャワーを使用不能にし、店頭から煙草を消すなどのいたずらをして、ホロコーストと関係する事象に人々の注意を喚起する。これらは人々の暮らしに多少の支障はきたすものの、「ホロコーストを忘れるな」という警告のための罪のない悪ふざけのレベルにとどまっている。また、動物園のシマウマから〈縞〉が消えるのは、無邪気な笑いを誘うエピソードであり、ゴーレムに内在する笑いの要素が活かされていると言えるだろう。

しかしやがて現代のニューヨークの状況をよく知るようになると、彼らの怒りに火がつき、行動はエスカレートしていく。特に彼らが憤慨したのは、映画『ライフ・イズ・ビューティフル』（一九九七）に代表されるような、ホロコーストを商業的に利用する態度である。それは苦い現実を甘い嘘に変えることに他ならず、許しがたい〈加工〉であった。ワシントンのホロコースト・ミュージアムさえ、彼らにはコンピューターを駆使したゲーム・センターとしか考えられない。こうしてゴーレムらしく「破壊と報復の機械」（三一〇）と化して暴走した彼らによって、町は舗道にガラスが散乱する〈水晶の夜〉の様相を呈し、ゴーレム達はまさに制御不能の状態になる。

笑いを誘ういたずら者という憎めない存在から、暴走する危険な存在へのこの変化はゴーレムの特徴をよく表しており、物語の横軸をしっかり支えている。一方、ゴーレムにはもう一つ、発話不能という特徴があり、これが物語の縦軸、オリバー・レヴィンの自己回復と絡み合う。とはいえ、ここまでの議論から想像されるように、作品中ゴーレム達は決して無言ではない。むしろ、互いに自己紹介したり、久しぶりに戻ったこの世でやりたいことを話しあったり、実におしゃべりである。ただ忘れてはならないのは、オリバーの父母以外のゴーレム達は全員、自殺した元ホロコースト作家であるという点である。彼らは人々にホロコーストを記憶してもらうために筆を取ったが、苛烈な現実を言葉にすることの難しさに苦しみ、自殺という形で生を終わらせた。すなわち、言語によるコミュニケーションを断念したのであり、その意味で彼らを〈言葉を失った存在＝ゴーレム〉とみなすことは可能だろう。

一方、両親を不幸な形で失ってから、自分の過去を封印し、ミステリー作家として生きてきたオリバーもまた、物語の現時点で完全に行き詰っている。そこで彼は、娘が呼び出した父母のゴーレムと再会したことも手伝って、自身の心の傷と向き合うことを決意し、ホロコーストをモチーフにした『塩と石』という小説を書きあげる。しかし担当の編集者からは評価されず、父母たちも、ホロコーストを負の遺産として余りにも重く受け止める息子の姿に心を痛める。彼らは息子をピザ・ハウスに誘い、「お前は実体験者の感情を盗んでいるだけ」（二七八）と説き、第二世代には第二世代のやり方があるだろうと示唆する。

言うまでもなく提起されているのは、現代におけるホロコースト表象の難しさであり、元作家のゴーレムたちの自死に至る苦悩とオリバーの苦しみがここで交差する。ゴーレム達は「〈自分たちの〉死の真の原因は考え過ぎたこと」（一二五）と語り、ホロコースト・サバイバーとしてシリアスに自分を見つめ過ぎ、日常の何気ない喜びや人々との関わりに心を開いていなかったことを反省する。更に興味ぶかいのは「〈同じことは二度とごめんだ〉をスローガンにしたために、ユダヤ人は復讐の鬼になり、自分たちの豊かな精神性を世界に閉ざしてしまった。イスラエルを見てみろ……」（一二八）と続くゴーレムの一人ピョートル・ラヴィッツ（Piotr Rawicz）の言葉である。ニコラ・モリス（Nichola Morris）は『ユダヤ系アメリカ文学のゴーレム』（*The Golem in Jewish American Literature*）の中で現代ユダヤ系文学においてゴーレム表象が多く見られる理由を「ホロコーストとイスラエル国家の樹立を背景に……ユダヤ人が複雑な状況に置かれていること」（一七）と指摘しているが、『ゴサムのゴーレムたち』はまさにその事例の一つと言えるだろう。少なくとも作者の意識の中で、ホロコーストをいかに表象するかの問題とイスラエルの問題は無関係と考えられてはいないだろう。

アウシュビッツ解放から六〇年以上の月日が流れ、第二次大戦を直接知る世代は姿を消そうとしている。豊かさを享受し情報化時代のスピードに翻弄される現代人は、過去を振り返る気持ちも余裕もない。一方では〈ユダヤ＝イスラエル〉という図式が浸透し、ユダヤ人をホロコーストの犠牲者としてのみ表象することには無理が生じてきている。では現代に見合うホロコースト表象とはどういうものか。ローゼンバウムが自殺した作家たちをゴーレムとして作品に登場させたのは、おそらくこの難問への回答を求めてのことだろう。まずは作品のその後の展開を見てみよう。

作家としての起死回生をかけた試みに失敗し落胆したオリバーは、ゴーレム達が引き起こした混乱への責任を取るためもあって、自殺を決意し、かつて父親が自殺したときに使ったピストルを手にして、エアリアルがゴーレムを作る際に泥を採取したハドソン川の土手にやってくる。父母からすれば息子の命はどんなことがあっても救わなくてはならないものであり、元作家のゴーレム達にとっては、オリバーに自分たちと同じ轍を踏ませるわけにはいかない。こうしてゴーレム達全員がオリバーの跡をつけ、自殺決行の寸前に姿を現す。父はピストルについてＳＳの将校が両親（オリバーの祖父母）と妹を殺したものであり、戦争末期、偶然その将校に遭遇し、奪い取って相手を射殺したものだと説明する。つまり、ピストルは過去のもの、ヨーロッパのものであり、オリバーのものではないと説得するのである。さらに、作家のゴーレム達は、ホロコーストを表現するのは難しい、それが表現できないことは作家として恥じることではないと説得し、自分たちは随分迷惑をかけてしまった（実際、ニューヨーク市長からオリバーに猛抗議の電話があったのだ）ようだから、もう消えるが、彼が自殺を考えている限り、即ち、「オリバー自身がオリバーにとって危険な存在である限り、我々は消えることができない。プラハのゴーレムはユダヤ人に危険がなくなって初めて土クレに戻されたのだ」（三四五）と優しさに満ちた脅迫を行う。結果としてオリバーは死を断念し、エアリアルと生きて行くことを選択するのである。

結び

『ゴサムのゴーレムたち』の最後の二つの章はオリバーのアパートで初めて開かれる過越祭の様子と、故郷マイアミの再訪を描いている。過越祭の宴は本来エジプトにおけるユダヤ人の苦難を思い出すためのものだが、オリバーはユダヤ人にとって歴史上一番の苦難はホロコーストだから、これからはこの日を「ホロコーストを思う日」にしたいと考える。また、最終章、マイアミの海岸でゴーレム達と別れの挨拶を交わす場面で、オリバーは彼らにこの世に残る自分たちに何を望むかと尋ね、父ゴーレムは「お前と世界に私たちを覚えておいてもらうこと」と答える。続いて、コジンスキーのゴーレムが「（でも）忘れないようにすることとは大声で叫ぶこととは違うよ」と念を押し、ゴーレム達が全員ふわっと空中に浮かびあがり、手を振りながら去っていくところで作品は終わる。

ユダヤの伝統や文化に背を向けていたオリバーだが、今後は現代風にアレンジしたうえでそれらを大切にすることだろう。また、ホロコーストの呪縛から自由になったことで、これからはホロコーストを軽やかに表象していくことだろう。そんなことを思わせるエンディングだが、言うまでもなく、このような展開に欠かせなかったのはゴーレムである。むしろこう言えそうである。ゴーレムのいたずら、おしゃべり、お説教のおかげで、この作品自体がオリバーが目指すべき作品になっている、と。

ローゼンバウムが元作家のゴーレムの一人に語らせているように、ホロコーストに生真面目に向き合えばかえって他者（＝読者）との回路が切れてしまう。しかも時代の変化によりホロコーストを継承する困難は増大している。ホロコースト第二世代としてそのことを痛いほど知っているローゼンバウムは、ゴーレムの〈笑い〉の要素をフルに活かす道を選択した。笑いは〈考え過ぎ〉のように人の心を閉ざさない。逆に作家の心も読者の心も開かせる。そして笑いが開いた回路を通して、重いメッセージも伝わっていく。私たちがショレム・アレイヘムの作品を読むとき、主人公のヘマぶりを笑いつつ、同時に、厳しい状況にもめげず、〈支配〉されない精神の芯の強さに感銘を覚える筈である。それは最終的にはユダヤの人々の逆境への〈温かい理解〉へと読み手を導くことだろう。『ゴサムのゴーレムたち』でローゼンバウムが求めたのは読者とのそのような関係性ではなかっただろうか。

最後に指摘したいのは、先にユダヤの笑いの特質として〈社会の侵入〉という言葉を使ったが、『ゴサムのゴーレムたち』ではある意味で状況が逆転している点である。ホロコースト自体はユダヤ人コミュニティへの外部からの暴力的な〈侵入〉に他ならなかったが、ローゼンバウムがゴーレムのもつ〈笑いの力〉を利用して、ホロコーストを時代も地域も越えた広い世界へ届けようとするとき、ベクトルは逆方向に、すなわち〈ユダヤから世界へ〉と変わっている。世界へ向けてユダヤの経験を静かにしかし確実に押し出そうとしているのだ。結果が十分なものであったかは読者によって判断が異なるだろうが、少なくともその方向性については多くの人が一定の評価をするのではないだろうか。

Ⅳ

映像文学に見るユダヤの笑い

コラム4

アメリカのユダヤ人とコメディ映画（片渕悦久）

映画と笑いといえばコメディと相場は決まっているが、ユダヤ系の製作者、監督、俳優がかかわった、もしくはユダヤ人の生活や歴史をストーリーに取り入れた作品に限定してみると、そこから見えてくるのは、素朴で屈託のない笑いというより、ひねりのきいた屈折した笑いであり、おそらくそれがユダヤ的特質なのだろう。

以下では、最近のユダヤ系関連の映画を紹介するが、それぞれに独特の笑いが垣間見えておもしろい。

まずはメル・ブルックスの監督出世作をミュージカル化し、それをもとにさらに映画にリメイクした『プロデューサーズ』（二〇〇五年）。かつてはブロードウェイの大物プロデューサーだったが今は落ちぶれた主人公が、わざと失敗作を製作して出資金を持ち逃げしようとたくらむ。ところが、最低の脚本家と俳優を主役に起用して製作した、ヒトラーを笑いものにする醜悪なミュージカル・コメディが予想外の大ヒット。ストーリーは思わぬ方向へ展開する。

次に、若手ユダヤ系作家ジョナサン・サフラン・フォアの『エブリシング・イズ・イルミネイテッド』を、リーヴ・シュライバー監督が映画化した『僕の大事なコレクション』（二〇〇五年）。イライジャ・ウッド演じるアメリカのユダヤ系青年（原作者サフラン・フォアと同名）が先祖の故郷ウクライナへ自己探求の旅に赴く。その主人公と現地調達のアメリカかぶれの通訳ガイドの青年（＋その祖父と盲導犬）との道中記である。ガイド役のしゃべる流暢だが微妙におかしな英語が、シリアスな物語展開に笑いを誘う役割を果たしている。

カーティス・ハンソン監督、キャメロン・ディアス主演の『イン・ハー・シューズ』（二〇〇五年）も忘れてはいけない。ジェニファー・ウェイナーの同名小説を原作とする、心温まる人間ドラマが見どころだ。ヒロインの姉の恋人で、因習にとらわれない現代的なユダヤ青年の人物造型が印象的。映画の最後で描かれる結婚式はラビによって執り行なわれているところに注目してほしい。

最後に、ジョエルとイーサン・コーエン兄弟監督の『シリアスマン』（二〇〇九年）。さまざまな困難と不条理に翻弄される、世界一不幸な男を描くブラック・コメディだが、平凡で真面目なユダヤ人が次々と苦難に巻き込まれる様子は、さながらユダヤの伝統的キャラクター、シュレミールの現代版といった趣である。

抱腹絶倒のストーリーも、深刻なドラマもあるが、機知に富んだユーモアのセンスがいずれにおいても輝きを放っている。悲劇と喜劇の絶妙なバランス感覚こそ、ユダヤの笑いの面目躍如といったところか。

第十二章

ポストモダン・アメリカン・ファルス　ウディ・アレン『アニー・ホール』論

勝井　伸子

1　内輪のジョーク《イン・ジョーク》

ウディ・アレン（Woody Allen　一九三五–）を論じる際に、おそらく決して看過できないのが、『アニー・ホール』（*Annie Hall*　一九七七）である。この作品は、評価の上でも、アカデミー賞で作品・脚本・監督・主演女優賞の四賞を受賞し、ウディ・アレン自身も主演男優賞にノミネートされ、他の数多くの映画賞を受賞しており、「おそらく誰もが好きなウディ・アレン映画」（Ebert）である。そのうえ、作品の形式・内容の多くの点で、『アニー・ホール』にはアレンの作品全体を紡ぎ出す糸玉のようなものがあり、アレンのすべての作品は、いわば『アニー・ホール』との間テクスト性の地図のどこかに位置づけられると言ってもよい。デッサーはアメリカにおけるユダヤ的な伝統は「ユーモア・社会正義・ライフスタイル」であるとし、そのサブカテゴリーとして、反ユダヤ主義、自己嫌悪、罪悪感、同化、旧世界、新しい旧世界、イディッシュ語、都市化、経済的達成、家族生活、ショービジネス、ホロコースト、シクセ（非ユダヤ人女性）崇拝、疎外、イスラエル、ユダヤ教対ユダヤ性、オールドレフトなどを挙げている（Desser ix）。これらの項目は、『アニー・ホール』にほぼすべて見つけられると言ってもよい。すでにそれらの項目について、多くの『アニー・ホール』論が書かれている。アレンほど批評家の関心を集めるアメリカ映画作家はいないと言っても良いだろう。アニー・ホール・ルックやアニー・ホール症候群という言葉さえ生まれたほどの大きな文化的シンボルとして、いまだにカルト的な人気を誇るこの作品を、より広いパースペクティブから、その間テクスト性に注目しつつ、アレンの笑いについて考えてみるというのが本論のもくろみである。

『アニー・ホール』は、何の前置きも音楽もなく無音の状態から、いきなりウディ・アレンの圧倒的な言葉の洪水から始まる。

古いジョークがある。えー、二人の高齢の女性がキャッツキルマウンテンの避暑地にいて、一人がこう言う。「ねえ、ここは食べ物がほんとにひどいわね。」すると、もう一人が、「そうね、それに、分量も少なくて」と言う。これが本質的な僕の人生観だ。孤独とみじめさと苦悩と不幸がいっぱいで、しかもあまりに短い。もう一つの僕にとって大事なジョークは、えー、普通グルーチョ・マルクスのものだとされているが、もとはフロイトの機知と無意識にあると思う。言い換えるとこういうことだ。「自分を会員にするようなクラブには入りたくない。」これは女性との関係における鍵になるジョークだ。（舌打ち）最近変な考えが浮かんでくる。四〇になったからね。（舌打ち）たぶん人生の危機ってやつだろう、わからないけど。別に年を取るのが心配なんじゃない。そういう性格じゃないいんだ。ちょっとてっぺんが薄くなってきてるけど、それが一番の難点だろう。僕、僕は年を取ると良くなるほうだ、ね？　はげてるけど精力があるタイプだ。たとえば立派なロマンスグレイとは違ってね。この二つのどっちでもなければ、紙袋を持って口からよだれを垂らしてカフェテリアをうろうろして社会主義について喚く奴にならないんだったらの話だけど。（ため息）アニーと僕は別れたけど、まだうまく理解できないんだ。ね？　ずっと頭に浮かぶ僕らの関係をあちこち動かして、僕の人生を考え、なぜだめになったのか理解しようとしてる。一年前は（舌打ち）愛し合ってたよね。それに、それに、おかしいよね。僕は陰気なタイプじゃない。うつになるキャラクターじゃないんだ。ぼ、ぼ、ぼくは（笑いながら）十分ハッピーな子どもだったと思う。第二次大戦中にブルックリンで育ったんだけど。（Allen　四）

くたびれた服装で風采があがらず、若くもなく二枚目とはほど遠い、およそハリウッド製アメリカ映画の主人公としては考えられない小男が、観客に向かって、反応する時間も与えないほどのスピードで、手をひらひらさせながら、吃音をまじえて、この三六〇語を一分四五秒で喋りまくる。字幕を追っていては、とても理解がついていけないほどの速さなのである。この一分四五秒の中に、ウディ・アレンの作品を構成する本質的要素——ユダヤ的ジョーク・死への不安・フロイトと精神分析・男女関係（あるいは性）の問題・声をもつ道化・小さい男・表現形式へのポストモダン的意識などが見て取れる。

もちろんジョークがユダヤ人固有のものだというわけではない。しかし、ここには、あきらかに、ユダヤ人、とりわけユダヤ系アメリカ人のジョークであることを示すマーカーがある。まず、最初のジョークはキャッツキルマウンテンの避暑地に設定されている。ここは十九世紀末に東欧からポグロムや抑圧を逃れ、二

○世紀に入ってからはナチの迫害から逃れてアメリカに移住した大量のユダヤ人のごひいきの避暑地として知られていた。マンハッタンから車で三時間ほどの距離であり、東欧ユダヤ人が多いためにボルシチベルトと呼ばれ、コメディアンの漫談やジャズなど、多くのユダヤ人が出演するクラブなどを持つホテルが立ち並んでいた。〈キャッツキルマウンテン〉というキーワード、高齢の女性という設定で、すぐにこれはユダヤ人でおそらくニューヨークに住んでおり、おそらく迫害を逃れてきたのだろうということが推測されるわけである。しかも、そのあとに、ユダヤ系コメディアンとして有名なマルクス兄弟のグルーチョ・マルクスを引用することによって、観客は、これはユダヤ人の話だという確信を持つだろう。

興味深いのは、非常に日常的な不満としての貧弱な食事が悲観的人生観を比喩として表すことを、観客が共有することを前提とした語りである。日常的な食事への不満と、人生そのものへの悲観論は、ユーモラスな結びつきではあっても、唐突な飛躍があり、誰もが共有できるわけでもないだろう。このジョークをすべての観客がかならずしも共有できるとは期待できないということは何を示しているのだろうか。実は、ここでのジョークは、ある意味でデッサーの言うイン・ジョーク（内輪だけにわかるジョーク）の機能を持っていると考えられるのではないだろうか。

共有された、生きられたユダヤ系アメリカ人の生活が……アイデンティティ、共有した背景、共通性の感覚、コードとして機能した。実際に住んでいる町ではなく、ユダヤ系アメリカ人の生活について言及するサブカルチャーとして、大衆文化やユダヤ系作家、コメディアン、映画作家などの作品に現れる……イン・ジョーク（内輪だけにわかるジョーク）によって、自分が誰かを確認できる仕掛けなのである。……

ユダヤ人は黄金の機会の国において、ともかく「ユダヤ」であり続けている。(Desser 一八)

このデッサーの主張を、『アニー・ホール』冒頭の一分四五秒の語りにあてはめてみると、〈キャッツキルマウンテン〉での〈貧弱な食事〉は、人生への失望を指しているのではないだろうか。迫害から逃れていくらかの経済的安定を手にしたユダヤ人たちが、その努力の報酬を期待した避暑地のホテルで、〈貧弱な食事〉しか提供されないという状況は、ユダヤ人が黄金の国として憧れたアメリカも、失望をもたらす国であるというわけだ。そういう共有された背景があってこそ、非常に日常的な不満としての貧弱な食事が悲観的人生観の比喩として機能しうるのではないか。ここで、観客が冒頭の一分四五秒を理解することが、観客のアイデンティティの確認となる、つまりある種の共犯関係を結ぶということになるのではないだろうか。

2 新しい旧世界ブルックリンとアメリカ再発見

デッサーによれば、〈ブルックリン〉はしばしば現代のユダヤ系アメリカ人にとってルーツとなる〈新しい旧世界〉の一つである。デッサーは〈ブルックリン〉を、しばしば「霞のかかった感傷で」描かれる場所であり、「アメリカにおけるユダヤ人のアイデンティティの基礎を築」いた場所であると捉えている。(Desser 二三)アレンは『アニー・ホール』においても、〈ブルックリン〉における子ども時代へのフラッシュバック場面において、けんかばかりしている両親やくだらないジョークをくりかえす伯父、昔は美女だったとしつこく言い張る叔母などが登場し、この〈新しい旧世界〉への嫌悪の入りまじったアンビヴァレントな感傷を示している。こうみてくると冒頭部分で言及される地名である〈ブルックリン〉は、この場所が示す記号的意味を解する観客にとっては、第二次世界大戦前という時間枠の設定と相まって、たちどころにユダヤ系アメリカ人の世界を示唆すると言えるだろう。

「紙袋を持って口からよだれを垂らしてカフェテリアをうろうろして社会主義について喚く奴」という部分もまた、二〇世紀ユダヤ系アメリカ人という背景をあてがわないと、そのイン・ジョークは生きてこないだろう。ユダヤ人とリベラリズムのかかわりは、前述のデッサーのサブカテゴリーに挙げられたオールドレフトがあてはまるわけだが、都市居住者たるユダヤ人は「その大多数が民主党支持者」であり、「白人の他の集団と比べてはるかに多かった」(Desser 十六) ことが一般的に知られていたこと、さらに悪名高いマッカーシズムのもとで非米活動委員会から召喚され、議会侮辱罪で有罪判決を受けてハリウッドを追放された「ハリウッド・テン」と呼ばれる人々の多くがユダヤ系であったこと、非米活動委員会は反社会主義と反ユダヤ主義を強いイデオロギーとして持っていたことなどから推定できるだろう。「紙袋を持って」いる年寄りとは、紙袋に身の回りの品を詰め込んでいるホームレスを指し、ホームレスは都市特有の人々であると考えると、「社会主義について喚く奴」がリベラルなユダヤ人を指すという連想の働きによって、観客に具体的なイメージを提示するのではないか。つまり、ニューヨークのおそらくセントラルパーク周辺のカフェテリアをうろつく、頭が少しおかしくなり、「よだれを垂らす」くらいには老化している、リベラルな思想を持つユダヤ人のホームレスが政治思想についてうるさくまくしたてる姿である。

こうした思想をまくしたてるというイメージは、七〇年代のアメリカ文化におけるユダヤ人の突出した存在感と重ね合わされるのではないだろうか？　フィリップ・ロス (Philip Roth　一九三三–) はその小説中で、ユダヤ人の文化的勢いについて、「ユダヤ人の自己陶酔が頂点に達したとき」に「文化的に重要なのだという意識があらゆるものから発散して」おり、それが知識人の間だけでなく、「ユダヤ人たちの冗談からも、家族の逸話からも、笑い声や滑稽なしぐさからも、そして警句や議論からも、――侮辱からさえも――発散していたのである」(Roth 一三二)と述べている。ブルームは、著作中の「約束の地におけるChutzpah(厚かましさ)」と題する章において、二〇世紀半ばの「ユダヤ人によるアメリカ再発見・再形成」の一翼を担っていたのが、「ユダヤ的不安(angst)、フロイト、アイロニーをコメディの主流に取り込むことで、コメディを代用品から本物に変えたのがウディ・アレン、レニー・ブルースらユダヤ系のコメディアンたちだった」と述べている(Bloom 二)。こうしたコメディアンの饒舌と、ホームレスの喚き声がアイロニカルな重なりを見せるように意図されていると考えるのは、ショービジネス界でのキャリアをコメディアンとして出発し、そのウィットに富んだギャグで知られるアレンを考える上で、あながち無理ではなかろう。一九七七年という時間的条件を考慮すると、まさにロスが言っているようにユダヤ人の文化的重要性への意識が発散していた時において、冒頭の一分四五秒を理解するということは、観客がアメリカ文化の再発見に参加する行為だったとも言えるのではないだろうか。

ここで、すでに多くの批評家が指摘しているブルックリンのユダヤ人家族と中西部の典型的なアメリカ人家族の対比についても、簡単に触れておいたほうがよいだろう。映画手法としても画期的な、二つの分割フレームでは、中西部のホール家が左右対称ですべてが薄い色合いで静かな調和を見せており、礼儀正しく不要品交換会やボートの話をするが、一方ブルックリンのシンガー家では母親は立ち上がり、皆が一斉にしゃべり出しているが、その話題は病気と失敗である。ブルームはロスの『ポートノイの不満』のユダヤ人家族とこのシンガー家の類似性について指摘している（Bloom　二一五）。おそらく観客におおきな笑いをもたらすのは、あらかじめアニーがユダヤ嫌いだと註釈していたアニーの祖母のしかめ面が写った直後にはアルヴィが正統派ユダヤ教徒のいでたちになっている場面だろう。祖母にはそう見えるという意味なのだと観客はすぐさま理解する。つまり、見える映像は現実ではないということを観客は理解することが前提となっている。そう考えると、アルヴィが観客に直接話しかける言葉は興味深い。

まったくこの家族って信じられないね。（くちゃくちゃ噛みながら）アニーの母親。美人だよね。みんな、不要品交換会とかボート修理とかの話をして、それであのテーブルの端のおばあさんは（グラミーを指して）古典的なユダヤ嫌いときている。みんな本当にアメリカ的に見えるんだ。すごく健康的で、病気になんかならないみたい。うちの家族とはまるで違うね。水と油さ。（Allen　五六）

食事のあとでアニーの弟が自殺願望があることをアルヴィに告白するので、アルヴィの「健康的」という言葉はそのまま受け入れてよいものだろうか？「健康的で、病気になんかならないみたい」な人間が実は自殺願望があったり、アルコール依存気味だったりするのは、そこに抑圧があるからだろう。観客はそう感じることをアレンは承知しているのではないだろうか。「健康な」アメリカ人は精神分析など頼らないと考えているホール家は、実は不健全であることになる。つまりは、アメリカ的なはずのホール家は、もはやアメリカ的な健全性を維持していないのだ。すると、アルヴィの「すごく健康的」という言葉は全くのアイロニーとなるわけである。この感覚が一九七七年のアメリカにおいて観客に広く共有されていなければ、ユダヤ人と中西部のワスプとの対比がこれほど笑いをもって受容されるとは考えにくい。そして、〈言葉〉と〈視覚的現実〉が矛盾するという場面を作り出すことにより、言語的説明を加えないアイロニカルな笑いという、より洗練された笑いを作り出していると言えるだろう。それを支えているのが、ユダヤ人の感覚がアメリカ文化の新しい感覚となるという共通認識、ある意味でアメリカ文化の再発見、再定義がアレンと観客の間に共有されているという想定である。

3　死の不安とフロイトと笑い

主人公アルヴィ・シンガー（ウディ・アレン）の子ども時代の家がコニーアイランドのジェットコースターの下にあったという設定は、それだけで観客を笑わせるだろう。あり得ない状況であるのに、実際にジェットコースターの振動で家が始終がたがた揺れているという不条理なおかしさ、そこへ「だから僕の性格が神経質になったんだと思う」というもっともらしい語りが聞こえると、それは不安定な子ども時代が神経症を生むとする精神分析を茶化した笑いになるのである。父親がバンパーカーという車をぶつけ合う遊技場を仕事にしていたという部分では、車がペニスを意味するというよく知られたフロイト的解釈を観客が共有していることを前提として「ぼくは攻撃性を発散していた」と語っていると考えられるのではないだろうか。

ユダヤ的不安とフロイトをコメディにとりこむ、というブルームの指摘は、この冒頭の語りにももちろん見いだされる。「孤独とみじめさと苦悩と不幸がいっぱいで、しかもあまりに短い」人生観を持つ男は、「変な考え」すなわち不安を抱いている。〈死の不安〉は、四〇歳という年齢、頭髪を失いつつあるという肉体的現象への言及によって具体性を帯びる。しかし、観客は、この冒頭の一分四五秒の直後の、子ども時代の〈死の不安〉と宿題をしないこととの関係、というそれ自体きわめてユダヤ的なジョークにも見える会話場面で、すでに主人公アルヴィンが子ども時代から〈死の不安〉を抱いていたことを知るのだ。

場所は医師の診察室である。子どものアルヴィンは、「宇宙がすべてなんだし、もしそれが膨張しているなら、いつか爆発して、何もかも終わりになるんだ!」と言って、それが宿題をすることの無意味さの根拠であると主張する。母親は息子が「うつ」であると言い切るが、その結果宿題をしないことを気にかけているのであって、「うつ」自体を心配はしていない。「宇宙が何の関係があるのよ? ここはブルックリンなんですよ! ブルックリンは膨張してないわ!」という母親の言葉を聞いて、その日常的でありながら不条理な論理に観客は笑う。そして、笑いの中で、アルヴィンが感じている〈死の不安〉が周囲の人には理解されず共有されない、という認識を得るわけである。

〈死の不安〉は、アレンにとっては重要なテーマである。『愛と死』(*Love and Death* 一九七五)では、ベルイマン映画を連想させる死神がなぜか真っ白の衣装で現れ、『スリーパー』(*Sleeper* 一九七三)では、主人公が「信じているのは性と死だけだ」と言い、『地球は女でまわっている』(*Deconstructing Harry* 一九九七)では、死後の世界を悪魔と巡り歩くという風に、さまざまなスタイルで繰り返し死への意識が扱われる。『アニー・ホール』では、〈死の不安〉は「孤独とみじめさと苦悩と不幸がいっぱいで、しかもあまりに短い」という冒頭の部分にも見られるが、またアニーに自分の人生観を語る場面でも、繰り返し言及される。アルヴィンはアニーに『死の拒絶』を買い与え、「人生については悲観論者なんだよ。もし僕らがつきあうんなら、僕のことはわかってもらわないと。僕は人生は恐怖とみじめのどっちかだと思うんだ」(*Allen* 四五）と言い、だから恐怖でなくてみじめだったら、よりましな方だから「ありがたくおもわなくちゃね」（*Allen* 四六）と主張する。ここで注目に値すると思われるのは、カナダの人類学者アーネスト・ベッカーによるポピュラー心理学書というべき本、『死の拒絶』（一九七三）である。死の認識と拒絶と性生活との緊密な関係、恐怖からのつかのまの逃避としての性と愛、性的な葛藤は不可避であるとする、フロイト、オットー・ランク、キルケゴールらの死の観念をわかりやすくまとめた本であり、ピュリツァー賞を受け、当時非常によく読まれた本である。ジョン・バクスターはアレンの伝記『ウディ・アレン　バイオグラフィー』（一九九八）中で、アレンが『死の拒絶』を読んで、自分の経験を確認し、死の恐怖から「めめしい逃避に費やしてきた半生が哲学的にも納得でき」（Baxter　二一七）たと述べている。つまり、ある程度知的な観客であれば、『死の拒絶』について知っているだろうという想定がここにはあるのではないか。猫の本などを見ているアニーと、死の不安にとりつかれているアルヴィのどちらに観客は共感するか、ということを考えてみると、実はアレンは、〈死の不安〉という〈不可避な葛藤〉に悩むアルヴィこそ、新しいアメリカ人像なのだと観客を誘導しているように思えないだろうか。

これはいささかひねくれた見方のように思えるかもしれないが、新しいアメリカ文化の再定義をおこなっているアレンという位置づけを考えると、古いアメリカの価値観を体現しているかに見えるアニーが、自分のことを至る所で「頭が良くない」（not smart enough）と言い続けており、アルヴィも彼女に大学の成人教育講座を受けるようすすめ、精神分析を受けさせ、「その費用を支払っている」ことが何度も言及されることから見て、知性、大学での哲学的な教育や精神分析こそが、従来の反知性的アメリカに対する新しいアメリカ人のスタイルなのだと主張しているように思えるのだ。ユダヤ人の男が自分より頭の良くない非ユダヤ人女性と結婚する傾向があることを指して、アニー・ホール症候群という表現が生まれ（Gilman　一八〇）、アニーのように男ものの大きめの服を着ることで、自分がまだ知的に成熟していないことをメッセージとして伝える服装が、アニー・ホール・ルックと呼ばれた（Lurie　二二九）ことは、この映画が新しいアメリカ文化を先取りし、目に見えるわかりやすい形で表したということではないのだろうか。この点で、ブルームが主張するように「おもしろいユダヤ性（funny Jewishness）は、アングロサクソン系中心主義を侵食し、アメリカ文化を再利用、再形成、再構成した」（Bloom　三）とすれば、『アニー・ホール』はその典型例と考えられるのではないか。

アニーのほうが精神分析によって自分を発見していく一方で、アルヴィのほうは十五年間いっこうに精神分析ではなんの変化もみられないという並置の持つ意味はこの映画の基本的構造をあきらかにするのに役立つのではないだろうか。アニーは、「ペニス羨望」について分析医から話を聞き、両親の性行為の目撃体験、いわゆる原風景について、そして自分の夢の話をして泣いたという話をすると、アルヴィは「ぼくはペニス羨望に苦しんでいる数少ない男の一人だよ」と言い、初めての精神分析の一時間のアニーの経験に対して「最初の一時間でそれ全部？　すごい。一五年でも、そんなことなかった」「泣いたって？　そんなこと一度もなかった。ファンタスティックだよ」「僕はめそめそ泣き言を言うだけだ」（Allen　六一―六二）と、ある意味で羨ましそうに関心を示す。シナトラに窒息させられる夢を見たと言うアニーに、「彼は歌手だし、君も歌手だし、パーフェクトだよね。君は君自身を窒息させようとしているわけだ。筋が通っている。完璧に分析的な洞察だね」（Allen　六二）と解説するアルヴィは、夢分析や、性の葛藤について知識と関心があるということは明らかであるが、彼自身が苦しんでいると主張している神経症的な苦悩が一五年間なにも解決へ向かっていないことにはさして問題を感じていないように見えるのだ。観客は、アルヴィの姓がシンガーであることを指摘したアニーの分析医の言葉に対して、おそらくアルヴィがその前に示したような関心を持って、なるほど、彼の姓＝歌手《シンガー》だから、彼が彼女を窒息させているのか！　と興味を持つだろう。観客がアルヴィという案内役に精神分析へ誘われ、参加する感覚を持つような仕掛けをアレンがしていると思えるのだ。この解釈はひねくれているようだが、アニーの言い違いの部分を見ると、そう考えざるを得ないのである。

アニーは「問題は、私の妻を変えるかどうかということなのよ」と「人生（life）」と「妻（wife）」とを言い違いをするわけだが、極めてフロイト的な言い違いであることは明らかである。アニーはこの言い違いを否定し、アルヴィは言い違いを主張する。脚本では言い違いになっているが、映画を見る観客がアニーの言い違いかアルヴィの聞き違いか、明確に区別することは難しい。アルヴィが観客に向かって「みなさん聞こえましたよね」と言うとき、観客はアルヴィと共犯関係を結ぶのである。この言い違いが、関係の悪化へ向かうアニーの「押さえつけられた意向」（フロイト『精神分析入門』七八）ではないかという、当然あるはずの不安はアルヴィには見られない。それよりも、観客を笑わせたい、関心をひきたいという意図が際だつのである。ここで強調したいのは、死の不安であれ、性的葛藤であれ、問題はその本質ではなく、それがいかに観客の関心をひき、面白がらせ、笑わせるか、ということなのではないだろうか。まさにフロイトが機知について述べているように、機知は第三者、つまりここでは観客によって初めて成り立つものなのだ。

4 ポストモダン・ファルス

この傍証となると思われるのが、アニーとアルヴィが初めて出会い、アニーのアパートでかわす会話の場面である。実際に発声されている対話が音声で聞こえ、それぞれの内心の声が字幕で表示されるという、ヨーロッパ映画のファンで字幕つきの映画を愛好するアレンならではの技法である。この字幕だけを並べると、「アルヴィの内心―なかなかきれいな女だ」「アニーの内心―きっと間抜けと思われてるわ」「アルヴィの内心―裸になったらどんなかな?」「アニーの内心―彼にくらべて十分賢くないわ。がんばれ」「アルヴィの内心―何言ってるんだかわからなくなってきた。底が浅い」「アニーの内心―他の人みたいに結局はシュマック(shmuck)かも」(Allen 三九-四〇)という具合になる。音声ではもっともらしい会話をしているわけなので、この落差の大きさに、観客は大笑いするわけである。しかし、ここでアレンが仕掛けたと思える興味深い点がある。シュマックという語はイディッシュ語である。この言葉は、一般的な英語の辞書では卑語としてペニスとしか記載されていない。イディッシュ語の意味としては、ロステンの『新イディッシュ語の喜び』では「人前で口にすべきでない卑語であるが、ペニス、間抜け、ろくでもない男という意味」(Rosten 三五五-三五六)を持つという記述がある。この言葉は、六〇年代に、過激なジョークで毀誉褒貶が激しかったレニー・ブルースが用いて、逮捕されたといういわくつきの言葉である。アニーは、いささか時代遅れの感があり、気取ったはやり言葉、「すてき」(neat)を連発してアルヴィにからかわれるような、中西部育ちで〈健全〉な、典型的なワスプであり、ユダヤ人になじみがないアニーが、「シュマック」を、たとえ知識として知っている可能性があったとしても、およそ使うことは考えにくい。都会的、ユダヤ的な言葉は、出会いの初めの、ペニス羨望も知らなかったアニーにはふさわしくない。それでは、アニーの内心の声はアニーの言葉でない、ということは、何を意味しているのだろうか？　冒頭の部分から、この映画全体がアルヴィの回想であるという枠組みが設定されていることが明らかである。つまりアルヴィはこの恋愛の一方の当事者であり、必ずしも、信頼できる語り手ではないわけである。この映画は、アレンの自伝的装いがこらされ、あたかもリアルなアレンの半生であるかのように見せながら、あらゆる意味でリアルな告白ではなく、アレンの想像力から生み出された表象なのではないか。この語り手がなかなかの技巧家であることは明らかである。

技巧的な語りは、映画の構造に顕著に表れている。そこにはメタ映画的、自意識的、自己回帰的性質、間テクスト性が明らかである。ユダヤ系コメディアンのジョークの引用、ベルイマン、フェリーニ、ギャングもの、白雪姫などのディズニー映画、ハリウッド的な映像への批判などが散りばめられている。物語は過去から現在へ向かうわけでもなく、因果関係でもなく、各場面と場面は、何の前置きもなく、突然切り替わる。冒頭の部分を思い出してみるとそれがはっきりわかるだろう。「十分ハッピーな子どもだったと思う。第二次大戦中にブルックリンで育ったんだけど」という語りの瞬間に画面は子ども時代へフラッシュバックする。そのあと、コニーアイランドへ、学校場面へ切り替わり、そこから突然コメディアンとして出演しているテレビ番組へ変わる。そして、母親がにんじんをむきながら説教をしたかと思うと、ニューヨークの通りを歩きながら話しているアルヴィが登場する。その後アニーとの映画館でのデート場面だが、すでに二人がかなりつきあった後であることがぼんやり想像できるような険悪さである。二人の出会いが語られるのは、全体の五分の二が過ぎたあたりなのである。各場面は、時間軸を激しく行き来し、因果関係がわからなくなるほどなのだ。それはまるでジェットコースターに乗せられている気分に似ている。そして、このジェットコースターの上りと下りを決めるのは、言葉の連想なのである。アニーが「あなたはニューヨークの女性が好きだわよね」というと、ニューヨーク知識人でライターである二人目の妻とのパーティ場面へ飛び、シャワーを浴びにいくと、場面は「僕のサーブで君を（汗まみれにして）シャワーに送り込むぞ」というせりふが続いて、突然テニスコートにいる、という具合である。意識の流れを映像で表現しようとしたとしか考えられないのである。語りの枠組みも、分割画面で二人の人物、二組の家族の対照的な表示、過去への覗き、過去への侵入、話題になっている人物本人（マクルーハンに言及すると、マクルーハン本人がアルヴィの味方として）登場、といったように、まったくアルヴィの子ども時代の「現実と想像との区別がつかない」心を実際に映像化したような構造になっている。また、きわめて自意識的な語り、つまり絶えず、観客に直接語りかけ、同意を求め、リアリズムの枠を壊していく。観客は、現実らしい部分と、まったく途方もない想像との境界があいまいなまま、次々に繰り出される機知に笑わされる。映画館で並んでいるときにアニーが「私の性生活の問題よね！」と怒ったときに、アルヴィが「え？　何、それ読んだことない。し、小説だよね？　ヘンリー・ジェイムズの？　『ねじの回転』の続編？」と言うが、まさに、この映画そのものが。ロマンティックコメディを思う存分ひねっている、ポストモダンな語りであると言えるだろう。

西洋文学作品におけるファルスの伝統を論じたバーメルは、ウディ・アレンこそファルスの伝統を新しい文脈において再生しているとして、アレンを「詩人」「学識をひけらかす男」「タブーにも乱入し、他ならぬウディ・アレン自身を演じ」る男、「彼自身というよりむしろ詐欺師」「臆病者の言葉をしゃべる勇敢な男」「道化」と形容している（Bermel　四〇九）。現実と想像の混在から生まれる笑いについて、坂口安吾は、空想として感じるならばそれは「実在」していると言い、ファルスとは「人間のすべてを、……およそ人間の現実に関する限りは、空想であれ、夢であれ、死であれ、怒りであれ、矛盾であれ（中略）肯定しようとするものである」と断じている（二六）。この立場から見ると、エンディング部分の語りも解読できるのではないか。冒頭と同様にそれはジョークで始まる。男が精神分析医に、弟が自分を鶏だと思っていることを相談し、入院をすすめられると、男が「でも卵はいるんでね」と言うジョークを語り、男女関係に感じるのも同じで「非合理的で、正気でなく、不条理」であるがその関係を続けるのは「卵」がほしいからだと結ぶ。（Allen 一〇五）これは、想像も実在として、その矛盾ごといっさいを肯定するのがファルスであるという坂口の論がうまくあてはまるではないだろうか。語られる内容が現実であるかどうかは、重要ではないのだ。想像されるというだけで、すでに「実在」なのである。卵が実在するかどうかは、この場合問題ではないというわけである。坂口風に言うと、卵の想像の共有が、卵の実在と等価なのである。男女関係で求めるものも、おそらく実在していないが、それがあると想像することで、実在したのと同じなのだ、という、矛盾に満ちた、詐欺のような理屈なのである。想像と現実を等価に併置する、「詐欺師」であり、自分も周囲をも笑う対象に据える「道化」であるアレンは、映画の技法の可能性を押し広げながら、いかに時代の機知を語るかという冒険をする、まさに「臆病者の言葉をしゃべる勇敢な男」だと言えるのではないだろうか。アレンは、ユダヤ的なイン・ジョークをも、時代のジョークにしてみせ、ユダヤの笑いを現代アメリカの文脈の中で再生してアメリカ文化を再定義し、笑いの長い伝統の中に新しい位置づけを行った、とさえ言えるのではないだろうか。最近公開されたアレンの作品の題名がそれを示唆しているとも言えよう。原題は *Whatever Works*（二〇〇九）、つまり「なんでもあり」なのである。

第十三章

笑いの物語学　メル・ブルックス『スペースボール』

片渕　悦久

はじめに

以下の考察の主題は、ユダヤ人映画監督によるパロディ的映像作品にみられるユダヤの笑いのありようを、ひとつの物語学として記述することである。考察の対象として取り上げる映画監督は、メル・ブルックス（一九二六年―　）。ブルックス（本名メルヴィン・カミンスキー）といえば、『プロデューサーズ』（一九六八年）、『ヤング・フランケンシュタイン』（一九七四年）、また『ロビン・フッド／キング・イン・タイツ』（一九九三年）など、パロディ系コメディ映画製作をもっとも得意とするユダヤ系アメリカ人監督・プロデューサー・脚本家・俳優として知られているが、ここで具体的に論じたいのは、SFコメディの代表作『スペースボール』（*Spaceballs*, 一九八七年）（図1）。ジョージ・ルーカス監督の『スター・ウォーズ』旧三部作（エピソードⅣ～Ⅵ）を中心として、『エイリアン』、『猿の惑星』、『アラビアのロレンス』、『オズの魔法使』など、その他多数の映像作品からの引用と風刺を織り交ぜた大胆なパロディがとりわけ目を引く作品である。

まずは物語のあらましから述べよう。宇宙全体にその名をとどろかす悪しき侵略惑星スペースボールの大統領スクループは（ブルックス自身が演じる。また、その名はディケンズ『クリスマス・キャロル』の吝嗇家スクルージから？）、自然破壊と大気汚染で希薄化した母星の大気を補充しようと、隣星から空気を丸ごと奪うことを企む。大統領の命を受けた司令官ダーク・ヘルメット（演リック・モラニス。もちろん、本家『スター・ウォーズ』のダース・ベイダーをもじった人物）は、たまたま、望まぬ王子との結婚式から逃亡中であった、ドルイデア王ローランドの娘ベスパ姫（演ダフネ・ズニーガ。こちらはレイア姫のパロディ）を捕縛し、大気奪取のための人質として利用しようとする。借金返済のための賞金稼ぎが目的で、ベスパ姫の救出を依頼されたヒーロー、ローン・スター（演ビル・プルマン。ハン・ソロ＋ルーク・スカイウォーカー的役どころ。その名はシルヴェスタ・スタローンをあべこべにした？）は、相棒である半人半犬のバーフ（演ジョン・キャンディ。『スター・ウォーズ』のチューバッカ）とともに、ベスパ姫とその侍女ロボット、ドット・マトリクス（同、女性版C-3PO）を無事にドルイデアまで送り届けるため、スペースボール軍との戦いにその身を投じていく。

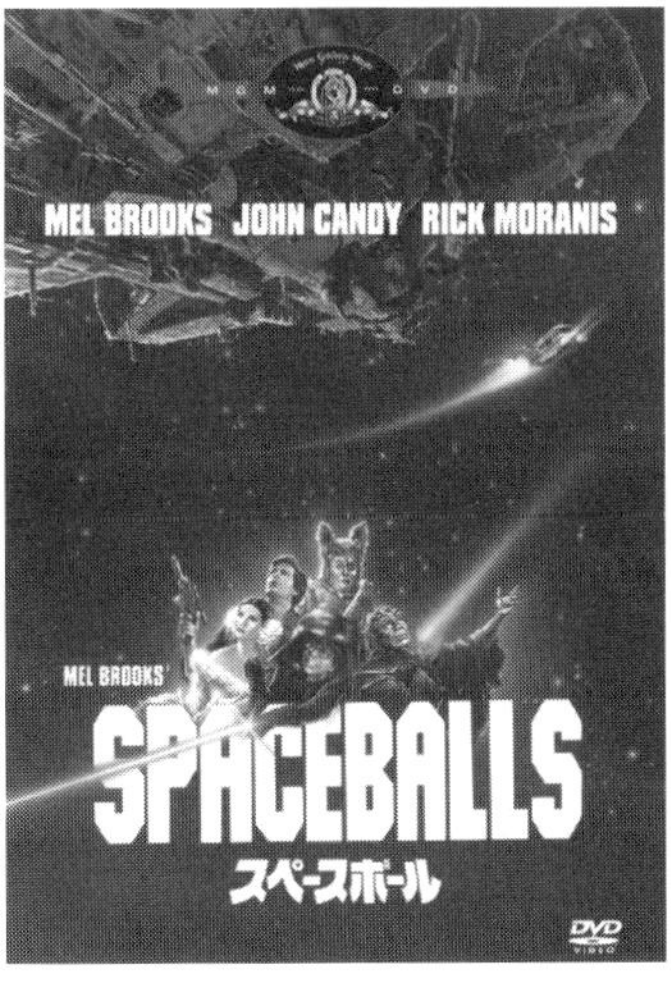

図1 『スペースボール』DVD版ジャケット

さて、『スペースボール』は今やアメリカB級カルト映画の古典のひとつに数え上げられることもある、全編抱腹絶倒の娯楽作品であるが、物語全体をとおして確認される笑いのポイントは、パロディ的場面が断続的に挿入されつつ展開するナンセンスSFコメディの枠にはとどまらない。結論めいたことを先に言うなら、少なくともこの作品におけるブルックスのパロディの精神には、ユダヤ的なユーモアの感覚があふれているのである。

本作はパロディ元となる作品がはっきりしているだけに、物語の方向性もある程度わかりやすい。だが、その笑いの感覚は独特であり、辛辣な風刺というよりも、軽いジョークといった調子が明確であるという点が、『スペースボール』の笑いを特徴づけているといえよう。そこで以下では、劇中からいくつかの例証的場面を引き合いに出し、これぞユダヤ的と呼んでいいブルックスの笑いの感覚を四つに分けて記述的に考察していきたい。

1 屈折したユダヤの笑い

ユダヤの笑いは屈折している。ひねりのきいた、知的な笑い。素朴でストレートな笑いとは無縁な感覚だ。いわゆるユダヤ・ジョークの歴史的展開や分類についてここで論じるいとまはないが、その代わり以下では、パロディあるいはもじり、およびジョークの言語的特質に焦点を絞って考察を進めていきたい。

それでは、ブルックス作品にユダヤの笑いを見出すとすれば、その特質は何だろうか。デイヴィッド・デサとレスター・D・フリードマンによれば、ブルックス独自のユーモアはパロディにより形成されるところが大きい（一一七）。リンダ・ハッチオンによれば、パロディとは「差異をともなった反復」（三二）である。ロレンス・J・エプスタインは、ブルックスのコメディの特質は「スプーフ（ちゃかし）」（spoof）にあるとする（二一一）。

見覚えのある人々、ジャンルや社会的慣習といったものをちゃかす（spoofing）とは、風刺（satire）がそうであるような攻撃ではなく、むしろ、それらの影響力に対して敬意を表わすことである。ちゃかしとは、その他多くの笑いと同様に、人生のさまざまな不安から楽に解放してくれるものである。それは、ちゃかされる対象が何かに変質することを求めたりしない。つまり、それは純粋な癒しの形式なのである……。（Epstein 211）

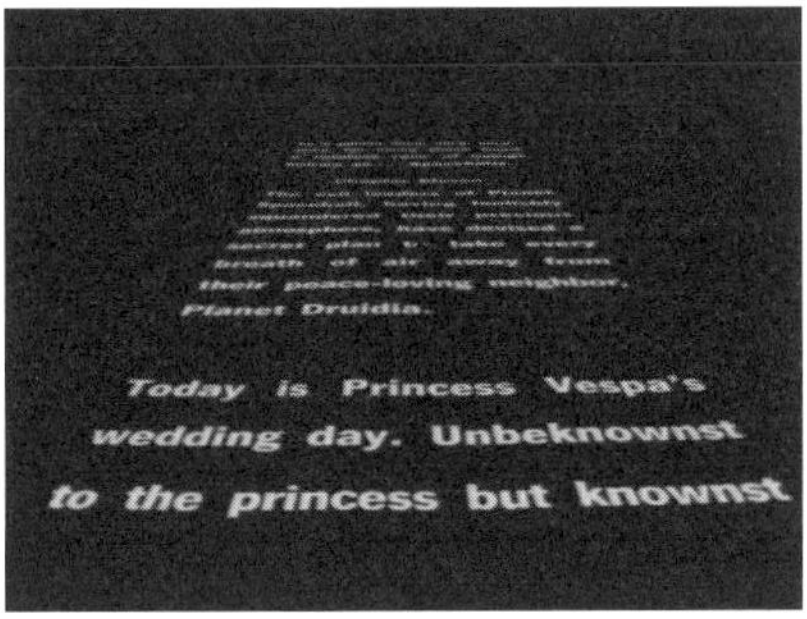

図2　『スペースボール』冒頭部

なるほど、『スペースボール』はそのオープニング・タイトルからしてすでに『スター・ウォーズ』をきわめて意識した、というかほぼ模倣したはじまりかたになっている（図2）。

『スター・ウォーズ』のメインテーマをなんとなくイメージさせる（パクリと言われてもしかたのない）タイトル・ソングに乗せ、宇宙空間に物語のあらまし背景を述べる水色の文字が並び、画面下から上へとスクロールされ、徐々に最初の行の文字が小さくなり、やがては宇宙の彼方へ流れ去り見えなくなる、あの冒頭部である。ここでの一連の流れは、書かれた内容や表現がコメディ映画らしく多少ふざけた文が続く点を別とすれば、パロディ元の作品に忠実な再現方法をとっている。そしてスクロールの最後に付け足される一文については、これぞアメリカの喜劇王の異名をとるブルックスならではの笑いの感覚だといえる。「この文が読めたあなたには、メガネはいりません」。

またパロディにその効果を発揮しているのが、せりふ回しに込められた言葉遊びのしかけである。典型的な場面をあげるとすれば、結末近くでローン・スターとの最終決戦に臨むダーク・ヘルメットが衝撃の告白をする場面をおいてほかにないだろう。といっても、これも元ネタである『スター・ウォーズ　エピソードV／帝国の逆襲』（一九八〇年）でダース・ベイダーがルーク・スカイウォーカーとの戦いの最中に、自分が彼の父親であることを伝えるあの有名な場面をオマージュしている箇所にほかならないのだが、ダーク・ヘルメットの台詞の内容がまったく人を食ったナンセンスなものになっている。以下、ダーク・ヘルメットとローン・スターとのやりとりを引用する。

ダーク・ヘルメット　「私は君の父の、兄の、甥の、いとこと以前ルームメートだったのだ」
ローン・スター　「そ、それはどんな関係だ？」
ダーク・ヘルメット　「まったくの無関係、赤の他人ということだ」

これにはわれわれ視聴者は思わず笑ってしまう。もちろん、ここだけみればただのつまらないジョークのようだが、この「まったくの無関係」（英語ではnothing）を、ダーク・ヘルメットが別の意味へとスライドさせている点がまたおもしろい。「その無［=nothing］へと貴様は帰されることになるのだ」。このようにナンセンスと知的陳述が交錯するダーク・ヘルメットの言説に、したたかな言語遊戯を展開させる知的なユダヤ・ジョークの片鱗を見ないわけにはいかない。

2　ユダヤ性の欠如したユダヤ・ジョーク？

前節でユダヤ・ジョークと書いたが、実際には『スペースボール』にそれほど単純明快にユダヤ的な要素を見出すことはできない。むしろ、ユダヤ的ではない描写のほうが大勢を占めている。以下、ここではユダヤ的なパロディ感覚とは必ずしも言えないパロディ場面について例証しつつ記述してみたい。

まずは物語冒頭、巨大宇宙船〈スペースボール一号〉（二号以下もあるのだろうか）が宇宙空間を悠々と航行していくカット。船体の全長をとらえる描写が尋常ではない長さなのである。何秒経過しても、いっこうに船尾が見えてこない。この場面だけでたっぷり一分半は経過する。やがて忍耐が笑いへと転化する。もちろんこの描写自体は、反乱同盟軍の宇宙船を追跡する帝国軍戦艦を描写した『スター・ウォーズ　エピソードⅣ／新たなる希望』（一九七七年）のオープニング・シーンをもじったものなのだが、画面右から左へと移動していくその船体の異常な長さに視聴者は圧倒される。その過剰な演出に辟易しつつも、思わず苦笑せずにはいられない場面なのである。ちなみに、この場面には『ジョーズ』（一九七五年）風のＢＧＭが演奏されている。要するに、例のスリラー、あるいはパニック映画の巨大鮫がそうであったように、この場合超巨大な宇宙船の実体を精密に表現しようとしているわ

図３　スペースボール１号の船尾

けなのだが、過剰な演出を繰り出すことが笑いを誘うしかけとなっているわけだ。

次にあげておかねばならないのは、ダーク・ヘルメットの初登場場面である。ヘルメット（仮面［?］）の奥から聞こえてくる機械的な呼吸音はいかにもダース・ベイダーを連想させるものだが、これまたいささかしつこいぐらい長くその機械的呼吸音を聞かせる場面が続いたかと思うと、今度はいきなり、「い、息ができない」、といかにも情けない声を漏らし、ヘルメットのマスクを開いてしまう。まったくはずかしい姿の現し方である。威厳に満ちた孤高のアンチ・ヒーローといった風貌であったパロディ元のダース・ベイダーと比べると何という落差であろうか。そういえば、巨大なヘルメットが、彼をなおさら三等身的に見せることに貢献しており、リック・モラニスの黒い丸メガネをかけた愛嬌のある顔の造作と相まって、視覚的にコミカルなキャラクター性を過剰なまでに演出している。

だがこれらは、ブルックス流のユダヤの笑いとは直接的にかかわりあうものではない。考えなければならないのは、『スペースボール』という作品自体がユダヤの笑いを見出すにはあまりにアメリカ的であること――『スター・ウォーズ』その他のＳＦ映画等からの引用が散りばめられているゆえに、ユダヤ的主題を掘り下げるような物語的雰囲気が喚起されにくいという点で――またこれに関連して、ストーリー設定の面からいっても、ＳＦというジャンルに依拠しているゆえに、明白にユダヤ的な素材を用いる必要がそもそもないように思われるということである。

ところが、おもしろいのは一見ユダヤ的な描写が欠如している『スペースボール』に、ユダヤ性の欠如を反動的に補完するかのように、ナチス・ドイツ軍隊を思わせるような描写が見られることである。たとえば、前述の戦艦スペースボール一号のクルーたちが上官からの命令を受領する際の返答、「ヤヴォール」

（Jawohl! ＝了解）や、司令官ダーク・ヘルメットへの敬称、「ヘア・ヘルメット」（Herr Helmet ＝ヘルメット閣下）など、どれもナチス軍を暗示する（あるいはドイツ製戦争映画でよく耳にするような）表現である。また、後述するがローン・スターを援助する聖者ヨーグルト（演じるのはブルックス自身）が使用する独特の言い回しにもイディッシュ語の単語（たとえば、bubkes=がらくた）が含まれていることも見逃せない。さらには、このヨーグルトのもつ神秘の力が、『スター・ウォーズ』の「フォース」ではなく、「シュワルツ」（the Schwartz）と呼ばれるあたりにユダヤ的要素を指摘する向きもある（Desser 151）。必ずしもユダヤ的要素が前景化されていなかったとしても、ホロコースト関連の描写、それにイディッシュ語表現にまで考察の範囲を拡大すれば、それを見出すことは可能である。

3　憎めない悪役のシュレミールたち

前掲のロレンス・J・エプスタインはブルックスのパロディを「ちゃかし」と呼んだが、彼の主張にならうなら、「ちゃかしが、ひとつの形態としてユダヤとアメリカのアイデンティティとを統合しようとするブルックスの試みにぴったりと当てはまっているのは、きわめて重要なことである」（二一二）。このような見解は正鵠を射ているが、どういうわけかエプスタインは、ブルックスのその他の代表作を引き合いに出した上で、これらのポイントを強調しているにもかかわらず、『スペースボール』に関してはまったく触れていない。

もちろん前述のように、この作品はＳＦパロディ映画なのだから、ユダヤ関連の問題が作中言及や暗示されなかったとしても不思議ではない。だが見逃してならないのは、ストーリー上で重要な役割を果たす悪役キャラクターを演じているのがユダヤ系俳優であるという事実である。ひとりはダーク・ヘルメットを演じているリック・モラニス、そしてもうひとりがスペースボールのスクルージ大統領と前述の聖者ヨーグルトの二役をこなすブルックス本人だ。さらに重要な点は、この二人が演じるキャラクターが、それぞれ形態は異なるものの、ともにユダヤの伝統的喜劇キャラクターであるシュレミールの人物造形を拡大解釈的に当てはめたものであるということである。同時に、そうしたキャラクター的特質がユダヤ系俳優の巧みな演技によって映像的に表象されることによって、視覚的な面からもユダヤの笑いは異化されているといってよい。

ここで、シュレミールとアメリカ文学／文化について重要な研究をあげるとすれば、以下の二つの文献を忘れるわけにはいかないだろう。ひとつは、ルース・ヴァイス『モダン・ヒーローとしてのシュレミール』（一九七一年）、もうひとつがサンフォード・ピンスカー『メタファーとしてのシュレミール』（改訂増補版、一九九一年）である。みずから不幸を生み出し、同時にその犠牲者ともなってしまうというシュレミールのキャラクター的定義は、『スペースボール』の場合、とりわけダーク・ヘルメットにこそ当てはまる。たとえば、前述の彼の登場場面でのおかしみはまさにその一例に当てはまる。なるほどダーク・ヘルメットは、ダース・ベイダー風の黒い戦闘服に身を包み、前述した「シュワルツ」（ドイツ語の「黒」）という神秘の力を駆使する戦士（のはず）であり、その意味では、不器用で暗愚なシュレミールの原義には当てはまらないように思われる。だが、実際のところ、あまりに巨大なヘルメットゆえ、どこまでも不格好な彼は、こっけいな言動を次から次へと繰り出してゆき、それがまた司令官らしからぬその愉快でおちゃめなキャラクターをデフォルメして見せることに成功している。

こうした点を例証する箇所をいくつか引用してみよう。たとえば、ベスパ姫とその侍女ロボット、ドット・マトリクスを救出したローン・スターの乗るバン型宇宙トラック（ちなみにその名は「イーグル五号」。いかにもアメリカンな名前である）を追跡する際に、光速でワープするイーグル五号を出し抜こうと、ダーク・ヘルメットはスペースボール一号に光速以上のスピードで追跡するよう命じる。彼は、その速さを「超バカ速」(ludicrous speed) と表現する。「光速」の上に「バカ速」(ridiculous speed) があり、その上にさらに「超バカ速」という単位があらかじめこの戦艦には設定されているらしい。その名称自体からしてナンセンスで笑いを誘うが、とにかく、「バカげた」速度が引き起こす影響を危惧する腹心の部下で少々臆病なサンダース大佐（カーネル・サンダース［演ジョージ・ワイナー］。パロディ元は周知のとおり）の不安をよそに、強引に「超バカ速」を出させたヘルメットは、シートベルトをするのを拒否した（あるいは忘れた）ために、まともに加速度の影響を受け、後方へはじき飛ばされそうになる。飛ばされまいと、必死につかまっているその姿はこっけいきわまりないものである（図4）。さらには、勢い余ってローン・スターの宇宙船を追い越してしまった船を止めようと、今度は急停車を命じて、その結果、艦内前方へと思いきり飛ばされ、これでもかと機器に叩きつけられて、まさにヘロヘロの姿をさらすありさま（図5）。いかにもドジなシュレミールの愚行ここに極まるといったところだが、その情けない表情が、シュレミールらしいというか、絶妙の喜劇的味わいをこの場面に与えている。

図4　「超バカ速」のサンダース。後方で翻弄されるヘルメット

図5　哀れな姿のダーク・ヘルメット

　また、ダーク・ヘルメットのひとり人形遊びも見逃せない場面である。どういうわけか、ヘルメットはローン・スター一行や自分自身のキャラクター・フィギュアを所有している。後述する映画のフランチャイズ商品の製作と販売に関する取り決めに関係する問題ではあるが、それはともかく、ヘルメットは、自分を含めた五人のフィギュアを使って、こっそり自室で人形ごっこに興じている（図6）。もちろんこうしたダーク・ヘルメットの人形遊びは、自分自身が主役で、ローン・スター一行を次から次に痛めつけて、最後にはベスパ姫を自分のものにしてしまう、といったように幼稚で他愛もない性格を露呈させるシーンなのだが、あろうことか、ブリッジへ召喚するためにやってきたサンダース大佐がいきなりドアを開け、この場面に出くわしてしまう。あっけにとられたサンダースを、「つ、次はかならずノックせよ」、としどろもどろで叱責するヘルメットだが、いかにもバツが悪い瞬間である。「何も見ていないだろうな」、うろたえつつ念を押すヘルメットに対するサンダースの返答は、「いいえ、何も見ておりません。司令がまた人形遊びをされていたなどと」、と空気を読めていないようだ。いずれにせよ、このやりとりによって、ドジでどこか間の抜けた、おまけに何かすればきまってヘマばかりの典型的シュレミールの役回りをダーク・ヘルメットが担っていることがことさら強調されたことはまちがいない。

　このように、本来は憎々しいはずの敵司令官にシュレミール的キャラクターを付与することによって、理想の姿と現実との間にギャップが生じ、そのギャップからまた笑いが生まれている。そうした笑いこそが、

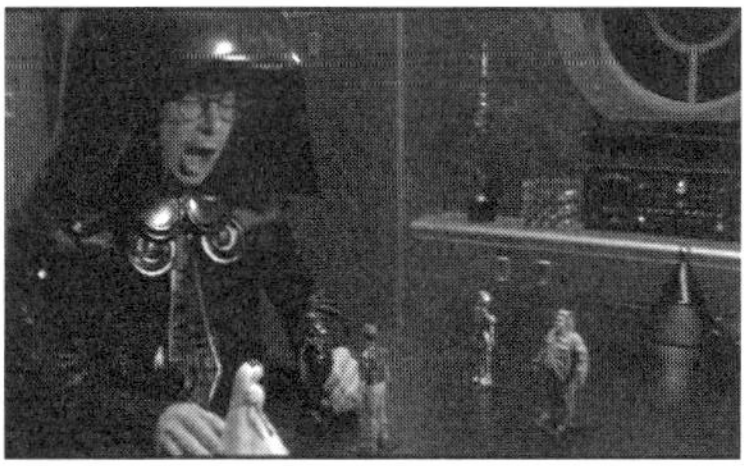

図6　ダーク・ヘルメットの人に言えない趣味（?!）

この映画のいちばんの特質であり、もしもそれがなければ、おそらくパロディの毒々しいまでの下品さ、あるいは陳腐で使い古したジョークの連発ばかりがもっぱら目立ち、視聴者は閉口してしまうこともあるかもしれない。だが、『スペースボール』のコミカルな魅力は、主にダーク・ヘルメットというキャラクターの存在が支えているのである。本来はシュレミールとは無縁のキャラクターが、ユダヤ系の俳優が演じることによりシュレミール化されるといえばよいだろうか。おそらく、キャラクターとしては、物語上の主役、つまり正義の側のローン・スターやベスパ姫以上に、ダーク・ヘルメットは深みのある魅力的な人物造型を与えられている。もちろん両親の顔も知らず、孤独な影をもつトラック野郎ローン・スターやわがままでお転婆なお姫様ベスパが平板なキャラクターであるとまでは断言しないが、主役であるこの二人がパロディ的コメディに貢献している程度は、悪役であるにもかかわらず、実はそれこそ影の主役にほかならないダーク・ヘルメットに較べればはるかに小さいと言わざるをえない。悪役のアンチ・ヒーローの引き起こす笑いがあってはじめて『スペースボール』は十全なパロディの物語たりえるのである。

4　メタフィクショナルな物語の迷路

さて最後に論じたいポイントは、パロディとは表裏一体の関係にある自己言及的な物語展開についてである。ここでいう自己言及性とは、要するに、映画製作の過程や物語の虚構性などをあえて物語として明るみに出すことを意味する。この点に関して、重要と思われる箇所をふたつ引用して考えてみたい。

まずは、物語内容と物語言説との間に横たわるパラドックスについて考えてみよう。分析したいのは次の場面。サンダース大佐が、逃亡したローン・スターとベスパ姫一行の居場所を突き止める妙案を思いつきましたと言いだす。なんと「インスタント・カセット」というこの作品のビデオカセットをレンタルできるシステムがあるらしい。ここにきて物語はポストモダンなメタフィクションよろしく、この作品の虚構性をあらわにしてゆくのだが、撮影中の映画のビデオがなぜもうレンタルされているのかと、驚きつつも至極まっとうな返答をするダーク・ヘルメットに対して、サンダースは、何を当たり前のことをきくのかと言わんばかりに、ずらりと並んだレンタルビデオのタイトルを探しながら（ブルックスの過去の作品が数多く陳列されているのはご愛嬌）、ついに目的の『スペースボール』のタイトルに行き当たる。さっそく部下にビデオの再生を命じるが、果たしてビデオは物語のそれまでの出来事、つまりわれわれ視聴者が鑑賞してきた場面を早送りで、それもダーク・ヘルメットがさらした醜態のいくつかをあえて選び出したかのように、もう一度繰り返して再生していくのである。そしてついにビデオは物語上の現在、すなわちこの場面、モニターを食い入るように見つめる二人の姿を映し出す場面へと行きつく（図7）。これはつまり物語の現在、要するにビデオの内容が映画のこの場面に追いついたのである。

ここでのダーク・ヘルメットとサンダース大佐のしぐさとやり取りがまたおもしろい。まるで、テレビ・モニターに映る自分の姿が本物か確認する一般人のような反応である。それだけでも思わず吹き出してしまいそうなのだが、より重要なのは、以下に引用する二人の会話内容である。

ヘルメット　私が見ているこの場面はいったいいつ起こっているんだ？
サンダース　今です。今起こっているリアルタイムの映像です。
ヘルメット　じゃあ、さっきの映像は？
サンダース　それはすでに終わった過去のことです。
ヘルメット　いつのことだ？
サンダース　たった今です。
ヘルメット　じゃあ、そのたった今に戻してくれ。
サンダース　それは無理です。

図7　「今」はいつの「今」なのか？

ヘルメット　なぜだ。
サンダース　終わってしまったからです。
ヘルメット　いつ終わったのだ。
サンダース　ですからたった今です。
ヘルメット　それなら「さっき」はどうなる？
サンダース　もうすぐです。
ヘルメット　どれくらい「すぐ」なのか？

このようにどうにも要領を得ないこっけいなやりとりが展開される。だが、二人の語るまったく頭がこんがらがりそうなストレスフルな内容は素朴な笑いのレベルをはるかに超えている。要するに二人は、「現在」と「過去」をめぐる物語内容と物語言説の時間との間に横たわるパラドックスのことを延々と議論しているのである。これは、そもそも映画の完成以前にすでにビデオ版が生産されているというありえない矛盾が前提になってはじまっていることを意味しているのだろうか。いずれにせよ、ここでは逃亡したベスパ姫のゆくえを探るのと同様に、場面転換と映画製作をめぐる自己照射的な視点が異化されている。こうした物語の虚構性をあえてあらわにするメタフィクションのありように似た自己言及的な視点は、ほかにも撮影スタッフ、あるいはアクション専門のスタントマンの姿を画面に映し込む場面にもみることができる。

ところで、パロディの自己言及性を探る上で、もうひとりここで言及しておかねばならない登場人物がいる。それは、ブルックス監督自身が演じる聖者ヨーグルトである。その登場シーンを確認してみよう。スペースボール一号に追われたローン・スター一行は砂漠の惑星へと不時着する。広大な砂漠の中で行き倒れになった一行は謎の七人の小人（『白雪姫』の七人の小人、あるいは『オズの魔法使』のマンチキンか？）に助けられ、「シュワルツ」の使い手で、全身金色に輝く身体をもつヨーグルト（パロディ元のキャラクターは、もちろんヨーダ）と対面する。このヨーグルト、造形的にはどこまでもヨーダを意識したものに相違ないのだが、キャラクター的には、どこかしたたかなユダヤの老実業家然とした雰囲気を醸し出している点がおもしろい。

以下に引用するのは、意外に商売上手なヨーグルトの一面である。ヨーグルトが、ローン・スターたちを自分がプロデュースしたという売店へと案内して、そこに並んだ商品を次から次に紹介していく場面である。ここでヨーグルトは、自分の仕事は「商売」（merchandizing）であると明かす。実際、扉の向こうにはどうみてもスペースボール関連グッズがずらりと陳列されている。「スペースボール・Tシャツ」、「スペースボール・ぬり絵」、「スペースボール・ランチボックス」、「スペースボール・朝食シリアル」、それに「スペースボール・火炎銃」という本当に火を噴く恐ろしいグッズまである。さらにヨーグルトは、何とも誇らしげに「スペースボール・人形」を紹介してみせる。それがなんと、彼自身のフィギュアである（図8）。

ちなみに、ブルックスは『スペースボール』を『スター・ウォーズ』のパロディを基本線として製作する許諾を実際にジョージ・ルーカス監督に求めたそうである。その際、ルーカス側から提示された条件はただ一点のみであった。それは、『スペースボール』関連製品の商品化等をいっさいおこなわないこと。もちろんこれは、当時継続的に大当たりしていた『スター・ウォーズ』関連の商品化への悪影響を懸念したうえでの条件らしいことがわかっている（Parish 二四九）。しかし、だとすれば、この場面はあくまで物語内でのみ、キャラクター・グッズの商品化をシミュレーションすることで、ルーカスの希望をかなえつつ、それを無効化してみせているのである。同時にまた、こうした姿勢は物語と現実との境界逸脱をめざす、自己言及的なメタフィクションのそれにほかならない。あるいは、それこそ究極のパロディであるといってよいかもしれない。

図8　ヨーグルト本人と禁断（?）のキャラクター・フィギュア

ここまでで考察してきたように、パロディともじりを主体としたブルックスの笑いのいくつかは、あらかじめ自己言及的に方向づけられており、そのメタフィクション的効果によって、コメディやジョーク自体が、ただ単にその過剰さだけが独り歩きするような描写、あるいはお約束の定番ネタを焼き直して提示するような無限循環には陥らない抜け道が用意されているのである。

おわりに

以上、大きく四点に絞って、『スペースボール』における笑いの特質を整理し、そこからこの作品を語るにふさわしい物語学を提案可能であるか考察を深めてきた、この映画は、特定の物語をターゲットとしてパロディ化しているわけではない。もちろんはじめにも確認したように、『スター・ウォーズ』旧三部作が大枠として参照されていることはまちがいないが、単純なパロディだけがこの作品の本質ではないのである。『スペースボール』は少なくとも主要なパロディ対象である『スター・ウォーズ』に対して、一定の敬意を担保している。もちろんブルックスが『スター・ウォーズ』シリーズをもじり、ひねりを加えていることはまちがいないが、決してちゃかすことによって風刺的にその価値を貶めているのではない。

パロディに託すブルックスの意図は、笑いのための素材として旧作をリサイクルすることにある。言い換えれば、一種のアダプテーション（翻案）を物語更新のひとつの可能性として実践しているのである。興味深いのは、ブルックスがあくまで多様な笑いを構造化することを軸とした物語の作りかえをもくろんでいることだ。パロディ元である作品を理想的物語とするなら、更新されたパロディが意図的にその元となった物語内容やキャラクターのイメージを変更する過程で、こっけいでアンバランスな物語感覚がつくられることによって、新たな笑いが生まれる。そういう仕組みだ。

こうしたアンバランスな状態を、ズレと表現することもできるだろう。とりわけそのズレは、物語的に正義の側に属するローン・スターやベスパ姫ら一行よりも、むしろ悪の側に属するダーク・ヘルメットやスクルーブ大統領の側に顕著であった。そしてその笑いがユダヤ系キャラクターやユダヤ的表象に対して自虐的まなざしを向けることにより達成されていることは見逃すことのできない重要なポイントである。それは本家『スター・ウォーズ』に対する敬意の裏返しであるといってもよいだろう。われわれ視聴者がブルックスの提供する笑いを満喫することができるかどうかは、こうしたズレの部分を楽しめるかにかかっているのである。

本研究は、科研費（基盤研究［C］「アダプテーション理論を発展させたメディア横断的物語更新理論の構築」［研究課題番号 23520430］）の助成を受けたものである。

※写真出典（図1〜図8）
『スペースボール』
20世紀フォックス　ホームエンターテイメント　ジャパン

第十四章

権威のパロディ化と自虐的笑い

『ライフ・イズ・ビューティフル』と『聖なる嘘つき―』

中村　善雄

1　ホロコースト映画と笑い

『ライフ・イズ・ビューティフル』[1]（*Life is Beautiful*　一九九八）は一九九八年にカンヌ国際映画祭審査員グランプリ受賞を、一九九九年の第七一回アカデミー賞では七部門でノミネートされ、主演男優賞と外国語映画賞、作曲賞（ドラマ部門）の三賞を受賞した名作である。一方、『聖なる嘘つき―その名はジェイコブ』（*Jacob the Liar*　一九九九）（以下『聖なる嘘つき』）は、強制収容所の経験もあるユダヤ人ユーレク・ベッカー（*Jurek Becker*　一九三七―一九九七）著の『嘘つきヤコブ』（Jakob der Lügner　一九六九）を原作とし、一九七五年に一度映画化（ベルリン国際映画祭で銀熊賞を受賞）され、本稿で扱うロビン・ウィリアムズ（Robin Williams　一九五一―あるいは一九五二―）主演の一九九九年版はリメイクである。

この二つの映画には多くの共通点がみられる。いずれも一九九〇年代後半に上映され、主となる舞台は強制収容所、ゲットーという違いがあるにせよ、ナチス・ドイツによる弾圧を受けたユダヤ人を主人公としている。また、『ライフ・イズ・ビューティフル』の主人公グイドを演じるロベルト・ベニーニ（Roberto Benigni　一九五二―）はコメディアンでもあり、『聖なる嘘つき』の主役ジェイコブを演じるロビン・ウィリアムズもスタンダップ・コメディ出身である。両者はホロコースト言説のなかで遺憾なく自らの喜劇性を発揮し、この二つの映画は一卵性双生児と言える関係にある。また、その喜劇性ゆえに、賛否両論を巻き起こした映画という点でも共通している。

特に、『ライフ・イズ・ビューティフル』はホロコースト映画なのか、あるいはコメディ映画なのか、ジャンル分けが困難なほど笑いの要素に満ち溢れている。主人公のユダヤ系イタリア人グイドを演じるベニーニ自身が〈イタリアのチャップリン〉と称され、『ライフ・イズ・ビューティフル』は彼の映画へのオマー

『ライフ・イズ・ビューティフル』DVD版ジャケット

『聖なる嘘つき』DVD版ジャケット

ジュと考えられている。映画のなかでベニーニが着ていた強制収容所での囚人服番号七三九七はチャールズ・チャップリン主演のコメディ映画『独裁者』(*The Great Dictator* 一九四〇)でチャップリン自身が着ていた囚人服番号と同じである。それゆえ、この映画をホロコースト映画として考えた時に、批判が生じるのも当然である。

非現実的であるとか、ホロコーストの歴史的事実に誤った認識を植え付けるとか、強制収容所での過酷な現実を曖昧にしているとか、ホロコーストの犠牲者や生き残った者たちへの敬意をあからさまに欠いているといった批判がある(Klein 十九-二一)。ユダヤ系作家であるシンシア・オジック(Cynthia Ozyck 一九二八-)は「人生は美しくない」("Life Isn't Beautiful")という皮肉な題名のエッセーで、ホロコーストの真実を語ることの困難さを主張すると共に、『ライフ・イズ・ビューティフル』を荒唐無稽で嘘に満ちた作品と断じている。

しかし、アウシュヴィッツ強制収容所での実体験を記した名著『夜と霧』の中で、作者ヴィクトール・E・フランクル(Victor E. Frankl 一九〇五-一九九七)は次のように語っている。彼は、強制収容所でのユーモアは部外者にとって奇異に感じるだろうと前置きしつつも、実際のところユーモアは「自分を見失わないための魂の武器」(七二)であったと述べ、過酷な状況下でのユーモアの必要性を強調している。事実、フランクルは仲間にユーモア精神を吹き込み、義務として毎日最低一つの笑い話を作っていたと記している。しかも収容所からの解放後を想定した未来の笑い話である。例えば、ユダヤ人がある家の夕食に招かれたら、鍋の底にある豆やジャガイモがスープの中に入るように、その家の奥さんに思わず「底のほうから」お願いしますと言ってしまうだろうという笑い話や、収容所では現場監督が来ると、監視兵があわててユダヤ人の労働スピードを上げようとして、「動け、動け」と急きたてるので、ユダヤ人外科医はオペ室で手術をしていても、外科医長が来るとスタッフから「動け、動け」と言われるだろうという笑い話である（七一－七二）。当然、収容所生活を覆う絶望的な世界では、フランクルが語っているように、ユーモアは数秒あるいは数分しかその効果を持続できない。しかし、彼は「ユーモアへの意志」（七一）は生きるためのまやかしにせよ必要であると語っている。

また、フロイトは短い論文「ユーモア」の中で、危機的状況におけるユーモア（"gallows humor"）を心的構造の視点から論じている。周知のとおり、フロイトは心的構造を、超自我、自我、イドと三つの階級に分けている。その関係性のなかで、超自我を自我に対する「検閲所」に位置づける親的存在と見なし、対する自我を超自我に対する子ども的立場とした。フロイトはこうした自我構造が、危機に瀕した時にユーモアが発せられることと深く関わりがあることを指摘し、次のような例を挙げている。月曜日に絞首台に引かれていく犯罪者が、「こりゃ、今週は幸先がいいぞ」という言うユーモアである。犯罪者が絞首刑という迫りくる死の場面と全く正反対の希望に満ちた言葉を発し、そのギャップによってユーモアが生み出されるが、このユーモアには親たる超自我が子たる自我に対して死という現実が特別なことでも大したことでもないと言い聞かせることで、自我の防衛を図ろうとする意図が潜んでいると論じている。

このような事を踏まえれば、ホロコーストという常時死と背中合わせの危機的状況にさらされた人間がユーモアを連発することは決して奇異ではない。むしろ精神の自然な発露と言える。ユダヤのユーモアは、歴史的・地理的相違に基づき多岐にわたり、一つに集約することは難しいが、サラ・ブラッハー・コーエンはユダヤ人のユーモアの最も特徴的な性質として自虐的な笑いを挙げ、それによって悲惨な現実を笑い飛ばし、自らを解放することができると述べている（四）。本章では、こうしたユーモアがどのような仕組みや形で表出されているのかを二つの映画のなかで具体的に検証することで、ユダヤのユーモアの特質を明らかにしてみたい。

2　パラレル・ワールドの展開

『ライフ・イズ・ビューティフル』は第二次世界大戦前夜の一九三九年から始まり、ユダヤ系イタリア人のグイドがトスカーナの町にやってきて、そこで小学校教師ドーラに恋をし、めでたく結ばれ、息子ジョズエを交えた三人の幸せな家庭を築く。しかし、戦争の色が濃くなり、北イタリアに進駐してきたナチス・ドイツによって、三人はユダヤ人強制収容所に送られてしまう。収容所内で母親と引き離され、不安になる幼い息子ジョズエを安心させ、また守るために、グイドはある〈嘘〉をつく。

この映画は前半と後半に大別でき、色調の異なる二つの物語が一つの作品のなかに存在している。前半部では、人生の光の部分、つまりは恋愛、結婚、子供の誕生、幸せな家族が描かれている。後半は一転して、影の部分、具体的には強制収容所における死の恐怖が作品全体を覆っている。しかし前半部においても戦争への暗示やユダヤ人への弾圧などが各場面で散見でき、過度な単純化はこの映画のもつ奥行きを軽視することにも繋がる。

この映画は初めから、二つの世界が重層的に絡み合っている。オープニングはグイド[2]と友人の詩人フェルッチオが美しい田舎の風景をバックにドライブをしている場面から始まる。フェルッチオはそこで「私はカオスの奴隷であったが、やっと自由だ……汽車は去り、ブレーキは壊れた、もはや抗うことができない」と即興の詩を吟じる。その言葉を発したと同時に、彼らが乗っている車のブレーキが故障し、カーブを曲がりきれず、道を逸れ、丘の斜面を急スピードで〈下降〉していく。これはチャップリンの喜劇などにみる常套的なドタバタの一場面といえる。しかし、この喜劇的光景のなかでフェルッチオの「カオスの奴隷」や「もはや抗うことができない」という詩句、グイドらが制御できない車に翻弄され、急斜面を駆け下りる様子は、戦争というカオス的世界へと〈落ちていく〉グイドの未来予想図を提示している（Kroll 三二―三四）。

一方で、ブレーキの故障を修理するために立ち止まったグイドは、その場に居合わせたエレオノアという少女に、国王に間違えられたことを逆手にとって王子と僭称し、自分の今いる辺り一面の領地をエチオピアの首都アジス・アベバと名付け、牛の代わりにダチョウやラクダを飼うとうそぶく。（一九三九年当時、イタリアは第二次エチオピア戦争に勝利し、エチオピアを併合しているという歴史的背景がある。）そして、姫を迎えに行くとグイドが言ったと同時に、偶然にも蜂に刺されたショックで二階から一人の美しい女性ドーラが〈落下〉してきて、グイドがドーラを抱えながら、「こんにちは、お姫様」と言い、おとぎ話的世界が現出される。この女性の名前ドーラ（Dora）は、元来ギリシャ語の〈贈り物〉（"gift"）に由来しており、グイドがおとぎ話的世界を生み出すための〈贈り物〉として落下してくるのである。このように、オープニングの場面で描写される下降するイメージは、グイドが落ちていく戦争の世界を示唆すると共に、彼がおとぎ話的世界を生み出すために天から齎されたという両義価値的な意味を帯びており、このシーンを概観するだけでも、おとぎ話的世界と戦争へと向かう現実世界とが混在している。前半部と後半部において程度の違いはあるが、このように、映画全編を通じて二つの世界のパラレル・ワールドが展開されているのである。

3　パフォーマンスによるイデオロギーへの挑戦

グイドはおとぎ話的世界の担い手としてユーモアを武器に、迫りくる戦争世界に対峙するが、具体的にどのような方法を取っているのか、それを戦争世界の思想的基盤となるイデオロギーを例に考察してみたい。

結婚前グイドはドーラに会いたいがために、彼女の勤めている小学校にローマから来た〈科学者でもある〉教育監督官になりすまし赴く場面がある。グイドはそこで女校長に促されて、子供たちを前に人種科学的な側面から純血系アーリア民族の優秀性を説く羽目に陥る。専門的知識もないグイドは荒唐無稽な説明に終始するが、アーリア人至

図1　アーリア人至上主義の説明をするグイド

上主義をその排斥の対象であるユダヤ人グイドが説くことで、いやがうえにも滑稽さは増すこととなる。また、グイドは身体的に貧弱であるが、彼がアーリア人の身体的優越性を語ることで、その逆転の関係が強調されている。さらに〈図1〉のなかで自らの臍の形の素晴らしさを指差しているように、人種の優越性を証明するのに関連性のない身体的部位をグイドは取り上げることで、アーリア人の身体的優位性、ひいてはアーリア人至上主義そのものをパロディ化し、その言説自体を無効化しようとしている。

自らの劣勢的立場を、パフォーマンスで覆し、パロディ化するグイドのやり方はルドルフォとドーラの婚約報告パーティにおいても遺憾なく発揮されている。その場面ではドーラの婚約者ルドルフォがファシスト党支持者の官吏である関係上、その会場には軍服を身に付けたルドルフォの友人が散見できる。そしてエチ

オピア人と思しきアフリカ人がルドルフォの結婚報告を祝福するため、ダチョウ（この場合エチオピアの象徴）の飾り物を施し、イタリア国旗の色、緑、白、赤のテープで縁取られたエチオピア・ケーキを運んでくる。そのケーキが運ばれる際には、軍服を身に付けた出席者の一人が腕を前に真っ直ぐ伸ばすローマ式敬礼（ナチス式敬礼とも言う）をし、この空間がファシズム的色調に覆われていることを強調している（Leonardo 二一三―二一九）。

また、この場面ではファシズムと共にもう一つのイデオロギーが婉曲的に織り込まれている。ドーラの勤めている小学校の女校長は、ルドルフォやドーラ、あるいは出席者を前にして、ドイツの田舎の小学校三年生の問題として、この場に一見そぐわないような質問を始める。

「国家医療費が精神病患者には一日四マルク。身体障害者は一日四・五マルク、てんかん病患者は三・五マルク掛かる。一日の平均を四マルクとし、患者数を三十万人とする。彼らを粛清すると国はいくらの節約になるでしょうか？」

ルドルフォは四マルク×三十万で、答えは百二十万マルクだと即答するが、女校長はこの問題はイタリアでは中学生向けの問題であり、小学生三年生では難しすぎると言う。一見すれば小学校教師が単なる算数の問題を出しただけに思えるが、その質問は極めて意味深い。なぜなら、一つには女校長自身が認めているようにドイツ民族の優秀さを物語っているからである。もう一つには、ドイツが社会のなかで劣等な者を「粛清」することが示唆されているからである。そして、このいずれにも関係するのがユダヤ人である。ドイツ

図2　ドーラを馬に乗せて連れ去るグイド

はユダヤ人を身体障害者や精神障害者と同様に劣等人種と見なし、ユダヤ人を「粛清」することで、逆にドイツ民族の優位性を主張した。この何気ない質問は人種的反ユダヤ主義が間接的に反映された話題であり、この問題をあえて出す女校長はその信奉者といえる。つまり、この会場は反ユダヤ主義的思想やファシズムを信奉する出席者によって埋め尽されているのである。加えて、会場の構図がこうしたイデオロギーの密度をいやがうえにも助長している。ローラ・レオナルドの指摘するように、このパーティ会場は壁も柱も階段も床も全て白く、多くの窓があるが全て閉じられ、カーテンが掛っており、外的世界との接触を拒む閉鎖的空間と化している（二一二）。パーティの参列者は否応なしにこの空間が生み出すファシズム的、反ユダヤ主義的世界のなかに幽閉され、それらのイデオロギーに洗脳され、〈白〉痴化していくのである。

こうした状況のなか、パーティで給仕役を担っていたグイドはあくまでおとぎ話的世界を演出することで対抗する。つまり、〈図2〉にあるように、戦争イデオロギーの〈囚われの身〉であったドーラを〈お姫様〉に見立て叔父の所有する白馬に乗せてパーティ会場から連れ去り、二人は結婚に至るというシンデレラ物語を踏襲する。ドーラの〈脱出〉は、ファシズム世界・反ユダヤ主義的世界からの解放を意味するのである。しかし、この映画に仕掛けられたパロディ化はこれで終わりではない。ドーラとグイドを乗せる白馬はロビン・フッドという名前である。ロビン・フッドは周知のとおり、アウトローではあるが、正義の心を宿した義賊である。グイドはいわば〈正義の馬〉に乗り、ドーラを救いだすのである。加えて、彼らの去り際、ルドルフォの頭上にケーキの飾り物であったダチョウの卵が落ちてくる。ダチョウは、その優美な左右対称の羽根の形から、古代エジプトでは正義の象徴と見なされ、真理と秩序の女神マートは頭にダチョウの羽根を頂き、また彼女の紋章となっている（Leonardo 二一六）。ルドルフォの頭上で割れたダチョウの卵は、滑稽さを生み出すと共に、ファシストに対する正義の報復という意味合いを孕んでいるのである。

このように白馬に乗ってドーラを連れ去るグイドの姿はシンデレラ物語の王子プリンス・チャーミング（Prince Charming）よろしく、白馬の王子のイメージを踏襲しているように思える。しかし、純粋なおとぎ話的物語の再現に終始しない。というのも、このロビン・フッドの胴体は反ユダヤ主義者によって緑色に塗られ、その上には「気をつけろ、ユダヤの馬」（"ACHTUNG!! CAVALLO EBREO"）という文字が黒字で落書きされているからである。その言葉の横には髑髏と雷電の絵が添えられている。髑髏は死を想起させ、雷電には英語で「激しい威嚇」の意味がある。したがって、この反ユダヤ主義のメッセージを上書きされた白馬にグイドがあえて乗ることは、反ユダヤ主義をもおとぎ話世界の文脈のなかへと回収し、その威嚇をも物ともせず無力化していくという意味合いが込められているのである。このように、幾重にも施された戦争イデオロギーのイメージをグイドはおとぎ話的世界の文脈へと読み替え、ユーモアへと変換することで、パロディ化を果たすのである。

4　言葉の読み替えとイノセント・ワールドの防衛

この映画では、文字通り〈読み替える〉という行為によって、戦争世界そのものを〈読み替えて〉、ユーモアを生み出す手法がみられる。それは、〈戦略的〉誤読や翻訳という形でもって記されている。

映画のオープニング場面でフェルッチオが来るべきグイドの将来を図らずも詩に歌ったように、グイドとたわいない戯言を交わすフェルッチオの言葉には重要な意味が込められている。次の会話もその一例である。

フェルッチオ：ショーペンハウアーは意志があれば、何でもできると言っている。「なりたいものになれるのだと」、今眠りたいんだ。だから、自分に言い聞かせるんだ、「眠れ、眠れ、眠れ」と。そうすれば、眠れる。

グイド　：簡単でいいね。

（グイドは自分に何か魔法をかけるように指を動かし、声は低く、謎めいた風になる。）

グイド　：眠れ、眠れ、眠れ。

フェルッチオ：手を動かすな、手品師じゃないんだから。これはすごく真面目なことで時間がかかるんだ。おやすみ、明日話そう。

フェルッチオはショーペンハウアーの言葉を引き合いに出し、それをグイドが文字通り解釈し、念じて自らを眠りにつかせようと試みている。単純の誹りを覚悟して言うならば、実際のショーペンハウアーは、人間にも世界にも最終的な目的がなく、生きようとする盲目的意志があるのみであり、世界は盲目的意志が衝突する結果苦痛に満ち、何をしても意味がないという厭世主義の思想を提唱している。しかし、グイドはショーペンハウアーの〈盲目的意志〉を肯定的意味で解釈し、念ずれば、何事も叶うという〈生きる意志〉へと読み変えるのである。実際、グイドは彼流のショーペンハウアーの解釈に基づいて、自らの苦境を乗り越え、自らの希望を実現しようとしている。

このショーペハウアーの思想が挙げられたのには、深い意味がある。ヒトラーもグイド同様に、ショーペンハウアーの思想を読み替えているからである。ブライアン・マギーによれば、ヒトラーはニーチェの〈意志〉や〈超人〉思想を〈力への意志〉へと修辞的に読み替え、それをナチズムの思想的バックボーンとして利用した。それに倣って、ニーチェに最も思想的影響を与えたショーペンハウアーの「意志」も同様に「力への意志」へと通じるとされ、彼はその提唱者と誤解され、反ユダヤ主義、親ナチ派と見なされるようになった(Magee 437)。つまり、この場面でショーペンハウアーの言葉が意味深いのは、ヒトラーの思想の一部を成す哲学者の思想を誤用することで、ナチズム思想への婉曲的なパロディ化を実践すると共に、グイドが〈力への意志〉ではなく、〈生きる意志〉へと誤読することで、ナチスが行なった戦略的誤読の手法それ自体をもパロディ化するという二つの意味をもっているからである。

グイドのこうした言葉の読み替えは映画全体を貫く姿勢であるが、それは言葉を他の言葉に読み替える〈翻訳〉という行為において顕著になる。息子ジョズエと共に、強制収容所へと連行されたグイドは収容所の規則をドイツ語で伝えようとするドイツ兵の通訳役を買って出る。ドイツ兵の説明に対して、グイドは「ゲームを始める。全員が参加者だ。」と全くでたらめな通訳を始め、ジョズエに向けて、強制収容所での生活は一つのゲームであり、ドイツ人は悪役であると〈誤訳〉する。〈図3〉のように、「逃亡を試みてはいけない」、「あらゆる命令に絶対服従すること」、「組織的暴動は絞首刑に処せられる」というドイツ兵から発せられた収容所の三つの規則は、グイドによって、「泣いてはいけない」、「ママに会いたがってはいけない」、「空腹でもおやつを欲しがってはいけない」というゲーム上の規則に意図的に読み替えられる。続けて、ドイツ兵は悪役で、収容所での生活は全てゲームであり、軍服を着た悪役に見つからないようにかくれんぼをしていて、ママに会いたがったり、泣いたりしたら減点だが、いい子にしていれば点数が増えていき、千点獲得すれば、本物の戦車に乗って、家に帰れるとグイドはジョズエにゲームの説明をする。

図3　誤訳をするグイド

ユダヤ人の父をもつアンリ・ベルクソンは、古典的名著『笑い』の中で、「ある情況のなかに置かれた何人かの人物を想像してみたまえ。状況が裏返しになり、役割があべこべになるようにすれば、滑稽な場面が得られるであろう」（七七）と語っている。『ライフ・イズ・ビューティフル』における収容所での〈ゲーム〉はまさにベルグソンの言う、状況を逆転させることで生じる笑いを踏襲している。収容所内の基本的構図は当然ナチス・ドイツ対ユダヤ人の、権威者／服従者、主体／客体、上位／下位、中心／周縁といった権力関係にある。しかし、主人公グイドは強制収容所のナチスとユダヤ人は皆ゲームに参加するために存在しているとし、ユダヤ人は収容所に強制連行されたのではなく、ゲームをするために来たのであり、ドイツ兵たちはユダヤ人のゲームをする相手役であると息子に語り、囚人という周縁的存在であるグイド親子がこのゲーム世界の中心となっている。ホロコースト映画の前提条件となっている現実の権力関係がグイド親子をめぐる世界のなかでゲーム化されることで逆転している。このグイドによる革命的ともいえる読み替え／書き換えを荒唐無稽と一蹴することも可能であるが、息子ジョズエが父の作りだしたゲームの世界を心から信じており、ホロコーストと異なるもう一つの世界が同時的に展開するのである。

こうしたグイドによるゲーム化の目的は、息子ジョズエの安全を確保することと共に、ジョズエが過酷なホロコーストの現実に直面することの回避である。これは奇しくも、新聞や映画などのプロパガンダを通じて、国民に不利な現実を示すことなく、有益な情報だけを流し、国民を洗脳するファシズムの手法と類似している（Leonardo　二〇一六）。ファシズムの手法は無知なる者を生み出すあるいは殺戮するだけでなく、無知なる者を守る手段として利用されるという皮肉が込められている。つまり、グイドによるゲーム化は、ファシズムの論理を逆手に取り、自分の息子を守ることで二重の意味でファシズムの言説をパロディ化しているのである。

5　『聖なる嘘つき』にみる自虐的笑い

『聖なる嘘つき』も『ライフ・イズ・ビューティフル』同様に、ユダヤ人の過酷な絶望的な状況に一縷の希望を見出さんがためにユーモアが効果的に使われている。しかしながら、『聖なる嘘つき』はより現実的な映画であり、そのユーモアは厳然たる現実を前に自らを犠牲にすることで生じる笑いに重きが置かれている。

この映画は一九四四年の冬、ナチスの支配下にあったポーランドのゲットーを舞台としている。そのゲットーに住むロビン・ウィリアムズ演じるジェイコブが夜間外出禁止令を犯し、司令部に出頭を命じられる。その時偶然にもドイツ軍司令部のラジオから流れてきたニュースを耳にし、ソ連軍がポーランドのベザニカまで侵攻し、ドイツ軍と交戦しているという戦況を知ることになる。翌日、ジェイコブはこのニュースをこっそり二人の友人に打ち明けるが、瞬く間にゲットー全体に広がり、ジェイコブがラジオを隠し持ち、そこからニュースを得たのだという噂までが独り歩きする。外部との接触が禁じられているゲットーにおいて、こうした情報を得ることは死罪に値するのであるが、ジェイコブは絶望に打ちひしがれたゲットーのユダヤ人に希望を与えるためにわが身を顧みず、連合軍の状況をでっち上げ続ける。

図４　新聞を追い求め死体を目にするジェイコブ

この映画では、オープニング・シーンが二つの意味で重要な意味をもっている。ゲットーの外から風に吹かれて一枚の新聞が飛んできて、ジェイコブはそれを手に取ろうと懸命に追いかける場面から始まる。ゲットーの壁の中で、外部の情報が全くなく何の希望も見出せないユダヤ人ジェイコブと、壁を物ともせず、越境し情報を伝える新聞紙とが対照的に位置づけられている。〈図４〉のように、その後ジェイコブは風に吹かれるままに飛んでいく新聞紙を追いかけていくが、彼が行く着く場所には、絞首刑に処せられた四体の死体が宙づりにされている光景が広がり、ジェイコブはその場に立ちすくむ。この場面はゲットーで外部の情報を手にすることは死に値することを象徴的に物語っており、事実ジェイコブが情報を流したことで最後に死ぬことからこの場面は一種の黙示録と化している。

他方で、オープニングのシーンはこの映画においてユーモアが重要な意味をもっていることを示している。先の場面のなかでジェイコブがナレーターとして次のようなユダヤの有名なジョークを語りだす。ヒトラーが占い師を呼んで、「いつ私は死ぬのか」と自らの将来を占わせると、占い師が「ユダヤの祝日に」と予言し、ヒトラーが「なぜ分かるのか」と尋ねると、占い師が「あなたが死ぬ日はユダヤの祝日になります」と答えるブラック・ジョークである。それに引き続き、ジェイコブは「ドイツ軍に全てを奪われ、ユーモアだけが我々の支えとなっている」、「小さなことだけが我々を支えている」と言葉を続ける。このジェイコブの言葉は収容所でのユーモアの必要性を説いたフランクルの言葉と軌を一にするであろう。そして、ジェイコブのこのユーモア精神がこの映画の基調を成している。

実際、主人公ジェイコブのブラック・ジョークは随所にみられる。親友のコワルスキーには「(友人の)クワァーツの女房が逃げた…ここではどこにも逃げる所がないのに」と四方を高い壁に囲まれたゲットーの状況を皮肉り、「今夜は安息日よ」という言葉に対して、「断食は毎日やっている」と答え、最低の食事しか与えられない状況を笑い、「選ばれた民であるが……どうせなら他の民を選んで欲しかった」とユダヤの選民思想を皮肉るといった、自虐的なジョークが散りばめられている。

『ライフ・イズ・ビューティフル』ではユーモアはグイドの専売特許であったが、この映画ではジェイコブだけでなく、周りの登場人物もユーモアの名手である。特に、ゲットー内でも尊敬されている心臓外科の権威キルシュバウム先生の言動は常にブラック・ジョークに満ちている。ジェイコブが風邪を引き、その対処法を尋ねると、キルシュバウムは「モンテカルロに行き、葉巻とブランディを」と答え、昨日の晩はどうだったかとジェイコブが尋ねると、「自殺三件と出産一件で悪くない割合だ」と答え、「素晴らしい夜だった」と言ってのける。あるいは額縁に入った医師免許状を手にしながら、「思ったとおり免許状は役に立つ」と言い、免許状と額縁を暖炉の中に焼べ、暖をとるために役立てる。真面目な顔をして言うキルシュバウムのブラック・ユーモアには、迫りくる死の予感とその恐怖と不安を笑い飛ばそうとするユダヤ人の想いが凝縮されており、ジョークが生死の境にいるユダヤ人の生きる糧となっている。このキルシュバウムは死に際しても、皮肉なジョークを言い残して、最期を迎える。彼は心臓病を患っているドイツの将軍に呼ばれ、治療するように求められるが、「あなたを助けると皆が殺される」と言い残し、服毒自殺を図る。映画の冒頭で、ヒトラーが死ぬとユダヤ人が救われ、その日がユダヤの休日になるというジョークが語られるが、キルシュバウムは、逆にドイツの将軍を助けるとユダヤ人が殺されると、ヒトラーのジョークを反転させた皮肉を言う。

『聖なる嘘つき』にはこうしたブラック・ユーモアが随所にみられるが、これらはフランクルが言うように、現実からの一時しのぎに過ぎない。しかし、ジェイコブが偶然ドイツ軍のラジオから耳にした、ソ連軍がポーランドに侵攻中というニュースは、以後ユダヤ人全体の生きる希望となっていく。このニュースが伝わった後のユダヤ人たちは滑稽とも言えるほどの反応をする。常に新しいニュースを要求されるジェイコブは、出まかせにラジオで「きのうはダンス音楽をやっていた」と言うと、それを伝え聞いた者は「ロシア音楽をやっていた」と周りのユダヤ人に言い触らし、その時偶然にもゲットーの頭上をドイツ軍の戦闘機が横切ると、あの戦闘機はベザニカに侵攻中のロシア軍に反撃するために出撃したのだと皆が決めつける始末である。ゲットーのユダヤ人にとって外の状況は知る由もないのだが、ソ連軍侵攻のニュースを聞きたがるユダヤ人の希望の灯を絶やさぬために、グイド同様にジェイコブはさまざまなおとぎ話の世界を構築していく。スターリン第六連隊の火炎放射隊が空軍の援護を受けて侵攻中であるといった尤もらしい嘘から、果てはベニー・グッドマン（アメリカのクラリネット奏者兼バンドリーダー）のバンドやアンドルーズ・シスターズ（ミネソタ州出身の三人姉妹によるコーラス・グループ）が連合軍の兵士の慰問をしているといった荒唐無稽な嘘まで口にする。しかしながら、ジェイコブの希望に満ちたユーモアはどんなジョークよりも効果的で、首に縄を掛けようとしていた散髪屋コワルスキーはその考えを捨て、ナチス兵を道連れにして死んでやると息巻いていた血気盛んな若者ミーシャは自分の無謀な行ないを思い留まる。キルシュバウムはジェイコブに空っぽの薬品棚を見せ治療に使う薬は何もないと言うが、ゲットーのユダヤ人にとっては、ジェイコブのユーモアのある嘘が唯一にして最良の薬であり、彼はユダヤ人たちの心を癒す、この上なき医者と化しているのである。

6　ユーモアの限界と完結する物語

これまでグイドやジェイコブのユーモア性を検証してきたが、両主人公のユーモアを生み出した結果にも共通性がある。両者のユーモラスな〈嘘〉は、あくまで言葉遊びに過ぎず、周りの者たちに希望を抱かせるには役立つが、当然現実世界それ自体を変革する力はない。しかし、この二人の主人公はいずれも、嘘をつき通すことで、結果的に現実世界を変えることになる。しかし、その代償として、二人の主人公には共に死が齎される。グイドは息子ジョズエの前であくまで〈ゲーム〉を演じ続けることで殺され、ジェイコブはでっち上げた嘘を皆の前で嘘だと暴露するよりも、嘘を貫き通すことで、同じようにドイツ兵に銃殺される。いわば、グイドもジェイコブも周囲の者たちに希望を抱かせるための犠牲者の役割を担う。彼らは共に、最後までおとぎ話の作者兼演技者としての役割を全うすることで、自らの生み出した物語の殉教者と化すのである。しかし、彼らが嘘をつき通すことで、いずれの映画においても、スケープゴートと化した二人の死と対照的な生の結末が生み出される。つまり、ドイツ軍の敗北によって、主人公が守ろうとした人々が解放され、救済という結末が提示されるのである。

この生の結末に伴って、グイドの嘘、ジェイコブの嘘はいずれも真実へと転化される。『ライフ・イズ・ビューティフル』ではドイツが敗北し、ナチス兵たちが収容所から撤退するなか、グイドの言いつけを守り、ごみ箱の中に隠れていたジョズエが姿を表すと、そこにタイミングよく連合軍の戦車が現れ、その戦車に乗せてもらい、「千点取ったよ…〈ゲームに〉勝ったよ」とジョズエが言って映画は終わる。そこでジョズエは、本物の戦車で家に帰れるという、グイドの説明が本当であったことを確信する。少なくともジョズエにとっては、強制収容所での経験は一つの〈ゲーム〉として完結することで、グイドの語ったユーモラスな虚構が事実となり、収容所での絶望的状況という事実が虚構へと変換されるのである。

一方、『聖なる嘘つき』にはより複雑で二つのオルタナティブな結末がナレーターとしてのジェイコブによって連続的に語られている。一つは強制収容所行きの列車の走る場面が映し出され、ゲットーにいたユダヤ人が二度と戻ってこなかったという冷徹な結末である。映画ではその結末がナレーターとしてのジェイコブによって語られた直後、もう一つの結末が続く。ゲットーを引き払い、ユダヤ人達を乗せた〈死の列車〉が強制収容所に向かう途中にソ連軍が現れるという結末である。この結末によれば、ソ連軍がポーランドのベザニカまで侵入し、ゲットーのユダヤ人達を解放するというジェイコブの嘘の物語が真実の物語へと変貌し、強制収容所行きの〈死の列車〉は〈生の列車〉へと転じるのである。この後、〈図5〉のように、生前ジェイコブが仲間たちに対して、ラジオから聴こえたとうそぶいたベニー・グッドマンのバンドとアンドルーズ・シスターズがソ連軍の戦車の上で演奏するシーンが続き、ジェイコブの語ったあらゆる嘘が真実であったというメッセージを映画は伝えている。映画はその光景を映し出した後、貨車の格子窓から外の光景を驚きの表情で目にしている少女リーナ（ジェイコブがゲットーで匿っていたユダヤ人の少女）の眼差しをクローズアップで映し出し終了する。いずれの結末が事実かは断定できないが、最後にリーナの眼に焦点が当てられることで、少なくともこの少女にとってはジェイコブの嘘が真実であったことが暗示されている。

図5　ベニー・グッドマンのバンドとアンドルーズ・シスターズの演奏

　以上のように、『ライフ・イズ・ビューティフル』と『聖なる嘘つき』の場面を具体的に検証することで、ユダヤのユーモアの種々の形態をみてきた。大別すれば、『ライフ・イズ・ビューティフル』では権力に対する抵抗としてのユーモアが顕著であり、ファシズムやナチズム、反ユダヤ主義やアーリア人至上主義といったイデオロギーの思想的パロディ化から、収容所の官吏や兵士といった直接的な権力を行使する人物のパロディ化まで、対象は多岐にわたっている。一方、『聖なる嘘つき』には凄惨な立場から自らを解放するために、自己犠牲に基づくブラック・ユーモアが散りばめてある。前述したようにユダヤ人のユーモアの特質として、権力への抵抗と苦難からの解放があることを指摘したが、それらがこの二つの映画のなかで明確に描き出されているのである。これらの映画はホロコーストの歴史を自己充足的に語るものではないが、死と隣合わせのユーモアが強調されていることで、逆にユーモアによって隠蔽しようとするユダヤ人の凄惨たる現実の大きさを図らずも浮き彫りにするのである。

※写真出典
（図1〜3）
『ライフ・イズ・ビューティフル』
発売中／一八九〇円（税込）　発売：松竹、アスミック、角川書店
©MCMXCVII-MELAMPO CINEMATOGRAFICA s.r.l.-Roma
（図4、5）
『聖なる嘘つき』
発売中／一四八〇円（税込）　発売・販売元（株）ソニーピクチャーズエンタテインメント

註と引用・参考文献

第一章　存続とユーモア

引用・参考文献

Aleichem, Sholom. *Tevye's Daughters*. New York: Crown Publishers, 1949.

——. *Adventures of Mottel the Cantor's Son*. New York: Henry Schuman, 1953.

——. *Inside Kasrilevke*. New York: Schocken Books, 1965.

——. *Some Laughter, Some Tears*. New York: Paragon Books, 1968.

——. *The Adventures of Menahem-Mendl*. New York: Paragon Books, 1969.

——. *The Nightingale*. New York: G. P. Putnam's Sons, 1985.

Howe, Irving. *World of Our Fathers*. New York: Harcourt Brace Jovanovich, 1976.

Peretz, I. L. *Selected Stories*. New York: Schocken Books, 1974.

Sforim, Mendele Moykher. *Tales of Mendele the Book Peddler*. New York: Schocken Books, 1996.

Waife-Goldberg, Marie. *My Father, Sholom Aleichem*. New York: Simon and Schuster, 1968.

Zborowski, Mark & Herzog, Elizabeth. *Life with People: The Culture of the Shtetl*. New York: Schocken Books, 1995.

第二章　ドレスを着たドン・キホーテ

引用・参考文献

Henriksen, Louise Levitas. *Anzia Yezierska A Writer's Life*. New Brunswick: Rutgers UP, 1988.

Schoen, Carol B. *Anzia Yezierska*. Boston: Twayne, 1982.

Yezierska, Anzia *Bread Givers*. New York: Persea Books, 1975.

——. *Salome of the Tenements.* Urbana: Illinois UP, 1995.
——. *Red Ribbon on a White Horse.* New York: Persea Books, 1987.
牛島信明（解説）『新訳　ドン・キホーテ（前篇）』岩波書店、一九九九。
——.（項目：セルバンテス）『世界文学大事典（二）』集英社、一九九八。
寺田虎彦（小宮豊隆　編）『寺田虎彦随筆集』第一巻　岩波文庫、二〇〇九。
ブラウンリッグ・ロナルド（別宮貞徳　監訳）『新約聖書人名事典』東洋書林、一九九五。
ホランダー・アン（中野香織　訳）『性とスーツ』白水社、二〇〇三。

第三章　滑稽さの背後に広がる世界

引用・参考文献

Singer, Isaac Bashevis. *Gimpel the Fool and Other Stories,* The Noonday Press, 1957.
——. *A Friend of Kafka and Other Stories,* Farrar, Straus and Giroux, 1970.
——. *Stories for Children,* Farrar, Straus and Giroux, 1984.
——. *The Death of Methuselah and Other Stories,* Plume, 1989.
Blocker, Joel, and Elman, Richard. "An Interview with Isaac Bashevis Singer," *Isaac Bashevis Singer: Conversations*, ed. Grace Farrell, University Press of Mississippi, 1992.
Burgin, Richard. *Conversations with Isaac Bashevis Singer,* Doubleday, 1985.
Grebstein, Sheldon. "Singer's Shrewd 'Gimpel'," *Recovering the Canon,* ed. David Neal Miller, E.J. Brill, 1986.
Pinsker, Sanford. *The Schlemiel as Metaphor,* revised and enlarged edition, Southern Illinois UP, 1991.
Siegel, Paul N. "Gimpel and the Archetype of the Wise Fool," *The Achievement of Isaac Bashevis Singer,* ed. Marcia Allentuck, Southern Illinois UP, 1969.
Waxman, Barbara Frey. "Isaac Bashevis Singer's Spirit of Play," *Studies in American Jewish Literature,* Number 1, ed. Daniel Walden, State

University of New York Press, 1981.

第四章　イディッシュ文学の笑いと批判精神

引用・参考文献

Grade. Chaim. *Rabbis and Wives.* 1982. (*Die Kloys un di Gas: Dertseylungn* 1974) New York: Schocken, 1987.
——. *My Mother's Sabbath Days.* Trans. Inna Hecker Grade. 1982. Oxford: A Jason
Aronson Book, 1997.
Guttman, Allen. "Jewish Humor" *The Comic Imagination In American Literature.* Ed. by Louis D. Rubin, Jr., New Jersey: Rutgers UP, 1942.
Howe, Irving, ed. *A Treasury of Yiddish Stories.* 1953. New York: Schochen Books, 1973.
Lisek, Joanna. "Chaim Grade". Joseph Sherman ed. *Dictionary of Literary Bioraphy Volume 333: Writers in Yiddish.* New York: Thomson Gale, 2007. 74-82.
Peretz, I. L. "If Not Higher" Ed. by Ruth Wisse *I.L.Peretz.* New York: Schoken Books, 1990.
Roth, Henry. *Call It Sleep.* 1934. New York: Noonday Press, 1991.
Singer, I. Joshua. *Of a World That Is No More* (English trans., 1970). London: Faber and Faber, 1987.
Singer, Isaac Bashevis. *Gimpel the Fool and Other Stories.* Trans. Saul Bellow. New York: Noonday Press, 1957.
織田正吉　『笑いとユーモア』筑摩書房、一九八六年。
——.『笑いのこころ　ユーモアのセンス』岩波書店、二〇一〇年。
ベルクソン、アンリ『笑い』林　達夫　訳、岩波文庫、一九三八年。

第五章　ユダヤのユーモアに見る反権威主義と精神力

引用・参考文献

Cohen, Sarah Blacher (ed.). *Jewish Wry: Essays on Jewish Humor.* Detroit: Wayne State UP, 1990.

Landman, Isaak (ed.). *Universal Jewish Encyclopedia.* New York: Ktav, 1943.

Malamud, Bernard. *The Magic Barrel.* New York: Farrar, Straus and Giroux, 1999.

-----. *A New Life.* Harmondsworth, Middlesex: Penguin, 1968.

Novak, William and Waldoks, Moshe (eds.). *The Big Book of Jewish Humor: 25th Anniversary.* New York: Collins, 2006.

Pinsker, Sanford. *The Schlemiel as Metaphor: Studies in Yiddish and American Jewish Fiction.* Revised and Enlarged Ed. Carbondale, Illinois: Southern Illinois UP, 1991.

Wisse, Ruth. *The Schlemiel as Modern Hero.* Chicago: U of Chicago P, 1971.

ミルトス編集部『ユダヤ・ジョーク　人生の塩味』ミルトス、二〇一〇年。

梅原猛『笑いの構造』角川書店、一九七二年。

安河内英光、馬場弘利（編）『六〇年代アメリカ小説論』開文社出版、二〇〇一年。

ラビ・M・トケイヤー（助川明　訳）『ユダヤ人五〇〇〇年のユーモア』日本文芸社、一九九八年。

第六章　〈嘲りの笑い〉から〈自虐の笑い〉へ

引用・参考文献

Atlas, James. *Bellow: A Biography.* New York: Random House, 2000.

Bellow, Saul. "The Gonzaga Manuscripts," *Discovery 4.* New York: Pocket Books, 1954.

Bloom, Allan. *Closing of the American Mind.* New York: Simon & Schuster, 1987.

Bloom, Harold. "Author was 'voice of European skepticism.' " *National Post,* June 21, 2010.

Clayton, John Jacob. *Saul Bellow: In Defense of Man.* Bloomington: Indiana UP, 1979.

Cohen, Sarah Blacher. *Saul Bellow's Enigmatic Laughter.* Urbana: University of Illinois Press, 1974.

Cronin, Gloria L. and Ben Siegel, eds. *Conversations with Saul Bellow.* Jackson: University Press of Mississippi, 1994.

Dutton, Robert R. *Saul Bellow.* Boston : Twayne, 1982.

Fuchs, Daniel, *Saul Bellow: Vision and Revision.* Durham: Duke UP, 1984.
Harper, Gordon L. “Saul Bellow——The Art of Fiction: An Interview.” *Paris Review* 37. Winter, 1965.
Hyland, Peter. “Secondhand Inferno: The Irony of Bellow’s *The Actual.*” *Saul Bellow Journal* 18.2 (2002).
Singh, Sukhbir, ed. *Conversations with Saul Bellow.* Delhi: Academic Foundation, 1993.
Taylor, Benjamin, ed. *Saul Bellow: Letters.* New York: Viking, 2010.
ローレンス・グローベル．「二〇世紀最後の小説家、ソール・ベロー（インタヴュー）」、『PLAY BOY』一九九七年七月号。
半田拓也．「短編集 *Mosby’s Memoirs and Other Stories* の構成 —— “The Old System” と “The Gonzaga Manuscripts” を中心に ——」、『福岡大学人文論叢』第二八巻三号（平成八年十二月）所収
※本稿初出『シュレミール』一〇号（二〇一一）（本書掲載に際し加筆・修正を加え改訂してある。）

第七章　男性身体が作り出す笑いの重層性

引用・参考文献

Gilotta, David. “The Body in Shame：Philip Roth’s Physical Comedy.” Siegel and Halio 92-116.
Grebstein, Sheldon. “The Comic Anatomy of *Portnoy’s Complaint.*” *Comic Relief: Humor in Contemporary American Literature.* Ed. Sarah Blacher Cohen. Urbana: U of Illinois P, 1978. 152-71.
Halio, Jay L. “Deadly Farce in the Comedy of Philip Roth.” Siegel and Halio 208-21.
Howe, Irving. “The Nature of Jewish Laughter.” *Jewish Wry: Essays on Jewish Humor.* Ed. Sarah Blacher Cohen. Detroit: Wayne State UP, 1987. 16-24.
——. “Philip Roth Reconsidered.” *Philip Roth.* Ed. Harold Bloom. New York: Chelsea, 1986. 71-88.
Pinsker, Sanford. *The Schlemiel as Metaphor: Studies in the Yiddish and American Jewish Novel.* Carbondale: Southern Illinois UP, 1971.
Rodgers, Bernard F. Jr. *Philip Roth.* Boston: Twayne, 1978.
Roth, Philip. *Portnoy’s Complaint.* 1969, London: Penguin, 1986.

——. *Reading Myself and Others*. New York: Vintage, 2001.
——. *Sabbath's Theater*. New York: Vintage, 1995.
Siegel, Ben, and Jay L. Halio, eds. *Playful and Serious: Philip Roth as a Comic Writer*. Newark: U of Delaware P, 2010.
Siegel, Ben and Jay L. Halio. Introduction. Siegel and Jay Halio 11-24.
Wisse, Ruth R. *The Schlemiel as Modern Hero*. Chicago: U of Chicago P, 1971.
ウィルフォード、ウィリアム『道化と笏杖』（高山宏訳）晶文社、一九八三年。
喜志哲雄『劇場のシェイクスピア』早川書房、一九九一年。
ベルクソン、アンリ『笑い』（林達夫訳）岩波文庫、一九七六年。

第八章　「すごく大きな変化」のおかしさ

引用・参考文献

Clayton, John J. "What a Place in Democratic Time." *The Massachusetts Review*, Winter 2008; 49, 4. 450-54.

Paley, Grace. *Enormous Changes at the Last Minute*. New York: Farrar, Straus and Giroux, 1974.（グレイス・ペイリー『最後の瞬間のすごく大きな変化』村上春樹訳、文藝春秋社、一九九九年。本文中の訳は、多少の変更を加えて村上訳を使用させていただいた。）

Taylor, Jacqueline. *Grace Paley: Illuminating the Dark Lives*. Austin: U of Texas P, 1990.

北岡誠司『バフチン――対話とカーニヴァル』講談社、一九九八年。

桑野隆『バフチン新版――〈対話〉そして〈解放の笑い〉』岩波書店、二〇〇二年。

バフチン、ミハイル『ドストエフスキーの詩学』望月哲男・鈴木淳一訳、ちくま書房、一九九五年。

――『フランソワ・ラブレーの作品と中世・ルネッサンスの民衆文化』川端香男里訳、せりか書房、一九八五年。（同訳書では著者名がミハイール・バフチーンと表記されている。）

村上春樹「生きている物語と生きている言葉」。グレイス・ペイリー『人生のちょっとした煩い』村上春樹訳、文藝春秋社、二〇〇五年。二五三―二七一。

第九章　模倣としての生

引用・参考文献

Alvarez, A. "Flushed with Ideas: Levitation." *Modern Critical Views: Cynthia Ozick*. Ed. Harold Bloom. New York: Chelsea House, 1986.

Cohen, Sarah Blacher. *Cynthia Ozick's Comic Art: From Levity to Liturgy*. Bloomington: Indiana UP, 1994.

Friedman, Lawrence S. *Understanding Cynthia Ozick*. Columbia: U of South Carolina P, 1991.

Lowin, Joseph. *Cynthia Ozick*. Boston: Twayne, 1988.

Ozick, Cynthia. "The Lesson of the Master." *Art & Ardor: Essays*. New York: Alfred A. Knopf, 1983.

——. *The Puttermesser Papers*. New York: Vintage, 1997.

Strandberg, Victor. *Greek Mind / Jewish Soul: The Conflicted Art of Cynthia Ozick*. Wisconsin: U of Wisconsin P, 1994.

北　美幸『半開きの〈黄金の扉〉――アメリカ・ユダヤ人と高等教育』法政大学出版局、二〇〇九年。

ギルマン、サンダー『ユダヤ人の身体』管　啓次郎　訳、青土社、一九九七年。

スタム、ロバート『転倒させる快楽――バフチン、文化批評、映画』浅野　敏夫　訳、法政大学出版局、二〇〇二年。

バーガー、ピーター・L『癒しとしての笑い』森下　伸也　訳、新曜社、一九九九年。

第十章　逆境を生き延びる力

引用・参考文献

Federman, Raymond. *Aunt Rachel's Fur*. Tallahassee: FC2, 2001.

——. *Critifiction: Postmodern Essays*. Albany, New York: State U of New York P, 1993.

——. *Return to Manure*. Tuscaloosa: FC2, 2006.

——. *Take It or Leave It*. Normal, Illinois: FC2, 1997.

——. “The Necessity and Impossibility of Being a Jewish Writer.” Homepage. 10 Feb, 2010 <http://www.federman.com/rfsrcr5.htm>.
Jameson, Fredric. *Postmodernism, or, The Cultural Logic of Late Capitalism.* 1991. Durham: Duke UP, 1999.
Kermode, Frank.『終わりの意識』一九六六年、岡本靖正訳、国文社、一九九一年。
Langer, Lawrence L. *The Holocaust and the Literary Imagination.* New York: Yale UP, 1975.
Lyotard, Jean-François. *The Postmodern Condition: A Report on Knowledge.* 1979. tr. Geoff Bennington and Brian Massumi. Minneapolis: U of Minnesota P, 1979.
Nitta, Reiko. “Interview with Raymond Federman.”「エスニシティの新たなる地平——新しいユダヤ系アメリカ文学の可能性」、『広島大学大学院文学研究科論集』第六九巻　特撮号、二〇〇九年、一五—二八頁。

註

(1) この作品には頁数が打たれていないため、この頁数は筆者が数えたものである。

第十一章　ゴーレムと笑い

引用・参考文献

Aleichem, Sholom. “On Account of a Hat”, Saul Bellow ed. *Great Jewish Short Stories.* New York: Dell Publishing.,1963.
Cohen, Sarah B. “Introduction: The Varieties of Jewish Humor”, Sarah B. Cohen ed. *Jewish Wry. Detroit:* Wayne State University Press, 1987.
Howe, Irving. “The Nature of Jewish Laughter”. *Jewish Wry*
Morris, Nicola. *The Golem in Jewish American Literature.* New York: Peter Lang, 2007.
Rosenbaum, Thane. *Second Hand Smoke.* New York: St. Martin’s Griffin, 1999.
—— *The Golems of Gotham.* New York: Harper Colllins Publishers, 2002.
Sherwin, Byron L. *Golems Among Us.* Chicago: Ivan R. Dee, 2004.
金森修『ゴーレムの生命論』平凡社新書、二〇一〇年。

フロイト、ジークムント「機知――その無意識との関係」、『フロイト著作集4』懸田克躬他訳、人文書院、一九七〇年。

第十二章　ポストモダン・アメリカン・ファルス

引用・参考文献

Allen, Woody. *Four Films of Woody Allen.* New York: Faber and Faber, 1983.
Baxter, John. *Woody Allen: A Biography.* London: Harper Collins, 1998.
Becker, Ernest. The Denial of Death. New York: The Free Press, 1973.
Bermel Albert. *Farce : A History from Aristophanes to Woody Allen.* New York: Simon & Schuster,1982.
Bloom, James D. *Gravity Fails: The Comic Jewish Shaping of Modern America.* Westport: Praeger , 2003.
Desser, David and Lester D. Friedman, *American Jewish Filmmakers.* Chicago: U of Illinois P, 1993,2004.
Ebert,Roger. "Great Movies: Annie Hall." *The Chicago Sun-Times.* 2002-05-12.
Gilman, Sander L. *Smart Jews: The Construction of the Image of Jewish Superior Intelligence.* Lincoln:U of Nebraska P, 1996.
Roth, Philip. *The Human Stain.* New York: Houghton Mifflin, 2000.
Rosten, Leo. *The New Joys of Yiddish.* New York: Three Rivers Press, 1968, 1996,2001.
Schickel, Richard. *Woody Allen: A Life in Film.* Chicago: Ivan R.Dee, 2003.
坂口安吾「FARCEに就て」『坂口安吾　ちくま日本文学全集』一四巻、筑摩書房、一九九一年。
フロイト、ジークムント『機知』中岡成文、太寿堂真、多賀健太郎訳、岩波書店、一九〇五年、二〇〇八年。
――――『精神分析入門　上』高橋義孝・下坂幸三訳　新潮社、一九一七年、一九七七年。

第十三章　笑いの物語学

引用・参考文献

Brook, Vincent, ed. *You Should See Yourself: Jewish Identity in Postmodern American Culture.* New Brunswick: Rutgers UP, 2006.

Cohen, Sarah Blacher, ed. *Jewish Wry: Essays on Jewish Humor.* Bloomington: Indiana UP, 1987.
Desser, David and Lester D. Friedman. *American Jewish Filmmakers.* 2nd ed. Urbana: U of Illinois P, 2004.
Epstein, Lawrence J. *The Haunted Smile: The Story of Jewish Comedians in America.* New York: Public Affairs, 2001.
Harries, Dan. *Film Parody.* London: British Film Institute, 2000.
Hutcheon, Linda. *A Theory of Parody: The Teachings of Twentieth-Century Art Forms.* 1985. Urbana: U of Illinois P, 2000.
Parish, James Robert. *It's Good to Be the King: The Seriously Funny Life of Mel* Brooks. Hoboken: Wiley, 2007.
Pinsker, Sanford. *The Schlemiel as Metaphor: Studies in Yiddish and American Jewish Fiction.* Rev. and enl. ed. Carbondale: Southern Illinois UP, 1991.
Spaceballs. Dir. and Prod. Mel Brooks. Perf. Mel Brooks, John Candy, Rick Moranis, Bill Pullman, and Daphne Zuniga. Brooksfilms/MGM, 1987. DVD. 20th Century Fox Home Entertainment, 2001.
Wisse, Ruth R. *The Schlemiel as Modern Hero.* Chicago: U of Chicago P, 1971.

第十四章　権威のパロディ化と自虐的笑い

註

(1)　『ライフ・イズ・ビューティフル』という題名がロシアの社会主義革命家トロツキーの言葉から取られたことは有名である。周知の通り、トロツキーはレーニンと共に、ロシア革命成就の立役者である一方、レーニン死後の権力闘争に敗れ、スターリン体制のなかで迫害され、殺害された人物である。その彼の遺書の、「人生は美しい。未来の世代をして、人生からいっさいの悪と、抑圧と、暴力を一掃させ、人生を心ゆくまで楽しませよ」という言葉にこの題名は因んでいる。困難な状況下においても希望をもって人生を生きること、トロツキーの言葉はまさにこの映画のメッセージとなっている。

(2)　グイド（Guido）という名前はイタリア語の動詞“guidare”に由来しており（Viano　六一）、“guidare”は「ドライブする」と「案内する」の意味を表す動詞である。したがって、グイドはこの場面で「ドライブする」ことと、ドーラを「お姫様」に見立て、周囲の者や観客をも彼の生み出すおとぎ話の世界へと誘う「案内役」を運命づけられているのである。

引用・参考文献

Cohen, Sarah Blacher. "Introduction: The Varieties of Jewish Humor." *Jewish Wry: Essays on Jewish Humor.* Bloomington: Indiana UP, 1987.

Klein, Ilona. "'*Life Is Beautiful,* Or Is It?' Asked *Jacob the Liar.*" *Rocky Mountain Review* 64.1 (2010) :17-31.

Kroll, Pamela L. "Games of Disappearance and Return: War and the Child in Roberto Benigni's *Life Is Beautiful.*" *Literature Film Quarterly* 30.1 (2002): 29-45.

Leonardo, Laura. "*La torta etiope e il cavillo ebreo*: Metaphor, Mythopoeia and Symbolisms in *Life is Beautiful.*" *Beyond Life is Beautiful: Comedy and Tragedy in the Cinema of Roberto Benigni.* Leicester: Troubador Publishing, 2005.

McGhee, Paul. *Humor: The Lighter Path to Resilience and Health.* Bloomington: Author House, 2010.

Magee, Bryan. *The Philosophy of Schopenhauer.* New York: Oxford UP, 1983.

Ozick, Cynthia. "Life isn't Beautiful." *Newsweek*155.11 (2010)

Viano, Maurizio. "*Life Is Beautiful*: Reception, Allegory, and Holocaust Laughter." *Jewish Social Studies 5.3* (1999): 47-66.

フランクル、E.ヴィクトール『夜と霧』 池田香代子訳、みすず書房、二〇〇二年。

フロイト、ジグムンド 『フロイト著作集第三巻』 高橋義孝他訳、人文書院、一九六九年。

ベルクソン、アンリ『ベルグソン全集第3巻』 鈴木力衛・仲沢紀雄共訳、白水社、一九六五年。

あとがき

本書は、ユーモアを切り口として、ユダヤ系文学を紐解こうと試みたものである。

振り返れば、ユダヤ人は、現世に神の国を建設するという大きな使命を抱き、聖書やその注解タルムードを心の核として艱難辛苦を乗り越え、過去の失敗より学びながら、ユーモアを交えて一歩一歩と異なる他者との交渉を押し進め、具体的な目標達成に励んできた歴史を持つ。

また、危機管理においても、聖書やタルムードの学習によって鍛えた柔軟で多面的な思考法によって、シナゴーグ、ラビによる指導、シオニズムなどの新たな制度を開発し、交易網や情報網を開拓して、イスラエルの問題も含めて危機を好機へと転換させる対応に努めてきた。

こうしたユダヤ人のユーモアを活用した異なる他者との交渉術、そして苦難の歴史の中で存続を求めて培ってきた危機管理能力。これらより、有為転変の世を生きるわれわれが学べることは少なくない。

それでは、具体的なユーモアの例を加えてゆこう。ロシア政府が扇動したユダヤ人虐殺（ポグロム）で家族のうち七人を失った被災者が、その悲劇にもかかわらず「これでもまだましさ。もっとひどい状態もあり得たのだから」（ショレム・アレイヘム『泣き笑い』*Some Laughter, Some Tears*）と漏らす。

また、戦時中、ナチス突撃隊員とベルリンの路上で肩が擦れ合い、「この豚やろう（スワイン）！」と最も忌み嫌う言葉を浴びせかけられたユダヤ人は、お辞儀をしていう――「エプスタインと申します」（『ユダヤのユーモア百科事典』*Encyclopedia of Jewish Humor*）。

こうした笑いは、迫害の厳しい状況下において、精神の正気さを維持するための〈心の武器〉であった。後者の例では、原語はおそらくドイツ語であろうが、ここには韻を含む一瞬のユーモアによって、加えられた打撃を和らげようとする機知が働いている。すなわち、投げつけられた怒声「この豚やろう！」ではなく、その言葉をいかに受け止めたか、がここで問われる要点である。

驚くべきことであるが、ホロコースト生存者の子供スティーヴ・リップマンによって編集された『地獄での笑い』（*Laughter in Hell*）にも窺えるように、ユダヤ人は迫害の極限状況であるホロコーストをさえ笑いの対象にしているのである。

その一例として、ヒトラーがあるとき精神病院を慰問し、ふんぞり返って歩き、患者たちを前に演説する。「我輩が誰であるか存じておろう。総統であ～る。我輩はあらゆる権力を掌握しているのであ～る。我輩の力は神に及ぶものであ～る」。聞いていた一人の患者がつぶやく。「参ったな、俺も最初はあんなふうだったよ」（『地獄での笑い』）。

さらなる例として、ホロコーストを生き延びたヴィクトール・フランクルは説く。「避けがたい苦難など、人生の悲劇的・否定的な局面でさえ、人間の達成に変えることができよう。それは不遇に対して人がいかなる態度をとるかによるのである」（『意味への意思』*The Will to Meaning*）と。まさにこれは厳しい状況下におけるプラス思考ではないか。ちなみに、フランクルの言葉は、ロシアの抑留生活をくぐった石原吉郎の言葉とも響きあう。「ユーモアとは、のっぴきならない状態の中で始めて明らかになるものである。このユーモアの意味が本当に分かったとき、私たちは、この暗い重圧の中で『それでも生きているほうがいい』と、安堵してつぶやくことができるのだ」(『望郷と海』)。

さて、ユダヤ人の聖書にはユーモアが含まれていないという説もあるが、たとえば、ヤコブの息子ヨセフが父親に溺愛され、それによって兄たちの嫉妬を買い、エジプトに奴隷として売り飛ばされるくだりや、巨人サムソンが恋人にせがまれて自らの弱点を漏らしてしまい、その結果、苦難を受ける物語などには、どことなくシュレミールを連想させるコミカルな雰囲気が漂うのではないか。また、年老いた夫婦アブラハムとサラが、神より子供を授かるというお告げを得たときに示す態度を見てみよう。創世記においてアブラハムの妻サラは、笑った人物として記録された歴史上最初の人物である。長い間待ち望んだ息子を授かると聞かされたとき、年老いた彼女はそれを信じようとせず、その代わり心の中で笑って言った、「私は衰え、主人もまた老人であるのに、私に楽しみなどありえようか」(創世記十八章十二節)と。「彼女の笑いは、ほろ苦く、悲しく、皮肉で、むしろ冷笑的な響きさえ持っている。それは長い年月を通じて繰り返される、ユダヤ人の笑いの先駆けに他ならない」(ポール・ジョンソン『ユダヤ人の歴史』上巻)。

少数であったユダヤ民族が神によって選ばれたことは、誇りであったかもしれないが、(そしてそれはまた他民族の嫉妬を招いたかもしれないが)それは彼らにとって重い責任でもあったことであろう。そうした状態で張り詰めていれば、やがてぷつんと切れてしまうが、そこをユーモアのクッションで防いだのであろう。ユダヤ人を迫害した強大な民族が次々と滅亡していった中で、少数民族であるユダヤ人が生き延びることができた秘訣のひとつは、ここに見出せるのかもしれない。現実は確かに惨めであるが、ユダヤ人は、それをユーモアによって和らげ、同時に、彼らにはこの世に神の国を建設する、救世主（メシア）をあくまでも待ち望む、という遠大な理想があったればこそ、逆境を生きることに意味が沸いてくる。逆境でユーモアを駆使することには、強い精神力が伴うであろうが、それがシュレミールの驚くべき力である。

ユダヤ人のユーモアは、腹を抱えて笑えるもの、その機知に感心して笑えるもの、皮肉な内容に苦笑するもの、暗黒に一筋の光明で泣き笑いするもの、などいろいろ種類が見られるであろう。そして、その背景は、歴史的、宗教的、文化的に幅広く深い。ユーモアを切り口にして奥深い内容を楽しみながら、ユダヤ人の歴史、宗教、文学、映像、音楽、商法などに分け入ってゆくこともわれわれ日本人にとってきわめて有益であろう。

日本にも落語や漫才などユーモアを含み話芸に頼る内容は存在するが、ユダヤ人のユーモアは歴史、宗教、文化などに深く関連し、それには差別と迫害の歴史を潜り抜けてきた複雑な心理を表すものが多いといえよう。

読むものに次々と問うことを促し、さらなる討論に加わるよういざなうタルムードのように、ユダヤ人のユーモアは、われわれの頭脳を刺激し、その背景となる歴史や宗教や文化面に踏み入り、さらなる物語を紡ぐよう招いてくれるのではないか。

本書では、移民、流浪、ホロコーストを潜り抜けてきた作家たちによるユーモアが論じられている。移民、流浪、多文化、多言語などの体験は、かつてユダヤ人に顕著なものであったが、国際化が進展する今日、われわれの問題として、ユダヤ人のユーモアを味わう要素が増しているともいえよう。

本書の編集は、広瀬を中心に、大場と佐川が担当したが、パソコンやメールを活用し、査読や索引作成を含めた執筆者間の連絡を、迅速かつ効率的に行なうことができた。編集や査読に、そして必要な場合には論文修正に協力を惜しまなかった執筆者諸氏に深く感謝したい。なお、索引の作成には、日本女子大学大学院文学研究科博士課程後期在籍中の秋田万里子さんのご協力を得た。

最後に、本書の出版を快諾された南雲堂の南雲一範社長、そして体裁の統一や索引作成などの複雑な仕事を効率よくこなしてくださった編集者の原信雄氏に心よりお礼を申し上げたい。

二〇一一年五月

佐川和茂

執筆者について（執筆順）

広瀬　佳司（ひろせ　よしじ）
ノートルダム清心女子大学教授
著書『ジョージ・エリオットの悲劇的女性像』（千城、一九八九年）、『アウトサイダーを求めて』（旺史社、一九九一年）、『ユダヤ文学の巨匠たち』（関西書院、一九九三年）、*The Symbolic Meaning of Yiddish*（大阪教育図書、二〇〇〇年）、*Shadows of Yiddish on Modern Jewish American Writers*（大阪教育図書、二〇〇五年）、*Yiddish Tradition and Innovation in Modern Jewish American Writers*（大阪教育図書、二〇一一年）。共編著『ホロコーストとユダヤ系文学』（大阪教育図書、二〇〇〇年）、『越境・周縁・ディアスポラ——三つのアメリカ文学』（南雲堂フェニックス、二〇〇五年）など。訳書『わが父アイザック・B・シンガー』（旺史社、一九九九年）、『ヴィリー』（大阪教育図書、二〇〇七年）など。

佐川　和茂（さがわ　かずしげ）
青山学院大学教授
著書『ホロコーストの影を生きて』（三交社、二〇〇九年）、『ユダヤ人の社会と文化』（大阪教育図書、二〇〇九年）。共編著『アメリカの対抗文化』（大阪教育図書、一九九五年）、『アメリカのアンチドリーマーたち』（北星堂書店、一九九五年）、『ユダヤ系アメリカ短編の時空』（北星堂書店、一九九七年）、『ホロコーストとユダヤ系文学』（大阪教育図書、二〇〇〇年）、『ニューヨーク——〈周縁〉が織りなす都市文化』（三省堂、二〇〇一年）、『ソール・ベロー研究——人間像と生き方の探求』（大阪教育図書、二〇〇七年）、『ユダヤ系文学の歴史と現在——女性作家、男性作家の視点から』（大阪教育図書、二〇〇九年）。共著『アメリカ文学と暴力』（研究社出版、一九九五年）など。

江原　雅江（えばら　まさえ）
倉敷芸術科学大学准教授
共著『ユダヤ系文学の歴史と現在』（大阪教育図書、二〇〇九年）。論文「*Scenes of Clerical Life* の "The Sad Fortune of the Reverend Amos Barton"——Amos 像に見る Realistic Fiction への試み」（『ペルシカ』第二十号、一九九三年）、「Mother Figures in *Daniel Deronda*」（『ペルシカ』第二十一号、一九九四年）、「*Scenes of Clerical Life* の "Mr Gilfil's Love-Story"——哀しみの飛翔：Caterina の苦悩——」（『ペルシカ』第二十二号、一九九五年）、「George Eliot: "The Lifted Veil"——光と闇が意味するもの——」『ペルシカ』第二十四号、一九九七年）、「"Yentl the Yeshiva Boy"——作家と作品をめぐる女性たち——」（『イマキュラータ』第三号、一九九九年）、「George Eliot: *Scenes of Clerical Life*, "Janet's Repentance"——装うということ——」（『ジョージ・エリオット研究』第三号、二〇〇一年）、「Anzia Yezierska: "How I Found America"——ヒロインのさがしもの——」（『シュレミール』第二号、二〇〇三年）、「ふたりの Mrs Fanshawe—Paul Auster's *The Locked Room*」（中国四国英文学研究）第四号、二〇〇七年）など。

大崎　ふみ子（おおさき　ふみこ）
鶴見大学教授
著書『国を持たない作家の文学』（神奈川新聞社、二〇〇八年）、『アイザック・B・シンガー研究』（吉夏社、二〇一〇年）。翻訳『ショーシャ』（吉夏社、二〇〇二年）、『悔悟者』（吉夏社、二〇〇三年）、『タイベレと彼女の悪魔』（吉夏社、二〇〇七年）。論文「二人のアーロンとI・B・シンガー」（『アメリカ黒人文学とその周辺』、南雲堂フェニックス、一九九七年）、「靴とユダヤ人」（『ユダヤ系アメリカ短編の時空』北星堂書店、一九九七年）、「『荘園』から『ルブリンの魔術師』へ（I）」（『鶴見大学紀要』三七号、二〇〇〇年）、「『荘園』から『ルブリンの魔術師』へ（II）」（『鶴見大学紀要』三八号、二〇〇一年）、「ホロコースト後をいかに生きるか」）（『ユダヤ系文学の歴史と現在』大阪教育図書、二〇〇九年）。

鈴木　久博（すずき　ひさひろ）
石川工業高等専門学校准教授
共著『日米映像文学は戦争をどう見たか』（金星堂、二〇〇二年）、『ユダヤ系文学の歴史と現在』（大阪教育図書、二〇〇九年）。論文「*God's Grace* における神の愛」（『中部英文学』第十六号、一九九七年）、「ユダヤ系アメリカ人の欺瞞—"Eli, the Fanatic"」（*Kanazawa English Studies*、第二十三号、一九九九年）、「『神の恩寵』におけるジョージの存在の意味について」（『シュレミール』第四号、二〇〇五年）、「*The Assistant* における Frank の割礼の象徴的な意味について」（*Kanazawa English Studies*、第二十六号、二〇〇七年）、"Bernard Malamud's Works and the Japanese Mentality" (*Studies in American Jewish Literature*、二十七号、二〇〇八年）、「ホセア書に基づいた"The Magic Barrel"の解釈」（『シュレミール』第七号、二〇〇八年）、「聖書の観点から見たマラマッドの作品解釈の試み」（『シュレミール』第八号、二〇〇九年）。

伊達　雅彦（だて　まさひこ）
尚美学園大学教授
共著『ユダヤ系アメリカ短編の時空』（北星堂書店、一九九七年）、『アメリカ映像文学にみる愛と死』（北星堂書店、一九九八年）、『日米映像文学に見る家族』（金星堂、二〇〇二年）、『日米映像文学は戦争をどう見たか』（金星堂、二〇〇二年）、『最新英語キーワードブック』（小学館、二〇〇三年）、『アメリカ文学史新考』（大阪教育図書、二〇〇四年）、『ソール・ベロー研究—人間像と生き方の探求』（大阪教育図書、二〇〇七年）、『バード・イメージ—鳥のアメリカ文学』（金星堂、二〇一〇年）など。

杉澤　伶維子（すぎさわ　れいこ）
同志社女子大学教授（特別契約教員）
共著『ホロコーストとユダヤ系文学』（大阪教育図書、二〇〇〇年）、『冷戦とアメリカ文学——21世紀からの再検証』（世界思想社、二〇〇一年）、『アメリカン・スタディーズ入門——自己実現でみるアメリカ』（萌書房、二〇〇三年）、『表象と生のはざまで——葛藤する米英文学』（南雲堂、二〇〇四年）、『越境・周縁・ディアスポラ——三つのアメリカ文学』（南雲堂フェニックス、二〇〇五年）、『二〇世紀アメリカ文学を学ぶ人のために』（世界思想社、二〇〇六年）、『ソール・ベロー研究——人間像と生き方の探求』（大阪教育図書、二〇〇七年）、『ユダヤ系文学の歴史と現在——女性作家、男性作家の視点から』（大阪教育図書、二〇〇九年）など。論文「孤立主義と孤児幻想——Philip Roth の *The Plot Against America*——」『主流』（第六八／六九号、二〇〇七年）、"The Role of Zuckerman in Philip Roth's "American Trilogy""（『シュレミール』一〇号、二〇一一年）など。

大森　夕夏（おおもり　ゆか）
早稲田大学非常勤講師
共著『越境・周縁・ディアスポラ—三つのアメリカ文学』（南雲堂フェニックス、二〇〇五年）、『語り明かすアメリカ古典文学12』（南雲堂、二〇〇七年）、『アメリカの旅の文学—ワンダーの世界を歩く』（昭和堂、二〇〇九年）、『ユダヤ系文学の歴史と現在——女性作家、男性作家の視点から』（大阪教育図書、二〇〇九年）など。

大場　昌子（おおば　まさこ）
日本女子大学教授
共著『ユダヤ系アメリカ短編の時空』（北星堂書店、一九九七年）、『ソール・ベロー研究—人間像と生き方の探究』（大阪教育図書、二〇〇七年）、『ユダヤ系文学の歴史と現在—女性作家、男性作家の視点から』（大阪教育図書、二〇〇九年）。論文「一九五〇年代のユダヤ系女性作家」（『アメリカ研究』第三七号、二〇〇三年）。"Telling the Other's Story: Grace Paley and the Unauthoritative Voice"（『日本女子大学英米文学研究』第四〇号、二〇〇五年）。共訳書『シングル・ファーザー』（人文書院、一九八八年）など。

新田　玲子（にった　れいこ）
広島大学教授
著書『サリンジャーなんかこわくない』（大阪教育図書、二〇〇四年）。共編著『アメリカのアンチドリーマーたち』（北星堂、一九九五年）。共編著『アメリカ映像文学に見る少数民族』（大阪教育図書、一九九八年）。共著『アメリカがわかるアメリカ文化の構図』（松柏社、一九九六年）、『アメリカ文学における階級』（英宝社、二〇〇九年）。論文「ポストモダンヒューマニスト：Walter Abish の真価」（『英語青年』第一八七四号、二〇〇五年）、「Paul Auster's New Jewishness in the

USA: An Analysis of The Invention of Solitude」、『英語学英文學研究』第五二巻、二〇〇八年）。随筆「緑地帯：アウシュビッツの旅」（中国新聞、二〇〇二年）。訳書 ウォルター・アビッシュ『すべての夢を終える夢』（青土社、二〇〇一年）。インタビュー「ポストモダン・ユダヤ系アメリカ作家とのインタビュー」、『英語青年』、二〇〇八年）。

坂野 明子（さかの あきこ）
専修大学教授
共編著『ユダヤ系文学の歴史と現在』（大阪教育図書、二〇〇九年）。共著『映像文学にみるアメリカ』（紀伊国屋書店、一九九八年）、『女というイデオロギー』（南雲堂、一九九九年）、『文学的アメリカの闘い』（松柏社、二〇〇〇年）、『アメリカ文学史新考』（大阪教育図書、二〇〇四年）、『ソール・ベロー研究――人間像と生き方の探究』（大阪教育図書、二〇〇八年）、『バード・イメージ：鳥のアメリカ文学』（金星堂、二〇一〇年）。論文「ポートノイとアメリカ」（『アメリカ文学』五五号、アメリカ文学会東京支部、一九九五年）、「フィリップ・ロスの九十年代後半――歴史意識とユダヤ人意識の関係をめぐって」（『世界文学』第一〇四号、二〇〇六年）。

勝井 伸子（かつい のぶこ）
奈良県立医科大学講師
共編著『国際看護のための異文化理解とヘルスケア』（日本放射線技師出版会、二〇〇八年）、『異相の時空間』（英宝社、二〇一一年）。共著『共和国の振り子』（英宝社、二〇〇三年）、『ユダヤ系文学の歴史と現在』（大阪教育図書、二〇〇九年）。共編注『スモーク』（松柏社、一九九九年）、『海辺の家』（英宝社、二〇〇九年）。論文「孤児と養父―『フィクサー』のユダヤ性」（『英米文学』第三九巻第一号、一九九四年）、「世界の終わりとカディッシュ」（『英米文学』第四六巻第一号、二〇〇二年）、"Limited Perspective and Gravity of Life in Richard Yates's *The Easter Parade*"（奈良県立医科大学医学部看護学科紀要第三号、二〇〇七年）、"The Magical Appeal of Malamud's Stories to Japanese"（『シュレミール』第十号、二〇一一年）。

片渕 悦久（かたふち のぶひさ）
大阪大学准教授
著書『ソール・ベローの物語意識』（晃洋書房、二〇〇七年）。共編著『自己実現とアメリカ文学』（晃洋書房、一九九八年）、『アイデンティティとアメリカ小説――一九五〇年代を中心に』（晃洋書房、二〇〇一年）、『アメリカン・スタディーズ入門――自己実現でみるアメリカ』（萌書房、二〇〇三年）。『改定増補版 新世紀アメリカ文学史――マップ・キーワード・データ』（英宝社、二〇〇七年）。共著『二十一世紀から見るアメリカ文学史――アメリカニズムの変容――』（英宝社、二〇〇三年）、『ユダヤ系文学の歴史と現在――女性作家、男性作家の視点から』（大阪教育図書、二〇〇九年）、『メディアと文学が表象するアメリカ』（英宝社、二〇〇九年）。訳書 ラーラ・ヴァプニャール『うちにユダヤ人がいます』（朝日出版社、二〇〇八年）。共訳書 リンダ・ハッチオン『アダプテーションの理論』（晃洋書房、二〇一二年近刊）。

中村 善雄（なかむら よしお）
ノートルダム清心女子大学准教授
共著『楽しく読むアメリカ文学―中山喜代市教授古稀記念論文集』（大阪教育図書、二〇〇五年）、『人間理解の座標軸―多価値な時代に「個」の行方を問う―』（学術出版会、二〇〇五年）、『視覚のアメリカン・ルネサンス』（世界思想社、二〇〇六年）、『伊藤孝治先生古希記念論文集―英語学、言語・文化・教育、英文学、米文学に関する研究』（大阪教育図書、二〇〇七年）、『デジタル時代のアナログ力』（学術出版会、二〇〇八年）、『実像への挑戦―英米文学研究』（音羽書房鶴見書店、二〇〇九年）、『英米文学と戦争の断層』（関西大学出版部、二〇一一年）。論文「ジェイムズのディアスポラ的眼差し―『アメリカの風景』にみる表象の力学」（『比較文化研究』第六七号、二〇〇五年）、「消失する銀板写真と複製される写真―ジェイムズの美学と現実の感覚―」（『中四国アメリカ文学研究』第四六号、二〇一〇年）。

索　引

ア行

アグダー　70, 76
アダプテーション　234
アトラス，ジェイムズ（Atlas, James）　104
アファーマティヴ・アクション（affirmative action）　152, 153, 154, 156
アレイヘム，ショレム（Aleichem, Sholom）　2, 13, 15, 16, 17, 18, 19, 22, 25, 181, 196
　『屋根の上のバイオリン弾き』（*Fiddler on the Roof*）　2, 13, 14
　『テヴィエの娘たち』（*Tevye's Daughters*）　14
　『先唱者の息子モッテルの冒険』（*The Adventures of Mottel the Cantor's Son*）　20
　「帽子のせいで」（"On Account of a Hat"）　181, 182, 183
　『泣き笑い』（*Some Laughter, Some Tears*）　15, 19
　『メナヘム・メンデルの冒険』（*The Adventures of Menahem-Mendl*）　19
　『ナイチンゲール』（*The Nightingale*）　25
アレン，ウディ（Allen, Woody）　2, 5, 114, 187, 201
　『スリーパー』（*Sleeper*）　210
　『愛と死』（*Love and Death*）　210
　『アニー・ホール』（*Annie Hall*）　5, 201, 202, 205
　『カメレオンマン』（*Zerig*）　158
　『地球は女でまわっている』（*Deconstructing Harry*）　210
イージアスカ，アンジア（Anzia Yezierska）　3
　『長屋のサロメ』（*Salome of the Tenement*）　27, 28, 29, 31, 38, 39, 42
　『パンをくれる人』（*Bread Givers*）　28
イェシヴァ（Yesivah）　63
イスラエル（Israel）　25
イディッシュ語（Yiddish）　2, 3, 12, 17, 18, 44, 55, 68, 70, 71, 77, 163, 214
イディッシュ文学（Yiddish literature）　15
ウィリアム，ウィルフォード　120, 121
　『道化と笏杖』　120
ウィリアムズ，ロビン（Williams, Robin）　236, 237, 250
エプスタイン，ロレンス・J　220, 225
オジック，シンシア（Cynthia Ozick）　4, 146, 238
　『プッターメッサー・ペーパーズ』（*Puttermesser Papers*）　146
織田正吉『笑いとユーモア』　61

カ行

カーニバル論　138, 144
カーモード，フランク（Kermode, Frank）　173
カフカ，フランツ（Kafka, Franz）　22, 114, 115
　『城』（*The Castle*）　114
神　13, 17, 23, 84, 90
グッドマン，アレン（Guttman, Allen）　62
グラーデ，ハイム（Grade, Chaim）　3, 12, 63, 64, 65, 77, 78
　「ヘルシ・ラセイネルとの口論」（"My Quarrel with Hersh Raysseyner"）
　『ラビたちとその妻たち』（*Rabbis and Wives*）　64, 77

「ラビの妻たち」（"The Rebbetzin"） 64, 65, 77
『母の安息日』（*My Mother's Sabbath Day*） 65
「ライベ・ライザーの中庭」（"Laybe-Layzar's Courtyard"） 78
クレイトン，ジョン・J・（Clayton, John J.） 102, 140
ゲットー（ghetto） 31, 80
コーエン，サラ・ブラッハー（Cohen, Sarah Blacher） 83, 163, 162, 181, 239
『ソール・ベローの不可解な笑い』（*Saul Bellow's Enigmatic Laughter*） 99
ゴーレム 185, 186, 187, 188, 189, 190, 191, 192, 193, 194, 195, 196

サ行

サーフィクション（Surfiction） 172, 174, 178
シェイクスピア，ウィリアム（Shakespeare, William） 38, 10
『ハムレット』（*Hamlet*） 125
『リア王』（*King Lear*） 119
ジェイムズ，ヘンリー（James, Henry） 101, 162
『アスパンの恋文』（*The Aspern Papers*） 101, 162
ジェイムスン，フレデリック（Jameson, Fredric） 173
「ジェーン」（"Jane"） 147
シオニズム（Zionism） 46
シナゴーグ（synagogue） 25, 37, 39
ジャベース，エドモン（Jabés, Edmond） 165
シュテトル 14, 16, 17, 20, 22
シュリマゼル（shlimazel） 2, 29, 49
シュレミール（shlemiel） 2, 12, 18, 49, 57, 58, 59, 82, 88, 89, 90, 92, 93, 94, 95, 96, 113, 114, 124, 226, 227, 229
『ジョーズ』 223
ショーペンハウアー 246, 247
シンガー，イスラエル ヨシュア（Singer, Israel Joshua）
『今はなき世界』（*Of a World That Is No More*） 71
シンガー，アイザック・バシェヴィス（Singer, Isaac Bashevis） 44, 47, 51, 52, 55, 56, 57, 58, 59, 60
「馬鹿者ギンペル」（"Gimpel the Fool"） 47, 58
「シュレミールがワルシャワへ行ったとき」（"When Shlemiel Went to Warsaw"） 57
「冗談」（"The Joke"） 47, 55, 56, 58
「消えた一行」（"The Missing Line"） 44, 59
『スター・ウォーズ』 218, 221, 224, 233, 234, 235
『スター・ウォーズ エピソードⅣ／新たなる希望』 223
『スター・ウォーズ エピソードⅤ／帝国の逆襲』 222
スタム，ロバート 158, 159
ストランドバーグ，ヴィクター 162
スピルバーグ 2
『シンドラーのリスト』 2
スフォリム，メンデレ・モイヘル（Sforim, Mendele Moykher） 15, 17, 20
「子牛」（"The Calf"） 20
スウェット・ショップ 156
聖書（the Bible） 25, 26, 30
『聖なる嘘つき――その名はジェイコブ』（*Jacob the Liar*） 5, 236, 249
「粗忽長屋」 181, 182, 183
『ソール・ベロー・ジャーナル』（*Saul Bellow Journal*） 99
ソンタグ，スーザン 129

タ行

タム（tam） 67, 68, 71, 73

タルムード（the Talmud） 20, 25, 77
チャップリン，チャリー 61, 74, 240
『独裁者』61, 74, 238
テイラー，ベンジャミン（Taylor, Benjamin） 80, 99
『ソール・ベロー――書簡集』（*Letters*） 80, 99
テイラー，ジャクリーン 130
デサ，デイヴィッド 220
デッサー 204, 205
『ドストエフスキーの詩学』 138
トウェイン，マーク（Twain, Mark） 16, 115
『ハックルベリー・フィンの冒険』（*Adventures of Huckleberry Finn*） 115
ドン・キホーテ（Don Quixote） 19, 27, 32, 35, 37, 41, 42

ナ行

ナール（nar） 67, 68

ハ行

バーガー，ピーター 148
ハウ，アーヴィング（Howe, Irving） 112
「ユダヤの笑いの性質」（"The Nature of Jewish Laughter"） 112
ハシド派（Hasidism） 72
ハッチオン，リンダ 220
バフチン，ミハイル 138, 144
ハリオ，ジェイ（Halio, Jay） 112
『遊びと真面目――コミック作家としてのフィリップ・ロス』（*Deadly Farce in the Comedy of Philip Roth*） 112
パロディ 4
ヒトラー 61
非米活動委員会 206
ピンスカー，サンフォード（Pinsker, Sanford） 83, 89, 113
『メタファーとしてのシュレミール』（*The Schlemiel as Metaphor*） 113, 226
フェダマン，レイモンド（Federman, Raymond） 4, 164, 165, 166, 167, 168, 169, 172, 173
『嫌ならやめとけ』（*Take It or Leave It*） 177
『クローゼットの声』（*The Voice in the Closet*） 164
『レイチェルおばさんの毛皮』（*Aunt Rachel's Fur*） 165, 167
『クリティフィクション』（*Critifiction*） 166
『糞への帰還』（*Return to Manure*） 165, 170
フランクル，ヴィクトール・E（Frankl, Victor E.） 238
『夜と霧』 238
フリードマン，レスター・D 220
フリードマン，ローレンス・S・（Friedman, Lawrence S.） 151, 152
ブルース，レニー（Bruce, Lenny） 114
ブルーム，アラン（Bloom, Allan） 100, 207, 209
『アメリカン・マインドの終焉』（*Closing of the American Mind*） 100, 101
ブルックス，メル 5, 218
『スペースボール』 5, 218, 219
フロイト 184, 209, 213, 239
ペイリー，グレイス 4, 129
『最後の瞬間のすごく大きな変化』（*Enormous Changes at the Last Minute*） 129
「木の中のフェイス」（"Faith in a Tree"） 131
「最後の瞬間のすごく大きな変化」（"Enormous Changes at the Last Minute"） 141
「父親との会話」 145
ベッカー，アーネスト 211
『死の拒絶』 211

ベニーニ，ロベルト（Benigni, Roberto） 239
ベルクソン，アンリ（Bergson, Anri） 1, 99, 119, 248
『笑い』（*Le rire*） 1, 99, 119, 248
ペレッツ，I. L.（Peretz, I. L.）
「沈黙の人ボンチェ」（“Bontsha the Silent”） 15
「もしもっと高くなければ」（“If Not Higher”） 77, 78
ベロー，ソール（Bellow, Saul） 3, 80, 97, 98, 99, 100, 101, 102, 103, 104, 105, 107, 108, 109, 110
「グリーン氏を探して」（“Looking for Mr. Green”） 109
『オーギー・マーチの冒険』（*The Adventures of Augie March*） 80
「ゴンザーガの遺稿」（“The Gonzaga Manuscript”） 100, 101, 105, 106, 109, 111
「未来の父親」（“A Father-to-Be”） 109
『この日をつかめ』（*Seize the Day*） 105, 110
『雨の王ヘンダソン』（*Henderson the Rain King*） 102
『ハーツォグ』（*Herzog*） 100, 108, 110
『フンボルトの贈り物』（*Humboldt's Gift*） 80
『モズビーの回想録』（*Mosby's Memoirs and Other Stories*） 102, 105, 109, 111
『ベラローザ・コネクション』（*The Bellarosa Connection*） 108
『盗み』（*The Theft*） 108
『ほんもの』（*The Actual*） 108
『ラヴェルスタイン』（*Ravelstein*） 108, 110

マ行

マラマッド，バーナード（Malamud, Bernard） 80, 81, 82, 85, 86, 87, 88, 89, 90, 94, 96
『アシスタント』（*The Assistant*） 81, 94, 96
「最後のモヒカン族」（“The Last Mohican”） 81
「魔法の樽」（“The Magic Barrel”） 81, 82, 85
『ドゥービン氏の冬』（*Dubin's Lives*） 81
マルクス兄弟 204
ミスナギッド派（misnagdim） 72
ミズラヒー派 70, 76
モーム，サマセット（Maugham, Somerset） 147
ムサール主義 63
村上春樹 129
メシュガー（meshugah） 114

ヤ行

ユーモア精神 13, 14, 15, 16, 17, 18, 20, 22, 25, 26, 62, 80, 81, 82, 83, 84, 85, 89, 98, 129, 130
ユダヤ文化研究所（YIVO） 63
ヨム・キプル 69
『ライフ・イズ・ビューティフル』（*Life is Beautiful*） 5, 236, 240

ラ行

ラビ（rabbi） 24, 62, 65, 66, 68, 69, 70, 71, 72, 74, 75, 76, 77, 78, 82, 85, 86, 87, 88
ランガー，ローレンス・L（Langer, Lawrencc. L.） 178
リオタール，ジャン・フランソワ（Lyotard, Jean-François） 173, 178
ルーカス，ジョージ 233
ローゼンバーグ，ユードル 186, 187
ローゼンバウム，セイン（Rosenbaum, Thane） 180, 188
『エリヤ現る』（*Elijah Visible*） 180

『二次的な煙』（*Second Hand Smoke*）180, 188, 190
『ゴサムのゴーレムたち』（*The Golems of Gotham*） 180
ロス，フィリップ（Roth, Philip） 3, 112, 114, 115, 117, 118, 206, 207
『解放』（*Letting Go*） 115
『ルーシーの哀しみ』（*When She Was Good*） 115
『ポートノイの不満』（*The Portonoy's Complaint*） 3, 112, 113, 114, 115, 116, 117, 118, 119, 122, 123, 124, 126, 207
『男としての我が人生』（*My Life as a Man*） 118
『解剖学講義』（*The Anatomy Lesson*） 118
『カウンターライフ』（*Counterlife*） 118
『サバスの劇場』（*Sabbath's Theater*） 3, 113, 116, 117, 118, 119, 121, 123, 125, 126
ロステン，レオ（Rosten, Leo） 1, 214
『新イディッシュ語の喜び』（*The New Joys of Yiddish*） 1, 214

ワ行

ワイス，ルース（Wisse, Ruth） 93, 94
『現代の英雄としてのシュレミール』（*The Schlemiel as Modern Hero*） 113
ワイルド，オスカー（Wilde, Oscar） 30

笑いとユーモアのユダヤ文学

二〇一二年三月二十日　第一刷発行

編著者　広瀬佳司　佐川和茂　大場昌子
発行者　南雲一範
装幀者　岡孝治
発行所　株式会社　南雲堂

東京都新宿区山吹町三六一　郵便番号一六二-〇八〇一
電話東京　(〇三)三二六八-二三八四(営業部)
　　　　　(〇三)三二六八-二三八七(編集部)
振替口座　〇〇一六〇-〇-四六八六三
ファクシミリ(〇三)三二六〇-五四二五

印刷所　啓文堂
製本所　長山製本

乱丁・落丁本はご面倒ですが小社通販係宛にご送付下さい。
送料小社負担にてお取り替えいたします。

〈IB-320〉〈検印廃止〉

ISBN978-4-523-29320-0　C3098